Brian W. Aldiss, 1925 in der englischen Grafschaft Norfolk geboren, begann seine berufliche Laufbahn als Buchhändler und arbeitete später als Redakteur und Filmkritiker. Er schrieb zahlreiche Science-fiction-Romane und wurde, nachdem er schon eine Reihe von Preisen erhalten hatte, 1970 als »weltbester Science-fiction-Autor der Gegenwart« ausgezeichnet. Einen großen Erfolg hatte er ferner mit der dreiteiligen »Horatio-Stubbs-Saga«, deren zweiter Teil in diesem Band auf deutsch vorliegt. Teil 1 und 3:

Schule der Leidenschaft. Horatio Stubbs' erotisches Erwachen
(Goldmann-Taschenbuch 9672)

Bengalische Abenteuer. Horatio Stubbs' erotische Wanderjahre
(Goldmann-Taschenbuch 9670)

Brian W. Aldiss

Der aufrechte Soldat

Horatio Stubbs' erotische Lehrjahre

Roman

Aus dem Englischen
von Michael Kubiak

GOLDMANN VERLAG

Deutsche Erstveröffentlichung

Titel der Originalausgabe: A Soldier Erect or Further
Adventures of the Hand-Reared Boy
Originalverlag: Weidenfeld and Nicolson, London

Der Goldmann Verlag
ist ein Unternehmen der Verlagsgruppe Bertelsmann

Made in Germany · 1. Auflage · 1/91

Umschlagentwurf: Design Team München
Umschlagfoto: Susesch Bayat, Berlin
Satz: IBV Satz- und Datentechnik GmbH, Berlin
Druck: Elsnerdruck, Berlin
Verlagsnummer: 9671
MV · Herstellung: Ludwig Weidenbeck
ISBN 3-442-09671-5

*Für meine Freunde in Japan und Indien –
die ich seit diesen uralten Peinlichkeiten
gewonnen habe*

Während sie sich umdrehte, gewahrte ich einen Teil ihres Rückens, beugte mich vor und legte mein Gesicht darauf und weinte wegen meiner zerbrochenen Trommel; die Abendsonne erhellte alles – wie seltsam, daß ich mich so deutlich daran erinnere, aber für Sonnenschein habe ich schon immer ein gutes Gedächtnis gehabt.

»My Secret Life«, von »Walter«

»Kavaliere und starke Männer, dieser Kavalier ist der Freund eines Freundes von mir. Es mucho hombre. In ganz Spanien gibt es keinen zweiten wie ihn. Er spricht das krause Gitano, als wäre er ein Inglesito.«

»Wir glauben ihm nicht«, entgegneten mehrere ernste Stimmen. »Das ist nicht möglich.«

»The Bible in Spain«, von George Borrow

I

Auf dem Lager des Affengottes

Während die letzten Partygäste in die Verdunkelung hinaustappten, raste ich nach oben und schloß mich in meinem Zimmer ein. Mein Morgenmantel fiel vom Haken, als die Tür zuschlug, sank hin wie ein Sterbender, einen Arm dramatisch über das Bett gelegt. Ich streifte mir die Sportjacke von den Schultern, rollte sie zu einem Bündel zusammen und schleuderte sie drei Meter weit in die fernste Zimmerecke.

Auf der Kommode befanden sich ein holzgeschnitzter Bär, der mir zum zehnten Geburtstag von einem Onkel geschenkt worden war, eine Tüte grüner Äpfel, ein gerahmtes Photo von Ida Lupino, meine Uniformmütze und drei wollene Unterhemden. Ich wischte alles einfach herunter und kletterte auf die Kommode, wo ich kurz hocken blieb und stöhnend den Kopf hin und her bewegte.

Mein Gott, was für ein blödes, irrwitziges, ekelhaftes Trauerspiel das alles war! Diese Schande der ganzen beschissenen Party! Diese schaurige, beschissene Engstirnigkeit meiner Eltern und ihres Lebens! Und das sollte nun meine Abschiedsparty sein, ehe ich in die Ferne zog, um meinem König und meinem Vaterland zu dienen! Wenn das mein Abschied war, dann blieb mir nur noch übrig, auf die biologische Kriegsführung zu hoffen.

Indem ich mich auf der Kommode kniend etwas aufrichtete, konnte ich den Kopf und die Schultern gegen die Decke stemmen und auf diese Art und Weise eine leicht deformierte Karyatide darstellen. Während ich mir häßliche Soldatengedanken durch den Kopf kreisen ließ, drückte eine Seite meines Gesichtes gegen die abblätternde Decke. Mein Unterkiefer sackte herab, von meiner Zunge troff der Speichel, meine Augenlider flatterten wie in einem uralten Horrorfilm und ließen das Weiße grell hervortreten. Gleichzeitig schaffte ich es, am ganzen Leib zu zittern und jeden Muskel zucken zu lassen. Herr im Himmel, was für ein geiler Traum von Party war das? fragte ich laut mit einem ungläubigen Unterton.

Und ich dachte an die anderen Burschen in der A-Kompanie. Ihre freundlichen und lümmelhaften Gesichter zogen an meinem geistigen Auge vorbei, ihre stumpfen Nasen und kurzhaarigen Schädel waren mir beinahe willkommen: Wally, Enoch, Geordie, der alte Chalkie White, Carter der Furzer, Chota Morris... Heute abend ließen sie sich alle sinnlos vollaufen und bumsten reihenweise die Mädels – zumindest würden sie das felsenfest behaupten, wenn sie morgen in die Kaserne zurückkämen. Und ich – ich, nüchtern und unversorgt, würde lügen müssen, um das Gesicht zu wahren und dem Infanteristenmythos gerecht zu werden, daß man seinen ganzen Urlaub damit verbrachte, es einem willigen Objekt im Hinterhof irgendeiner Kneipe zu besorgen. Ich spannte mich an und stemmte meine Schultern fester gegen die Decke in der Hoffnung, durch die Latten- und Gipsschicht unter das falsche Dach durchzubrechen und gegen den verschalten Wassertank zu krachen. Diese Party für mich, den strahlenden Helden, für den Stolz der grünen Mendip Hills?

Die ganze Sache war von Anfang an eine Farce gewesen. Mein Vater hatte zu keinem Zeitpunkt auch nur einen Anflug von Begeisterung gezeigt. Mein Bruder Nelson hatte es geschafft, in Edinburgh Urlaub herauszuschinden, um mich sehen zu können – »zum letzten Mal«, wie er es ausdrückte –, und die Abschiedsparty war seine Idee gewesen. Er hatte die Eltern wortgewandt dazu überredet.

»In diesen Kriegszeiten geht das nicht so einfach«, sagte mein Vater und schüttelte den Kopf. »Ihr Jungen versteht das nicht. Außerdem habe ich diese Woche Luftschutzdienst.«

»Frag doch einfach Oberst Whale. Er wird dir schon eine

Flasche Whisky erlauben, da Horry schließlich nach Übersee geht. Es ist ein besonderer Anlaß.«

»Whisky? Ich werde keinen Whisky besorgen! Das würde nur die Party verderben! Ihr würdet euch nur betrinken!«

»Dafür ist der Whisky da, Papa«, sagte meine Schwester Ann mit ihrer schicksalsergebenen Stimme. Wir waren alle ganz gut darin, mit schicksalsergebener Stimme zu sprechen, und zwar einfach durchs Imitieren.

Meiner Mutter gefiel die Idee einer Party recht gut, falls sie es schaffte, den Bezugschein zu organisieren, der nötig war, damit sie sich ein hübsches Kleid kaufen konnte. Sie kam sich so schäbig vor. Das war auch der wesentliche Grund, warum sie in dieser Zeit kaum jemand Fremdes sehen wollte. Sie sah sich unzufrieden im Wohnzimmer um, in dem trotz der vielen Jahre Stubbs'scher Abstinenz immer noch ein schwacher Biergeruch wahrzunehmen war, eine Erinnerung an die Zeit, in der dieses Haus eine Kneipe gewesen war.

»Hier ist wirklich ein gründlicher Frühjahrsputz nötig, ehe jemand kommt!« sagte Mutter und sah dabei so schwach und blaß aus, als bäte sie ständig um Entschuldigung für irgendeinen ungeheuren, unaussprechlichen Mangel. »Die Fenster sehen so schrecklich aus mit dem aufgeklebten Papier, und ich wünschte, wir könnten uns ein paar neue Vorhänge kaufen.«

Gewiß sah das Haus vernachlässigt aus, nicht nur wegen der Kriegswirren, sondern auch weil die Nervenkrankheit meiner Mutter immer schlimmer wurde. Zur Hausarbeit sei sie überhaupt nicht mehr fähig, behauptete sie. Sie wurde zu unserem Ärger von Woche zu Woche unerträglicher.

Am Ende überredeten Nelson, Ann und ich Vater, ein kleines Fest zu veranstalten. Ann war sechzehn; sie brach in Tränen aus und sagte, sie wolle ihren Bruder nicht nach Übersee gehen lassen, wenn ihm zu Ehren vorher keine Party stattgefunden habe.

Und wer, meinen Sie, erschien an diesem Abend, wer stampfte traurig die Treppe herauf und ins Wohnzimmer, um wie bestellt und nicht abgeholt in Feiertagskleidung herumzusitzen und sich über die Fadheit von Würstchen, den Verfall der moralischen Werte und die militärischen Fehler der Russen, Australier, Kanadier, Amerikaner und Franzosen auszulassen? Nun, der kleine Mr. Jeremy Church mit seinem von Schorf bedeckten Schädel, Vaters Bürovorsteher aus der Bank, mit seiner Frau Irene und ihrem aufdringlichen Gerede von dem, was sie »liebte«, und dem, was sie »haßte«; dazu meine Großmutter, die schon etwas seltsam war, die jedoch über die Zeiten klagte, in denen wir lebten, indem sie enthüllte, daß Sandsäcke mit nichts anderem gefüllt wurden als mit normalem Seesand, und die Moles aus dem Lebensmittelladen, pingelig, aber patriotisch, die eine alte Tante von Mrs. Mole mitbrachten, die in ihrer Londoner Wohnung völlig ausgebombt wurde und keine Angst hatte, davon zu erzählen; ferner Mutters Freundin Mrs. Lilly Crane, deren Ehemann sich wer weiß wo aufhielt, mit ihrer Tochter Henrietta, die von Ann den Spitznamen »Das Rätsel« erhielt; dann Nelsons derzeitige Freundin Valerie, die nur auf Nelsons Zeichen wartete, um zu verschwinden, sobald es möglich erschien; außerdem die nette alte Miss Lewis von nebenan, die immer noch jeden Sonntag in die Kirche ging, bei Regen und bei Sonnenschein, obgleich sie schon mit Riesenschritten auf die hundertundnochwas zuging, schließlich eine sexy aussehende Freundin von Ann, Sylvia Rudge. Wir waren insgesamt sechzehn Personen, die einzigen in den East Midlands zurückgebliebenen, die die Sterblichkeit und der Gestellungsbefehl verschont hatte. Ein mehr toter als lebendiger Haufen. Mutter besorgte mit ihrer berühmten leichten Hand die gegenseitige Vorstellung und lächelte traurig in meine Richtung, während praktisch jeder ihr sein Beileid dafür ausdrückte, daß ihr nun der jüngste Sohn weggenommen würde. Das Ganze ähnelte mehr einem Begräbnis und nicht so sehr einem Freudenfest.

Das Durchschnittsalter der Partygäste – fünfzig, neunzig? Wen interessierte es schon? Ich kauerte auf meinem Thron und überlegte, wann die Besucher es – wenn überhaupt – zum letztenmal getrieben hatten. Es war schwer vorstellbar, daß die Frauen penetrabel waren oder, wenn schon penetrabel, daß die Männer fähig waren, sie zu penetrieren. Schaffte Mr. Mole es gelegentlich auf einem Sack Rohrzucker und unter einem mit einer Flagge drapierten Photo von Winnie, wie er zwei Finger zum Siegeszeichen in die Luft streckte, über einen versteckten Zugang in Mrs. Mole einzudringen?

Aus meiner ungünstigen Position konnte ich mein Ebenbild im Garderobenspiegel sehen, der sich neben der Tür und gegenüber der Kommode befand. Da stand der geborene Vollstrecker, wenn ich je einen gesehen habe. Ich stellte meine Füße in die oberste Schublade (Socken und Taschentücher), breitete die Arme aus und drückte damit gegen die Decke. Der Anblick erinnerte mich an irgend etwas. Ich strich mir die Haare in die Augen und mimte eine altmodische Kreuzigungsszene unter einer Menge verblaßter und abstoßender Verzierungen an der Gipsdecke über mir. »Mein Gott, warum hast du mich verlassen?« Ich sah eher aus wie Hitler bei einem seiner Tobsuchtsanfälle als wie Jesus in seinem Todeskampf.

Warum diese Jesus-Besessenheit? Vielleicht war ich während einer fruheren Existenz wirklich Jesus gewesen – als ich fünzehn, sechzehn war, hatte ich insgeheim an die Richtigkeit der Theorie von der Seelenwanderung geglaubt. O Gott, mach, daß ich früher nicht Jesus gewesen bin! Ich beendete meine Kreuzigungspose und schnitt mir selbst Grimassen.

Die Frauen bei der Party konnten Sie allesamt vergessen, bis auf Valerie, Henrietta Crane und Sylvia. Valerie war Nelsons Aktionsgebiet, demnach blieben Henrietta Crane und Sylvia übrig. Es mag Ihnen zeigen, wie verzweifelt meine Lage war, daß ich noch nicht einmal Henrietta Crane von Anfang an zu den Akten legte! Das Rätsel war Mitte zwanzig – etwa fünf Jahre älter als ich. Ein Mädchen mit stark gepudertem Teint, oder kam es vielleicht daher, daß sie nie richtig abgestaubt worden war? Es schien, als wären ihre Kleider, ihr Fleisch, ihr Haar, ihre Augen, alles aus einem vielseitig verwendbaren Material hergestellt worden – aus altem, feuchtem Biskuitteig. Selbst ich, trotz regelmäßiger Übungsnummern, konnte mir nicht vorstellen, daß sie sich auszog oder ihr Haar löste. Rannte sie einem Autobus nach, furzte sie, oder brach sie auch einmal in schallendes Gelächter aus? Henrietta Crane war jener Typ Mädchen, an das man sich nicht auf Tuchfühlung heranpirschen mußte, um zu erfahren, daß ihr Atem nach Kensita-Zigaretten und nach Magnesiamilch roch. Gott sei Dank trifft man solche Mädchen nicht mehr. Sie wurden nach Kriegsende alle auf den Schrott geworfen.

Wodurch Syl übrig blieb. Als die Party in ihre heiße Phase trat, das heißt, sich etwa der Raumtemperatur näherte, bediente Ann unser Grammophon, legte eine Carroll-Gibbons-Aufnahme von »That Old Black Magic« auf, und Sylvia stand neben ihr und summte die Melodie mit. Es war ein aufziehbares Grammophon, das aus dem Luftschutzbunker hervorgeholt worden war, nun da wir keine Luftangriffe mehr zu überstehen hatten, so daß sie beide nötig waren, um es aufzuziehen und die Schallplatten zu wechseln. Ich strich um die kleine Gruppe herum und beteiligte mich hier und da an der allgemeinen Unterhaltung, während ich von Sylvias Summen angelockt wurde.

Ihr Hinterteil rotierte bis etwa zehn Uhr, dann schwang es im Gegenuhrzeigersinn zurück bis halb drei, um dann wieder mit der Runde zu beginnen. Da sie stets mehr Gewicht auf ein Bein verlagerte als auf das andere, arbeiteten ihre beiden Gesäßhälften nicht ganz synchron: Die linke bewegte sich zu Carroll Gibbons, während die rechte sich nach einer eigenen, wilderen Melodie richtete. Was für ein Anblick! Ich konnte spüren, wie mein Puls richtig schlaff und matschig wurde. Scheiß drauf, ich mußte heute abend noch unbedingt zum Zuge kommen – morgen, Gott allein wußte, was morgen passieren würde! Mein Magen gab einen schwachen Jammerlaut von sich bei dem Gedanken an morgen ... Wenigstens konnte Syl sich bewegen, im Gegensatz zu Henrietta Crane. Syl war klein und sah ziemlich schlau aus, aber auf keinen Fall so altertümlich wie »Das Rätsel«. Brustschwellungen waren unter dem blauen Kleid zu sehen, obgleich sie nicht genau mit den in das Kleid eingenähten Brustaussparungen übereinstimmten. Sicherlich handelte es sich um ein älteres Kleid ihrer Mutter, das entsprechend geändert worden war. Ich hatte Syls Mutter einmal kennengelernt, aber dadurch ließ ich mich von nichts abhalten. Ich lächelte, sie lächelte, wobei sie immer noch ihre Gesäßhälften einladend rotieren ließ. Vielleicht rotierten sie aber auch von selbst.

»Dann bist du also bald weg, Horatio?«

»Der Krieg dauert einfach zu lange. Am Ende hatte das Kriegsministerium auch Verlangen nach mir.«

»Wie siehst du denn in Uniform aus? Ich wette, hinreißend. Herausgeputzt für den großen Auftritt.«

»Würde es dir denn gefallen, mich in gar nichts zu sehen?«

»Was meinst du?«

»Entblättert für den großen Auftritt.«

»Oh, da haben wir aber einen von der ganz schnellen Truppe!« sagte sie zu Ann.

Vater war gerade nicht da, darum reichte die Geschäftigkeit und Wachsamkeit meiner Mutter für zwei. Sie kam mit einem Glas in der Hand zu uns herübergeschlendert. »Nun, mein kleiner großer Soldat, du darfst Syl nicht den ganzen Abend mit Beschlag belegen!«

»Ich bin doch gerade erst gekommen.«

»Geh herum – und kämm dir mal ordentlich die Haare zurück. Wenn sie dir so wie jetzt ins Gesicht hängen, siehst du ziemlich dämlich aus!«

All diese familiären Nettigkeiten wurden mit gedämpfter Stimme ausgetauscht.

Wenn sie meine Neigung überging, auszusehen wie Robert Preston in »Wake Island«, den ich fünfmal im Kasernenkino gesehen hatte, so hatte sie auch die Forderung meines Vaters übergangen, während des Abends keinen Alkohol zu trinken. »Der verdirbt doch nur die Party.« Nein, ich bitte Sie, das hat er wirklich nicht gesagt; ich mußte mir das eingebildet haben. Aber der arme alte Papa war genau die Sorte Mensch, von der man sich vorstellen konnte, daß sie so etwas sagte. Glücklicherweise hatte Mutters Gespür für günstige Gelegenheiten gesiegt; sie hatte sich an den Burschen in der Post herangemacht, der einem alles besorgen konnte, und sich zwei Flaschen Vorkriegssherry beschafft, den sie nun fröhlich in gallegrüne Gläser einschenkte, wobei sie eine Vielzahl launiger Bemerkungen über ihre Beschwipstheit von sich gab. Mr. Jeremy Church, ängstlich darauf bedacht klarzustellen, was für ein fröhlicher alter Knabe er war, hatte eine Flasche braunroten Burgunder mitgebracht.

»Wir sehen uns später noch«, sagte ich über die Schulter zu Sylvia und verlieh den Worten so viel sexuelle Zweideutigkeit, wie sie transportieren konnten.

Ich schenkte mir das Gespräch über die allgemeine Knappheit und das Heldentum und versuchte mit meinem aus anderen Gründen zerzausten Haar auszusehen, als sei ich gerade von Wake Island gekommen. Nachdem ich mir bei Church mit einem Minimum an Konversation einen Burgunder geholt hatte, ging ich weiter, um einen Blick auf Henrietta Crane zu werfen.

»Das Rätsel« trug verschiedene Kleidungsstücke zwischen Bluse und Biskuitteig – Westen, Spenzer, Büstenhalter, wer weiß was noch alles; die Kriegsverhältnisse bescherten diesem Typ Mädchen eine prächtige Gelegenheit, jede Art von muffiger Kleidung anzuziehen, die ihre Mutter vor fünfzig Jahren bereits abgelegt hatte. Der Teigkloß, offenbar nicht entstaubt, stieg langsam auf und nieder, als steckte jemand Fremder darin: Ja, ich konnte mich dazu zwingen, erregt zu sein. Ich setzte meine sexuellen Emotionen in Marsch, indem ich mir teigähnliche Vulven vorstellte. Der Schwanz reagierte mit einem schwachen, lethargischen Zucken in seinem Schlaf wie ein alter Hund, dem ein alter Knochen angeboten wird.

Henrietta trank zusammen mit ihrer Mutter den dunkelbraunen Rotwein. Sie schnitten Grimassen und flüsterten miteinander. Ich ließ mich auf einer Armlehne des Sofas neben ihr nieder – mehr um der A-Kompanie willen als aus irgendwelchen persönlichen Gründen. Sie zog ihren Ellbogen wiederholt weg, so daß er auch nicht durch einen Zufall mit meinem Hintern in Berührung kommen konnte.

»Ich bin ja froh, daß du heute abend kommen konntest, Henrietta – und deine Mutter natürlich. Hattet ihr keine Schwierigkeiten, während der Verdunkelung herzufinden?«

»Du hast also nur diesen Achtundvierzigstunden-Urlaub, Horatio, oder nicht?« Das kam von ihrer Mutter, nicht von ihr, wobei sie aufsah und mir ihre Zahnprothesen präsentierte.

»Das stimmt. Achtundvierzig Stunden. Das Übliche.«

»Es sind zwei ganze Tage.«

Ich schien einige schnelle Berechnungen anzustellen und murmelte halblaut: »Dreißig, dreiunddreißig. Vierzig, achtundvierzig... Ja, das stimmt, genau zwei Tage, tatsächlich!« sagte ich mit einem so großen gemimten Erstaunen, wie ich es zustande bringen konnte.

»Und wohin gehst du, wenn du wieder zur Armee zurückkehrst? Es ist doch die Armee?«

»Zum ersten Bataillon, den Second Royal Mendip Borderers.«

»Nun, das ist doch die Armee, nicht wahr? Und wo wirst du stationiert?«

»Das ist ein militärisches Geheimnis, Mrs. Crane, das zu enthüllen ich unglücklicherweise nicht in der Lage bin.« Ein Militärgeheimnis, das sorgfältig vor mir abgeschirmt wurde, hätte ich hinzufügen können. Während wir uns unterhielten, sah Henrietta Crane ständig ihre Mutter und nicht mich an, wobei ihre fetten Lippen schimmerten, als sie von dem Burgunder trank. Es gab die vage Hoffnung, daß sie, wenn ich lange genug wartete (sagen wir fünf Tage), wütend wurde und alle ihre moralischen Prinzipien über den Haufen warf; wenn ihre sittlichen Grundsätze der Menge ihrer Unterkleidung entsprachen – ich war überzeugt, daß eine solche Beziehung existierte –, dann war die Hoffnung wirklich vage, und mehr als nur eine Flasche von Churchs Burgunder wäre nötig.

»Wirst du dann auch gleich aktiv kämpfen?« erkundigte Mrs. Crane sich. Ihr schwacher mittelenglischer Akzent verlieh dem Wort »kämpfen« einen ganz eigenen Klang, während in ihrer Stimme die Empfehlung mitschwang, daß ich, was ich auch tun würde, dies doch still und unauffällig in einer verlassenen Gasse tun sollte.

»Nun, ich rechne damit, schon ein wenig mitzukämpfen«, erwiderte ich. Eher benommen als verärgert, sagte ich zu Henrietta: »Es wird hier drin ziemlich stickig bei all diesem Zigarettenrauch, und es fängt an, nach Bier zu stinken, je wärmer es wird. Hast du nicht Lust, mit mir nach hinten zu gehen und dir unseren Luftschutzraum anzusehen?«

»Das Rätsel« schenkte mir einen wachsfigurenhaften Blick, ehe ihre Augen vollständig abschalteten. »Wir haben auch einen Luftschutzraum, weißt du«, sagte sie in einem Ton, der andeutete, daß sie glaubte, eine besonders schlagfertige Bemerkung gemacht zu haben. »Ich bewahre dort meine Sammlung kleiner Vasen auf, nicht wahr, Mutter?«

»Das stimmt, Liebes.« Mrs. Crane verfolgte lächelnd meine Aufklärung. »Sie hat ihre Vasensammlung in unserem Luftschutzraum untergebracht.«

»Hm, ich denke, daß sie dort nicht beschädigt werden können, falls es einen Luftangriff gibt.«

»Das war die Absicht hinter diesem Arrangement«, sagte Henrietta. Sie stieß ein kurzes, knappes Lachen aus, als wäre es ein vorher vereinbarter Code, der »Heute kein Sex« bedeutete.

»Darf ich dir nachschenken?« fragte ich. Hundeurin oder Pferdepisse?

Ann betätigte noch immer das Grammophon und legte eine Platte nach der anderen auf. Sie süffelte zusammen mit Sylvia von dem Sherry und kicherte. Jeremy Church strich um sie herum, als ob sie ihm beide ausnehmend gut gefielen, während Mrs. Church gequält dem Bericht der Tante der Moles von ihrer Ausbombung lauschte. Die meisten Schallplatten waren sentimentale, schnulzige Titel, die Ann bevorzugte.

Ich mied den alten Church, der ganz begierig darauf war, über die Leiden des Weltkrieges zu reden (»Du erinnerst dich nicht mehr daran, aber damals war die Lage weitaus schlimmer«), und begann erneut mit Sylvia zu flirten.

»Du hattest wohl nicht allzu viel Glück bei Henrietta!«

sagte sie, und sie, Ann und ich brachen in schallendes Gelächter aus.

Ihre Arme waren ziemlich pickelig, aber wir verstanden uns recht gut, als ich bemerkte, wie Nelson Anstalten traf, sich mit Valerie zurückzuziehen. Er zwinkerte mir derart vielsagend und zweideutig zu, daß ihm die Augen getränt haben müssen. Dieser verdammte Bastard! Die Eifersucht fraß mich auf. Valerie war nicht übel, ein wenig zu stämmig gebaut, was ihrer Zugehörigkeit zur weiblichen Heimattruppe zuzuschreiben war, aber sehr fröhlich – und jeder war sich darüber im klaren, daß die Mädels dieser Truppe es regelmäßig brauchten. Sie gingen vermutlich auf ein Glas in den Pub, und anschließend würde Nelson sie wahrscheinlich zu einer Runde Stehgymnastik an die Rückwand unseres Hauses lehnen. Ich wußte darüber Bescheid, weil er mir davon in sehr bescheidener Weise, zugleich aber auch voller Stolz erzählt hatte. Er erklärte, daß Stehgymnastik die anstrengendste Methode sei, Sex zu machen. Ich sehnte mich danach, es auch einmal auszuprobieren, wünschte mir, mich mal richtig auszubumsen.

»Möchtest du dir nicht mal unseren Luftschutzraum ansehen, Sylvia?«

»Was ist denn so Besonderes an eurem Schutzraum? Wir haben doch selbst einen.«

»Na ja, aber hat eurer fließend kaltes und warmes Wasser?«

»Nein, und ich möchte wetten, eurer hat das auch nicht!«

»In einer Ecke ist er nur etwas feucht, wo Wasser hereinrinnt! Aber mal ernsthaft, ich bewahre dort meine Vasensammlung auf. Das wird dich sicherlich interessieren.«

»*Was* hast du dort?«

In diesem Augenblick, als der Kampf, unsere gute alte Syl in eine bequeme Stehgymnastikposition zu bringen, sozusagen auf der Kippe stand, kam mein Vater herein! Er hatte seinen Luftschutzrundgang beendet, auf dem er nach Lücken in der Verdunkelung der Leute in unserem Viertel Ausschau hielt. Er hatte seine Gasmaske und seine Taschenlampe in der

Hand und dachte daran, seinen Stahlhelm nicht eher abzunehmen, als bis er vollends im Raum war, so daß jeder der Anwesenden an seine Pflichten erinnert wurde. Der Helm ließ ihn noch untersetzter erscheinen als sonst. Ich bemerkte dabei, daß der Rand seines Helms gerade bis zu der am meisten vorspringenden Körperpartie von Henrietta Crane hinaufreichte.

Sein Eintreten verursachte einige Verwirrung. Die alte Mole-Tante verstand den Auftritt als ein Signal, schnellstens in Deckung zu gehen, und mußte von den Moles und Mrs. Church davon abgehalten werden, den restlichen Krieg unter unserem Klapptisch zu erleben. Verärgert tat Vater so, als hätte er nichts bemerkt (eine besonders beliebte Taktik), und ging durch den Raum, um genauestens unsere eigene Verdunkelung zu testen, wobei er dreimal die Vorhänge auf- und zuzog, als gäbe er einem Schwarm Dorniers, die über uns kreisten, ein geheimes Zeichen. Nelson und seine Holde nutzten die Gelegenheit, um sich davonzuschleichen, und ich schaffte es, Sylvia immerhin bis zur Küche mitzulocken.

»Komm, gehen wir wenigstens in den Garten etwas frische Luft schnappen.«

»Ich werde eine rauchen. Möchtest du eine Park Drive?« Sie hielt mir ihre Zigarettenpackung hin. »Das ist alles, was unser Zigarettenmann in der Nachbarschaft noch anbieten kann, und mir ist es eigentlich egal, welche Marke ich rauche.«

»Danke. Laß uns draußen rauchen. Hier drin kann man ja sein eigenes Wort nicht verstehen.« Unsere Hände berührten sich, als ich ihr Feuer gab.

»Ich hab' die ganze Zeit der Musik zugehört. Meinst du nicht auch, daß Artie Shaw der beste Musiker aller Zeiten ist?«

»Hör mal, laß uns bitte rausgehen! Das mit der Musik dauert nicht mehr lange – meine Mutter schaltet sie bestimmt gleich aus und sagt Gedichte auf, falls sie meint, daß es hier zu laut wird. Der alte Church braucht nur einen über den Durst zu trinken, und schon bricht da drin das Chaos aus!«

Wir standen uns am Küchentisch gegenüber, rauchten unsere Zigaretten und sahen uns an. Sie sah immer reizender aus. War es nicht so, daß sie längst wußte, welche Absichten ich verfolgte? Wo war ihr Patriotismus geblieben? So verzweifelt ich mir auch wünschte, sie zu küssen – nur zu küssen, wenn mehr nicht zu bekommen war –, hielt meine gesamte Erziehung mich davon ab, es ihr direkt mitzuteilen. Alles mußte entsprechend einer Folge völlig veralteter Regeln ablaufen, Regeln, die so vage waren, daß man eigentlich niemals genau wußte, ob man innehalten oder weitermachen sollte. Oder es gab da noch den etwas moderneren, aber ebenso hindernisreichen Weg, zum Ziel zu kommen, nämlich die Kino-Methode, wo alles total romantisch geschehen mußte, wo sie diesen gewissen Ausdruck in den Augen haben mußte und ein Mond an den Himmel gehörte und Max Steiner seine Geigen schluchzen ließ und wo man dann leise zu reden begann und sich die witzigsten, zärtlichsten, von Selbstbetrug triefendsten Dinge zu sagen begann: »Ich habe mich noch nie so jung gefühlt wie heute.« – »Wirklich, du siehst aus wie ein großer Junge!« – »Das bist nur du, Liebling, du bringst die Jugend in mir zum Vorschein.« – »Sind wir alle nicht im Grunde Kinder?« – »Heute abend sind wir das ganz bestimmt.« Diese gewissermaßen amerikanische Methode war noch schwerer zu vollziehen als die nach dem alten britischen Protokoll, aber wenn man sie einmal beherrschte, dann erzielte man damit Erfolge. Die Musik brandete auf, man faßte sich bei den Händen, Blumen erschienen aus dem Nichts, man stand da, die Lippen berührten sich, Bäuche und Unterleiber begannen wie von selbst zu kreisen. Aber mit dem geschrubbten Küchentisch zwischen uns fing nichts an sich zu entspinnen.

»Wirst du auch mal an mich denken, wenn ich auf Wake Island oder in irgendeinem anderem Höllenloch stecke?«

Da legte Ann nebenan ihren Lieblingssong auf, der auch der Lieblingssong aller anderen war, nämlich Ben Camber mit »That Lonely Weekend«. Wir konnten die Worte in der Küche hören, wo sie mich mit ihrer mittelschicht-typischen Angst vor dem Krieg und der Trennung richtig anstachelten.

»Ich liebe diesen alten Titel«, sagte unsere gute alte Syl. »Bei uns im Büro ist ein Bursche, der nennt den Song ›That Dirty Weekend‹.« Sie lachte.

»Ein entsetzliches Lied – es erinnert mich an das, was ich vermisse. Schon morgen übers Meer gejagt, auf Nimmerwiedersehen. In irgendeinen fernen Winkel eines völlig fremden Landes und so weiter...« An dieser Stelle hatte ich bereits den Arm um ihre Taille geschlungen und drückte mich schwer atmend an ihre linke Seite. Sie gab vor, es nicht zu bemerken.

»Wo ist eigentlich dein Bruder stationiert?«

Heutzutage würde man einem Mädel ein paar drübergeben, wenn sie einem in einer solchen Situation eine derart alberne Frage stellte. Schließlich entführte ich sie durch die Hintertür nach draußen in die milde dunkle Herbstluft. Man konnte deutlich erkennen, daß sie sich nicht sonderlich dagegen sträubte. Während unter unseren Füßen der Schotter des Park Drive knirschte, legte ich einen Arm um ihren Hals und murmelte ein paar erbauliche Worte. Ich spürte ihren Duft, und der Duft war angenehm. Die abendliche Dunkelheit vertrieb offensichtlich ihre Hemmungen. Sie ließ den kleinen Rest ihrer Zigarette fallen, blickte auf und lächelte mich an. Sie war geheimnisvoll und eben noch zu erkennen. Ein hübsches Gesicht, kein bißchen verschlagen. Sie schmiegte ihre Hände an meine Wangen und ließ sie dort.

»Ich finde es schade, daß du weggehst«, sagte sie. »Du bist nett.«

»Keine Sorge, ich komme wieder zurück.«

»Ich werde dich vermissen, wenn du fort bist.«

»Ach, noch bin ich ja nicht weg, oder? Ich würde dir gerne etwas geben, damit du dich an mich erinnern kannst.«

Wir küßten uns und begannen zu schmusen. Mein Körper reagierte auf ihren, wurde ganz warm und weich, während eine frische, junge Erektion sich an ihren Bauch schmiegte. Das war schon viel besser! Sylvia sagte: »Aber Liebling!« in einer Weise, die nicht einmal Ida Lupino verachtet hätte. Unsere Münder öffneten sich immer weiter, während wir einander küßten. Sie hatte ganz offensichtlich nichts gegen das einzuwenden, an was sie sich drückte. Mir kaum bewußt, was ich tat, schaffte ich es, sie in die Nische zwischen Gartenmauer und Luftschutzraum zu drängen, wo, wenn ich ein wenig in die Hocke ging, eine Runde Stehgymnastik durchaus möglich war, vorausgesetzt, ich verschoß meine Ladung nicht schon, bevor ich in sie reinkam.

Sie immer noch küssend, fingerte ich die Knöpfe meines Hosenstalls auf und holte meine Pracht heraus. Sylvia wußte ganz genau, was ich tat. Ohne sich zu zieren, griff sie zu und drückte zärtlich zu, während ich eine Hand unter ihren Rock schob. Ich tauchte meine Finger gerade in einen weichen und pelzigen Spalt, als die verdammte Küchentür hinter uns aufging.

»Horatio!« Meine Mutter in bühnenreifem Flüsterton. Ausgerechnet jetzt!

Sylvia ließ meinen Schwanz los, als hätte er sich in einen Seeigel verwandelt, und drückte sich tiefer in den Schatten. Reine Mordlust schäumte durch meine Adern. Während ich den Seeigel hastig wegpackte, sagte ich: »Was willst du?« Wirklich, eine gute Frage.

Ich konnte ihre lange, schlanke Gestalt als Silhouette in der Türöffnung sehen. Vaters ständige Belehrung hatte sie dazu gebracht, stets die Küchenbeleuchtung auszuknipsen, ehe sie die Tür öffnete, um die Verdunkelung nicht zu mißachten.

»Was tust du hier draußen, Horatio?«

»Ich komme gleich wieder rein, Mutter. Und hör um Gottes willen auf, dauernd hinter mir herzurennen, als sei ich noch ein kleines Kind.«

»Ich renne nicht hinter dir her! Warum sollte ich auch, da du offenbar gar nichts mit mir, deiner eigenen Mutter, zu tun haben willst! Komm sofort rein und kümmere dich um deine Gäste. Sie empfinden es als sehr unhöflich, daß du dich nicht mit ihnen unterhältst.«

»Nun hör mal, ich will nur etwas frische Luft schnappen. Okay?«

Sie klang ernsthaft verärgert, und alte Angstreflexe, die nicht einmal Sergeant Meadows in mir hätte wecken können, meldeten sich wieder. »Ich weiß genau, daß Sylvia bei dir ist! Jetzt komm sofort herein und benimm dich anständig, oder ich hole deinen Vater.«

Daher gingen wir an ihr vorbei hinein, Sylvia schamvoll errötend und ich, ein einundzwanzigjähriger Infanterist, der Stolz der Royal Mendips, im Begriff, für England zu sterben, allnächtliche Erektionen bis unter die Arme bekommend – manchmal fragte man sich wirklich, wofür, verdammt nochmal, man eigentlich kämpfte!

Ich war derart bedient, daß ich auf meiner Kommode blieb und mich im Spiegel betrachtete, wie ich Tarzan mimte. Ich wäre beinahe drin gewesen! Ich schnupperte an meinen Fingern, aber sogar der Geruch war verflogen, verfluchter Mist! Nachdem ich noch einmal die Kreuzigungspose versucht hatte, rutschte ich kopfüber nach unten und schlängelte mich über den Teppich. Allmählich, mit hängendem Kopf und heraushängender Zunge, richtete ich mich vor dem Spiegel auf. Es war der dritte Tag. Ich stand wieder auf.

Ich sah wirklich idiotisch aus. Speichel tropfte bis zu meinen Socken hinunter. Ich ließ meine Wangen zittern und meine Stirn purpurrot anlaufen.

Dieses vorübergehende Eintauchen in die Idiotie war erstaunlich erfrischend. Die Armee ließ einem keine Privatsphäre, und es war ein Segen, in totaler Abgeschiedenheit meine alten Stresslockerungsübungen absolvieren zu können. Ich intensivierte meine Wahnsinnsnummer so lange, bis ich selbst davon überzeugt war, tatsächlich den Verstand zu verlieren. Erschreckt und zufrieden zog ich mich aus und ging zu Bett.

Visionen von dem, was mit Sylvia hätte stattfinden können, suchten mich heim. Ich hatte tatsächlich meine Finger an jenem wundervollen Ort! »Komm doch morgen zu mir, wenn du Zeit hast«, hatte sie geflüstert; sie war willig und bereit, wenn genügend Zeit war. Ich spürte, wie sich mein alter Freund bei der Erinnerung langsam wieder aufrichtete. O nein, nicht das! Ich muß morgen in aller Herrgottsfrühe aufstehen, und dann die lange Fahrt zurück zur Kaserne in Aldershot. War er denn niemals zufrieden? Es war schlimmer als mit einem Kind, das ständig brüllt, um auf sich aufmerksam zu machen. Was zum Teufel stimmte mit diesem verdammten Ding denn nicht? Wütend tauchte ich mit der Hand unter die Bettdecke und tastete es ab. Nur um ihm den Puls zu fühlen, sonst nichts.

Es war heiß, trocken und steif. O Gott, o Sylvia! »Komm doch morgen zu mir, wenn du Zeit hast.«

Das natürliche Gesetz, das dafür sorgt, daß man, sobald man es einmal fest im Griff hat, es nicht sofort wieder loslassen kann, entfaltete augenblicklich seine Wirkung. Das Ding ist dein Herr und Meister. Der Schwanz wedelt mit dem Hund.

Während ich anfing, es mit fairen und unfairen Mitteln ruhig zu stellen, überfiel mich ein Wust von Phantasien. Es war der nächste Morgen. Ich war sehr früh erwacht, war bereits angezogen, aus dem Fenster und über den Vorbau mit dem Eßzimmer hinuntergeklettert und auf die Straße gelangt. Alles schlief noch, nur ein sich entfernender Milchmann war zu sehen. Nichts wie hin zu Sylvias Adresse, dort am Regenrohr hoch und an ihr Fenster geklopft. Sie kommt zum Fenster, noch warm vom Bett, leicht verschlafen, mit einem fast durchsichtigen Nachthemd bekleidet, etwas unwirsch. Sie öffnet das Fenster, ihre Augen leuchten beim Anblick des lüsternen jungen Soldaten. Er springt hinein, umarmt sie, schließt das Fenster. Sofort aufs Bett. Man mußte sofort zur Sache kommen, die Zeit war so knapp. Es gibt wenig zu sagen. Muschi trieft, schmatzt bei der geringsten Berührung. Prachtvolle Titten, köstliche Achselhöhlen. Drehe sie herum, wunderschöner Hintern, ihr Rücken ein Gedicht. Sie ist dazu geschaffen. Stöhnt vor Lust. Schiebe ihn ihr von hinten hinein...

An diesem Punkt erinnerte ich mich an Nelson, der wahrscheinlich in diesem Augenblick – diesem Augenblick in der Wirklichkeit und nicht in Träumen – mit Valerie an unserem Zaun eine weitere Stehgymnastik ausführte! Genau das war es, was ich mit Sylvia eigentlich hätte erleben sollen, wenn meine verdammte Mutter nicht ihre Nase in meine Angelegenheiten gesteckt hätte! Streich die letzte Phantasievorstellung. Statt dessen hin zur offenen Tür des Luftschutzraums, schnellstens mit ihr hinein. Schließ die Tür ab. Keine Störungen. Syl drängt sich an mich, reibt sich an mir. Die Lippen treffen sich, meine Zunge ist in ihrem Mund, meine Hand ist unter ihrem Rock. Wir lehnen uns aneinander und gleichzeitig an die feuchte Wand...

Es wird ziemlich dringend. Ich schnappe mir ein Taschentuch und hüpfe aus dem Bett. Ich lehne mich an die Zimmerwand, verschränke die Hände und schiebe das blutpralle Haupt der Bestie langsam in den Spalt, den die Hände bilden. Ein Stehgymnastikersatz. Diesmal bist du es wirklich. Sylvia, meine kleine Prinzessin. Ich umfasse ihren Hintern, ziehe sie zu mir heran. Sie wird vor Erregung beinahe ohnmächtig.

Am Himmel fliegen Wellen von Dornier-Bombern vorbei und zerstören meinen Traum. Sie sind wieder nach Birmingham unterwegs, schon die dritte Nacht. Während sie über die Kamine hinwegfliegen, ergieße ich mich über meine Hände und stehe allein in der Dunkelheit, keuchend und den Kopf an die Wand gelehnt und den Bastarden lauschend, die durch die verdammte Nacht fliegen, wieder und wieder, in einem endlosen Strom.

Am nächsten Morgen blieb für Sylvia keine Zeit. Alles geschah voller Eile. Nach einem leisen Klopfen an meine Tür walzte Mutter wie in den alten Zeiten in mein Zimmer herein, ehe ich auch nur ein Auge richtig aufbekam. Sie brachte mir ein Khakihemd, das sie gebügelt hatte. Ich wußte sofort, daß sie gleich weinen würde, noch als ich mich hastig aufrichtete und zur anderen Seite des Zimmers blickte, um mich zu vergewissern, ob sich irgendwelche verräterischen Flecken an der Tapete befanden. Der unheimliche Wichser hatte wieder zugeschlagen! Alles okay, was für ein Glück. Nun brauchte ich nur noch ihren Tränen zu entgehen.

»Teufel auch, es ist schon spät! Ich stehe lieber sofort auf!«

»Unsinn, Liebling, du hast genügend Zeit. Dein Vater ist

gerade erst aus dem Badezimmer gekommen, und es ist draußen ziemlich kalt – man könnte meinen, der Herbst sei schon angebrochen. War unsere liebe alte Tante Mole gestern abend nicht lustig? Bestimmt hatte sie zu viel getrunken! Es war eine schöne Party, nicht wahr? Ich nehme an, du hast keine Ahnung, wohin deine Einheit in Übersee verlegt wird, oder?«

»Ich hab's dir doch schon erklärt, niemand weiß so etwas. Sergeant Meadows meinte, es könnte Burma sein.«

»O mein Gott, hoffentlich nicht Burma! Es ist ein furchtbares Land. Nennen sie es nicht auch das Grab des Weißen Mannes oder so ähnlich? Glaubt dein netter Captain Gore-Blakeley, daß du nach Burma gehst?« Sie ließ sich auf meiner Bettkante nieder, griff geistesabwesend nach meinem Morgenmantel und spielte damit nervös herum. »Ich bin dir immer eine schlechte Mutter gewesen, Horry, mein Liebster.«

»Du weißt, daß das nicht stimmt.« Aber meine Antwort klang genauso hohl wie ihre Feststellung. Sie und Vater hatten mir nie ganz verziehen, daß ich von zu Hause weggelaufen war, um in London zu leben, genauso wie ich meinem Vater nie verziehen hatte, daß er nie hingefahren war, um mich zu suchen. All das lag schon vier Jahre zurück, aber gerade bei Familienangelegenheiten bleibt die Erinnerung immer besonders frisch.

»Ich schreibe dir, Horry. Ich hoffe, du antwortest mir auch. Ich weiß, daß du nicht mehr mein kleiner Junge bist, aber so sehe ich dich eben immer noch, und so bewahre ich dich in meinem närrischen alten Herzen.« Vielleicht war das ihre Art, sich bei mir dafür zu entschuldigen, daß sie mich und Sylvia gestört hatte. Sie ergriff meine Hand und sagte: »Denk manchmal an deine arme, dich über alles liebende Mutter. Sie wird nicht ewig auf dieser Welt sein, weißt du, und eines Tages bist auch du alt und klapprig.«

»Jetzt fängst du schon wieder damit an! Du sagst das immer! Dabei bist du in bester Form!«

Und schon kamen ihr wieder die Tränen. »Ich bin nicht... mir geht es überhaupt nicht gut, wirklich – aber das geht niemand etwas an!« Ich hatte eine Vorahnung, daß sie sterben würde, während ich in Übersee war; vielleicht war es auch nur mein Schuldgefühl, das diese Vorstellung in mir weckte. Sie war erschreckend mager – »das reinste Nervenbündel«, wie sie sich nannte. Ann erzählte mir, daß sie mittlerweile recht häufig verschwand und ihre langen spontanen Spaziergänge unternahm. Vielleicht wurde sie eines Tages von einem der amerikanischen Armeetransporter, die durch die Landschaft donnerten, mitgerissen und getötet.

Wir hatten dies unseren Eltern angetan. In gewisser Weise hatten wir sie verraten. Wir bedrängten sie, indem wir aufwuchsen, groß und stark wurden, während sie von Jahr zu Jahr immer mehr zusammenschrumpften, eine immer kleinere, unbedeutendere Rolle spielten und sich mit ihren alten Kleidern und Fensterdekorationen zufrieden geben mußten. Ann sprach davon, sich beim Frauenhilfsdienst zu melden – als letztes der Küken dem Nest der Stubbs' nicht ohne erleichterte Freudenrufe zu entfliehen.

Das Beste, was man in dieser Situation tun konnte, war, sich überhaupt nicht dazu zu äußern. Tränen liefen über Mutters Wangen. Je heftiger sie versuchte, sie zurückzuhalten, desto reichlicher flossen sie. Ich legte einen Arm um ihre mageren Schultern, und die Tränen kamen noch schneller. Sie erschauerte und stieß schluchzend hervor, was für eine schlechte Mutter sie gewesen sei. Trotz meiner gemurmelten Proteste war ich geneigt, ihr recht zu geben – in jenen unschuldigen Tagen erkannte ich einfach nicht, wie selten erfolgreiche Eltern überhaupt sind.

»Es wird dir schon gut gehen, Mama! Papa ist ja noch da und kümmert sich um dich, und dann sind da auch noch all eure Freunde...«

»Ich habe keine Freunde! Nur euch drei...«

»Nun, Kopf hoch, wir werden die Italiener schnellstens schlagen, und die ganze Affäre ist schon in Kürze beendet.«

»Ich hab' ja solche Angst, daß du verwundet wirst!« Sie sprang auf und rannte aus dem Zimmer, als wollte sie ihre Sorge und Trauer irgendwo anders abladen. Ich versetzte meinem verdammten Kleidersack einen schnellen Tritt, als ich das Badezimmer aufsuchte.

In ähnlicher Weise, wenn auch etwas gedämpfter, ging es weiter, während wir fast zaghaft und ängstlich unsere Eier mit Speck und unseren Toast verzehrten. Die Gabe der Rede ist bei solchen Gelegenheiten ein wahrer Fluch. Nelson unterhielt uns mit einer Schilderung der Gaskampf-Ausbildung, die er in Edinburgh absolvierte, und Ann steuerte ein paar Witze bei.

»Habt ihr schon gehört, was die Briten und die Amerikaner übereinander sagen? Die Briten meinen, bei den Amerikanern störten nur drei Dinge – sie hätten zu viel Sex, zu viel Geld und zu viele Leute bei uns.«

»Ich möchte solche Reden nicht in diesem Haus hören!«

»Und die Amerikaner erwidern, bei den Briten störten ebenfalls drei Dinge – sie hätten keinen Sex, kein Geld und keinen Eisenhower.«

Nelson und ich lachten pflichtschuldigst, obgleich wir den Witz schon kannten. Wir lachten auch mit einem leichten Unbehagen: Wir wußten, daß Ann mit einem amerikanischen G. I. befreundet war. Vermutlich hatte sie den Witz von ihm. Wir hofften, daß sie nicht noch mehr von ihm hatte – der Witz traf ziemlich genau den Nagel auf den Kopf. Die Amerikaner hatten sexuelle Beziehungen, wir hatten nur Beziehungen.

In meinen Stiefeln umherpolternd, suchte ich die Sachen für meinen Seesack zusammen und rammte mir die Feldmütze auf den Kopf, so daß sie schräg über dem rechten Ohr hing und ihre beiden glänzenden Messingknöpfe über meiner rechten Augenbraue blinkten. Ich beantwortete wiederholte Nachfragen, ob ich auch die Äpfel eingepackt hatte, die man für mich von unserem einzigen Baum gepflückt hatte. Die Zeit des Abschiednehmens war gekommen. Das war es also. Lebe wohl, England, Heimat und Paradies! Mit dem Bus zum Bahnhof, und dann hinaus in die Welt.

»Wir sehen uns in Berlin, Kamerad«, sagte Nelson, als wir uns die Hände schüttelten. Ich gab Ann einen Kuß und drückte sie fest an mich, tat das Gleiche wortlos mit Mutter, die nur schluchzte und mir die Schulter tätschelte. Wir sahen uns gegenseitig mit ziemlich leidenden Mienen an, während ich den Seesack auf meine linke Schulter hievte. An der Haustür drängten wir uns noch einmal traurig zusammen, berührten uns gegenseitig. Dann ging ich mit Vater die Straße hinunter; er begleitete mich bis zur Bushaltestelle, von wo aus er dann seinen Weg zur Bank fortsetzte.

Meine Stiefel schienen auf dem Pflaster einen furchtbaren Lärm zu veranstalten. Es waren nur einfache Frauen im mittleren Alter und alte Männer zu sehen, keine Sylvia. Die vertrauten Straßen, aber verlassen. Alte Automobile, ein oder zwei Hunde. Mitte August und etwas welkes Laub in der Gosse. Es gibt keinen geeigneten Weg, wie man den Menschen, die man liebt, auf Wiedersehen sagt; man dreht sich einfach um und blickt zurück, vorsichtig, damit einem die Uniformmütze nicht vom Kopf rutscht, und man grinst und winkt vage. Man hat sich längst voneinander getrennt: ein paar Meter, ein paar Sekunden, aber es reicht.

»Du wirst sehen, daß es gar nicht so übel ist«, sagte Vater und redete mit einem Unterton unbeholfener Munterkeit. Der Seesack auf meiner Schulter ließ ihn neben mir wie einen Zwerg aussehen. »Weiß Gott, wenn ich etwas jünger wäre, würde ich voller Stolz mit dir marschieren.«

»Du hast deinen Teil schon beim letzten Mal geleistet, Papa.«

»Wie bitte?«

»Ich sagte, du hast schon beim letzten Mal genug getan.«

»Ich hoffe nur, daß sie dich nicht in den Fernen Osten schicken. Dort zu kämpfen ist einfach furchtbar. Europa ist gar nicht so schlecht, der Mittlere Osten auch nicht; du kannst von dort immer mal wieder nach Hause zurückkommen... Was aus uns allen noch werden soll, das weiß ich nicht.«

»Hoffen wir, daß alles schnell vorbei ist.«

»Birmingham war gestern abend wieder mal an der Reihe. Man fragt sich, wo das alles noch enden soll...«

Wir erreichten die Bushaltestelle. Zwei alte Männer standen dort, redeten nicht miteinander, hatten die Hände in die Taschen gesteckt und blickten die Straße hinunter, als hielten sie Ausschau nach Vorboten der Wehrmacht. Ich blieb hinter ihnen stehen, und Vater begann vom Weltkrieg zu erzählen. Genauso wie Mutter hatte er ein schlechtes Gewissen. Irgend etwas fehlte ihm. Er wurde alt. Als der Bus sich näherte, schob er mir eine Fünf-Pfund-Note in die Hand, frisch von der Bank, und meinte – sagte er es wirklich? Brachte er es tatsächlich über sich, das zu sagen? –: »Sei ein guter Junge und geh auf keinen Fall in die Freudenhäuser«, oder bildete ich es mir ein? Ich konnte es nie genau entscheiden, meine Empfindungen beeinträchtigten mein Wahrnehmungsvermögen.

Ich erinnere mich nur noch, wie ich den Seesack auf die hintere Plattform des Busses schwang und seine Hand ergriff. Die Klingel schrillte. Der Bus riß mich von ihm weg. Er blieb stocksteif stehen, eine Hand winkend erhoben, wie zum Salut, und blickte mir nach. Während ich ihn betrachtete, fielen mir nach und nach all die liebevollen Dinge ein, die ich ihm noch vor wenigen Sekunden hatte sagen wollen.

Was du auch denken magst, Papa, ich liebe dich, auch wenn du nicht nach London gekommen bist, um mich zu suchen. Ich liebe dich wirklich, und ich werde mich ehrlich bemühen, niemals ein Freudenhaus zu betreten...

Die Kriegszeiten gleichen im wesentlichen den Friedenszeiten; sie sind nichts anderes als eine Phase, in der der Friede eine Krise durchmacht. Im Krieg erlebt jedermann eine Steigerung von Schicksal und Glück. Der weitere Lebensweg hängt davon ab, ob man seinen Namen als letzten auf der Liste »A« oder als ersten auf der Liste »B« findet. Man gewinnt die Überzeugung, daß man mit einer tieferen Absicht, wenn auch wahllos, herumgeschoben wird, wie ein gemischtes Kartenpack in der Hand eines Wahrsagers.

Von einem wenig einladenden Büro ins nächste waren die Namenslisten in Kriegszeiten ständig auf Wanderschaft. So sicher, wie die Kugel eines Scharfschützen am Ende ihr Ziel fand, würde eine dieser Listen schließlich Eingang in die Wirklichkeit finden und das Schicksal des Wartenden besiegeln. Es war eine dieser Listen, ein besonders tyrannisches Exemplar dieser Gattung, die bestimmte, daß das 1. Bataillon der 2. Royal Mendip Borderers (Kommandeur: Oberstleutnant William Swinton), eines der drei Bataillone der 8. Brigade, Ende Oktober 1943 auf dem Truppentransporter »Ironsides« in Bombay eintraf, um sich mit den anderen Einheiten der 2. Britischen Division zu vereinigen, die bereits in Indien operierten. Eine Unterliste hatte bestimmt, daß auch ich dazu gehören sollte, der ich zusammen mit meinen Kameraden des 2. Zuges, einem von dreien der A-Kompanie, mit großen Augen an der Reling der »Ironsides« lehnte.

Indien war um Welten vom Vereinigten Königreich entfernt und nur durch einen spärlichen und tröpfelnden Strom von Befehlen und Listen damit verbunden. Bombay war die Verkörperung des Exotischen.

Lange bevor wir den Hafen von unserem Deck des Truppentransporters aus sehen konnten, konnten wir feststellen, daß wir uns in Landnähe befanden. Das Meer verwandelte sich in viele verschiedene Farben, das Blau des freien Ozeans machte Streifen von Grün, Gelb, Rot und Ocker Platz. Eine flache Küstenlinie tauchte auf. Fremdartige Gerüche wurden vom Wind zu uns getragen, stechend, unbeschreiblich, und sorgten dafür, daß die Haare sich nicht nur vom Schweiß kräuselten.

Während die »Ironsides« ihren Kurs weiter verfolgte, kamen kleine Handelsboote herausgerudert, um sich an uns heranzumachen, bemannt von Eingeborenen, die begierig darauf waren, den ersten Schuß auf uns abfeuern zu können und sich so ihre Beute zu sichern. Die Boote waren mit Dekken und Teppichen und Messingvasen und allen möglichen Ledersachen beladen. Hektisches Feilschen setzte ein, sobald die Händler sich in Hörweite befanden, wobei die Intelligenten der »Ironsides« mit den braunen Gesichtern unten lauthals diskutierten. Wally Page und Dusty Miller fielen wie immer auch dabei auf. Einige meiner Kameraden wurden schon abgekocht, ehe wir auch nur einen Fuß an Land gesetzt hatten.

Im Umkreis von mehreren Kilometern war das Meer von den dreißig Schiffen unseres Konvois gefleckt. Wir waren acht Wochen vorher in Southampton in See gestochen und hatten unterwegs einen viertägigen Aufenthalt in Durban eingelegt. Die höllische »Ironsides« war zu unserem Zuhause geworden – und das in einem Maße, daß ich sogar eine der Neurosen entwickelt hatte, die das Zuhause fördert: Bis jetzt begierig, endlich von dem verhaßten Schiff mit seinen verhaßten Routinen des Trainings und des Lagerlebens herunterzukommen, hatte ich plötzlich Hemmungen, den Schutz der vertrauten Umgebung zu verlassen.

An Indien war nichts vertraut. Es raubte einem den Atem. Es wimmelte, lärmte, kochte, brodelte von Menschen. Die Docks waren dicht bepackt mit Kulis; während wir im Gänsemarsch die Gangway hinuntergingen, beladen mit Gewehren und Ausrüstung und Gasmasken und dazu die volle tropische Kluft inklusive Sonnenkopfschutz trugen, wurden wir von Massen von Indern umringt. Unteroffiziere brüllten und schlugen auf sie ein, während wir uns zu Zügen formierten und unseren ersten Schweiß auf Indiens Erde vergossen.

Nach einer Stunde des Wartens in der Sonne wurden wir im Marschtritt durch die Stadt zum Bahnhof geführt, begleitet von den Klängen der Regimentskapelle, die aus voller Brust aufspielte.

»Augen geradeaus, ihr schlaffen Säcke! Zeigt diesen verdammten Reisfressern, daß sie jetzt die Mendips im Lande haben!«

Es war der absolute Wahnsinn, die Augen geradeaus zu halten! Wir befanden uns auf einem fremden Planeten, und sie wollten nicht, daß wir uns das ansahen! Es war nur ein weiteres Beispiel für den militärischen Irrsinn.

Von dem pompösen viktorianischen Zentrum Bombays strahlten endlose enge Straßen aus – winkelige Gassen, voll von Geschäftigkeit, Tieren, erstaunlichen Fahrzeugen und

Menschen, obgleich wir instruiert worden waren, diese nicht als Menschen zu betrachten, sondern nur als Reisfresser.

Wenn ich in friedlicheren Zeiten je an Indien gedacht hatte, dann war es für mich stets ein Ort gewesen, wo es den Leuten schlecht ging und wo sie verhungerten; doch hier herrschte ein Leben, wie England es sich nicht vorstellen konnte, laut, ungezügelt, voll von Farben und Gerüchen, mit Menschen, die vorwiegend lachten und ihre Rede mit heftigen Gesten unterstrichen.

Da wir von dieser Kultur nichts wußten und eigentlich auch nichts für sie übrig hatten, betrachteten wir das alles als barbarisch. Dschungelschrille Musik drang aus vielen der barackengleichen kleinen Läden. Überall waren Gujerati-Schilder zu sehen. Verschlungene Strom- und Telefonleitungen überspannten jede Straße. Halbnackte Bettler paradierten auf jedem Bürgersteig auf und ab. Alles war von Hitze eingehüllt.

Obgleich ich mich nicht mehr an die Einzelheiten dieses dramatischen Marsches zum Bahnhof erinnere, ist mir mein allgemeiner Eindruck jedoch noch im Bewußtsein. Dieser Eindruck von Lärm, Licht und Düften war grandios, wurde jedoch in seiner Bedeutung ins zweite Glied verbannt; nach der entbehrungsreichen Zeit auf dem Schiff hielten wir zuallererst und vordringlich Ausschau nach Frauen. Und da waren auch die Frauen, eingehüllt in Saris, Kleidungsstücke, die uns nicht nur häßlich erschienen, sondern formverhüllend. Einige Frauen schritten mit Körben voller Kuhdung auf dem Kopf umher, traten dabei auf wie Königinnen, während andere Brillanten in ihren Nasenflügeln oder auf die Stirn aufgemalte Kastenzeichen hatten. Barbarisch! Und das Ganze vor einem Hintergrund ebenfalls barbarischer Unordnung!

Menschen wuschen ihre Wäsche und spuckten an jeder Straßenecke, und bucklige Kühe durften gehen, wohin und wo sie wollten, sogar in Gebäude hinein!

Auf dem Bahnsteig wurden wir von dieser bunten Flut geradezu aufgesogen. In dem Chaos, in dem sich das Einsteigen in den Zug abspielte, wimmelten Lastenträger zwischen uns herum, schnappten sich unsere Seesäcke und das übrige Gepäck, so daß sie anschließend gewaltige Gebühren für ihre Mithilfe fordern konnten. Ihre nackte Aufdringlichkeit, ihr Kampf um Leben und Arbeit waren Faktoren, die wir früher niemals kennengelernt hatten. Und das Verwirrendste an den braunen Gesichtern war, daß sie den englischen Gesichtern so ähnlich waren! Es war die Verzweiflung in ihnen, nicht die Farbe, die sie so fremdartig erscheinen ließ.

Diese Entdeckung verfolgte mich während meiner Zeit in Indien. In China oder in Afrika wird man von solchen Überlegungen niemals heimgesucht; dort haben die Menschen die Güte, ihre Fremdartigkeit durch jede Falte ihrer Nase, Lippen und Augen deutlich zu machen. Nehmen wir aber nur diesen gekrümmt gehenden und verhungert aussehenden Träger mit meinem Koffer auf dem Kopf – er sieht auf verblüffende Weise einem der Angestellten in Vaters Bank ähnlich! Dieser Bursche mit den schiefen Zähnen und dem spaßigen weißen Anzug, der herumdiskutiert in einer Sprache, die an Gezwitscher erinnert – man stecke ihn nur in einen anständigen Nadelstreifenanzug, und schon würde er als englischer Immobilienmakler durchgehen! Oder dieser kahle Bursche mit den von Pockennarben übersäten Wangen, der versuchte, einem eine überreife Melone zu verhökern – war irgendein Corporal von uns nicht sein verblüffendes Ebenbild?

Ich erholte mich niemals völlig von dem Schock der Erkenntnis, daß die Engländer nichts anderes als farblose und lahme Inder sind.

Unsere Aufgabe bestand darin, sie gleichzeitig vor den Japanern zu beschützen und sie in Schach zu halten, so daß ihr Platz im Britischen Weltreich erhalten blieb.

»Wenn dies das verdammte Indien ist, dann her mit dem verfluchten Dartmoor!« keuchte Bamber, während wir uns auf dem Bahnsteig drängten und die Bettler abwehrten. Bamber war ein alter Knastbruder, und es war ihm egal, wer davon wußte – ein mürrischer Mann, dessen Gefängnisaufenthalt ihm im Gewimmel der A-Kompanie gewisse Vorteile verschaffte.

»Halt uns 'nen Platz frei, Stubby!« rief mein Kumpel Wally Page – ebenso wie ich bediente er ein Funkgerät –, während wir uns bemühten, in die Holzwaggons hineinzukommen, und dabei gegen Lastenträger und andere Soldaten kämpften.

»Haltet eure Gewehre fest!« brüllte Charley Meadows. »Tretet ihnen auf die Finger, wenn sie euch zu nahe kommen!« Der Sergeant wußte schon Bescheid. Er war auch in Friedenszeiten schon im Land gewesen und wußte, wo es lang ging.

Weder Wally noch ich konnten uns einen Sitzplatz ergattern. Jedes der kleinen Abteile war bis zum Dach vollgestopft mit Männern und Feldgepäck. Da war es dort, wo wir saßen, schon besser, nämlich auf unserem Gepäck im Korridor. Wir ließen uns auf unsere Seesäcke fallen, nach Luft schnappend und uns die geröteten Gesichter abreibend. Eine Stunde hockten wir da, ehe der Zug endlich losfuhr. Während dieser ganzen Zeit wurden wir von den Lastträgern und anderen Bettlern belagert. Die schlimmsten Mißbildungen wurden uns dargeboten: ein Kind, dessen beide Arme an den Ellbogen abgetrennt waren, zitternde Bettler mit fremdartigen Krankheiten, Männer, die mit leeren, verkrusteten Augenhöhlen zum Himmel starrten, skelettartige Frauen mit fötusgroßen Kindern an der Brust, Vogelscheuchen mit verkrüppelten, fleckigen Gliedmaßen, deformierte Gesichter, Alptraumleiber.

»Haut ab! Jao! Jao, ihr Bastarde, jao!« fluchten wir. Wir hatten bereits unser erstes und wichtigstes Wort in Urdu gelernt.

»Das ist das reinste Irrenhaus!« stellte Geordie fest. »Also ehrlich, ich meine, ich hatte keine Ahnung, daß es überhaupt Orte wie dieses Dreckloch gibt.« Er stand mit Wally Page und mir eingekeilt im Korridor. Uns war damals noch nicht klar, wie selten Korridore in indischen Zügen sind. Als Geordie seine Zigaretten hervorholte, reckten sich ein Dutzend braune Hände durch das Fenster nach dem Päckchen. Geordie warf zwei Stäbchen aus dem Fenster und brüllte, daß alle verschwinden sollten. Dann zündeten wir uns die Zigaretten an. Geordie war ein magerer und unbeholfener Knabe, bis er

Fußball spielte – wo er häufig neben mir auf der halbrechten Position spielte –, wobei er eine seltsame Art von Eleganz entwickelte und sein Adamsapfel hektisch auf und nieder hüpfte. Im Augenblick konnte ich fast hören, wie sein Gehirn sich abmühte, die Eindrücke Indiens zu verarbeiten.

Geordie hatte ein scharfgeschnittenes Gesicht, und die meisten seiner Zähne waren ihm im Alter von sechzehn Jahren gezogen worden. Wally hatte ein fleischiges Gesicht, einen dicken Hals und einen Körper wie ein junger Bulle. Dieser Bullenkörper war mit gelben Haaren bedeckt: Das Haarkleid hüllte Wally vom Schädel bis zu den Füßen ein, als sei er kurz in Rührei getaucht worden. Er hatte die Gewohnheit, seine Rede, wenn er sich mit Freunden unterhielt, mit kurzen Boxhieben auf die Oberarme seines jeweiligen Gegenübers zu unterstreichen, als wolle er damit dessen Liebenswürdigkeit testen.

»Wir haben hier den richtigen Haufen beieinander!« rief Geordie. »Man würde doch erwarten, daß das Ganze hier ein wenig geordneter abläuft. Warum rufen sie denn nicht den verdammten Hauptfeldwebel, um den Pöbel vom Bahnsteig zu verjagen?«

»Er rennt an dem Zug auf und ab wie ein altes Weib.« Diese Beobachtung stimmte nicht ganz, obgleich Hauptfeldwebel Payne vermutlich von einem Ende des Bahnsteigs zum anderen marschierte und furchteinflößende Befehle brüllte. »Er weiß nicht, ob sein Arschloch gedrillt, ausgebohrt oder ausgefräst ist«, fügte Wally hinzu.

Nach weiteren Verzögerungen und weiterem Herumparadieren Paynes rollte der Zug an dem Bahnsteig entlang und der Freiheit entgegen. Es war Spätnachmittag. Ein Querschnitt dieser seltsamen Welt glitt an uns vorbei. Teeverkäufer mit Kannen auf ihren Köpfen, andere Verkäufer mit weichen Hörnchen, vertrocknetem Obst und alten Ausgaben von »Lilliput« und »Coronet«, die dreibeinigen Hunde, die Halsabschneider, die am Boden hockend pinkelten und ausspuckten, die Frauen, die an einem Wassertank standen und Wäsche wuschen und tranken, die Affen, die auf den Schuppendächern hockten und herumturnten, die ziellosen Leute, die auf ihren Krücken dem Leben nachjagten, während sie zusahen, wie alles unter dem Staub versank, die Kinder mit heilen Körpern, die neben unseren schneller rollenden Waggons herrannten, die Hände ausgestreckt und immer noch bemüht, ein letztes »Bakschisch« aus uns herauszulocken!

Dies war Jahre, bevor ich zum ersten Mal den Begriff »Bevölkerungsexplosion« hörte.

Der Bahnhof wurde hinter uns weggezogen, und seine Menschen und Gerüche versanken. Statt dessen – das Labyrinth namens Bombay. Seine Düfte! Seine Tempel! Hier und da erblickten wir hinter einem Fenster ein Gesicht oder eine Familie auf einer Veranda, von unserem Tempo zur Regungslosigkeit verdammt. Wie war es, was war der Sinn des Lebens in diesen verkommenen Räumen?

Aus einem in der Nähe gelegenen Abteil unseres Zuges drang dröhnendes Gelächter. Enoch Ford schrie uns zu, wir sollten uns ansehen, was er gefunden hatte, wobei sein trauriges Boxergesicht von einem Lächeln durchfurcht wurde. »Da, Stubby, lies das mal!« Er wies auf ein Emailleschild an der Innenseite der Schiebetür. »Dieses Abteil hat ein Fassungsvermögen von acht Indern. Und jetzt sind beschissene zwölf Leute von uns drin mitsamt der ganzen Ausrüstung! Wie gefällt dir diese Demonstration von De-mo-kra-tie?«

Beschwerden und Gelächter begleiteten seine Bemerkung. Aber Enoch war ein in der Wolle gefärbter Kommunist (ganz gewiß der einzige in der A-Kompanie), daher wurden seine Bemerkungen immer mit einem gewissen Vorbehalt aufgenommen. Wir äußerten fröhlich unsere Anteilnahme angesichts dieser Hölle unserer derzeitigen Existenz und rauchten eine zweite Runde Zigaretten.

Die Toilette am Ende des Korridors, vor der sich bereits eine Schlange bildete, sorgte für weiteren Spaß. Sie war einfach ein Schrank, ohne Belüftung, in dessen Boden sich ein rundes Loch befand. Durch dieses Loch drang etwas Licht und Luft ein, und man hatte einen ungehinderten Blick auf die vorbeijagenden Schwellen zwischen den Gleisen.

»Das ist euer einziger Weg, um von der Armee abzuhauen, Freunde – durch das Scheißloch!« erklärte Corporal Ernie Dutt uns gutgelaunt. Ernie nahm alles mit guter Laune – in seiner Gegenwart hatte man oft das Gefühl, daß sogar Indien etwas teilweise Unbeabsichtigtes war.

Namenlose Schleimfäden wanderten an den Wänden des Aborts abwärts. Ebenso namenlose Schimmelpilze arbeiteten sich nach oben. Um in der hockenden Haltung das Gleichgewicht zu behalten, ohne die Seitenwände mit den Händen zu berühren, während man durch das Loch zielte und abdrückte, brauchte man ein gewisses Können, zog man das heftige Rucken des dahinstampfenden Zuges in Betracht.

Wir verließen Bombay. Der Zug dampfte durch offenes Land und gewann dabei an Geschwindigkeit, als bemühte er sich verzweifelt, die enormen Entfernungen zu überwinden, die sich jetzt offenbarten. Hier und da waren Dörfer zu sehen – eigentlich befand sich stets eines in Sichtweite des anderen. Im Gegensatz zur Stadt sah hier alles wohlhabend und einladend aus. Es gab Wasserbüffel, die von Kindern gehütet wurden; einige waren bis zu den Nasen in Tümpeln versunken. Die Landschaft wallte auf und ab, ohne ihren fremdartigen Charakter zu verlieren, als würde draußen vor dem Fenster ein endlos langes aufgemaltes Panorama entlanggezogen. Wir verloren das Interesse an dieser Art von Sinnestäuschung und wandten uns unseren eigenen Spielchen zu, erzählten uns Anekdoten von zu Hause, rauchten viele Zigaretten, wiederholten den einen oder anderen Witz über das Leben an Bord der »Ironsides«, dessen Unannehmlichkeiten in der Rückschau zum Thema zahlreicher Scherze wurden.

»Crikey!« rief Wally und schlug zur Bekräftigung Charlie Cox auf den Bizeps. »Sobald wir uns häuslich eingerichtet haben, suche ich mir eine schwarze Frau! Nach diesem Schiff habe ich eine ganze Menge Schlamm auf der Peitsche.«

»Da bist du nicht der einzige, alter Knabe«, sagte Charlie. Charlie war der Hauptgefreite unseres Zuges. Er war in den Dreißigern und ein guter Mann am leichten Maschinengewehr, nüchtern, umsichtig und zuverlässig.

Wir verbrachten eine angenehme halbe Stunde damit, uns gegenseitig genau zu beschreiben, wieviel Schlamm sich auf unseren Peitschen angesammelt hatte. Während dieser Unterhaltung breitete sich Dunkelheit über Indien aus.

Wir wußten wenig von dem, was vor uns lag, und interessierten uns auch wenig dafür. Irgendwo in der Zukunft wartete mit hoher Wahrscheinlichkeit der Einsatz gegen die in Burma eindringenden Japaner, aber zuerst waren für uns sechs Wochen Akklimatisierung an einem sagenumwobenen Ort namens Kanchapur vorgesehen. Im Augenblick waren wir nach Kanchapur unterwegs; der Ort lag jenseits unseres Gesichtskreises in der fortschreitenden Nacht.

Unser Gespräch artete schließlich zu Klagen darüber aus, daß wir Hunger hatten. Das Wichtigste war immer noch, woher wir unsere nächste Mahlzeit bekämen. Wir saßen schweigend im Korridor und im Abteil, so entspannt und bequem wie möglich. Einer oder zwei von uns rauchten noch immer völlig mechanisch. Warmer Wind wehte durch die offenen Fenster herein und streichelte die kurzen Haare in meinem Nacken. Charley Meadows und Sergeant Gowland von der B-Kompanie wanderten langsam durch den Zug und achteten darauf, daß jeder seine Hemdsärmel zum Schutz gegen Moskitostiche heruntergekrempelt hatte. Die Feldwebel erinnerten uns daran, daß wir Dosen mit einem scharf riechenden Fett hatten, das auf Gesicht und Hände aufgetragen werden mußte, um die Moskitos fernzuhalten. Trotzdem summten die Insekten uns um die Ohren; manche von uns begannen sich matt ins Gesicht zu schlagen. Wir erwogen die Möglichkeit, an Malaria zu sterben.

»Es gibt mehr als eine Art Malaria, und die meisten sind tödlich«, sagte Bamber. »Sogar Dartmoor hat eine ganz spezielle Art, an der man sterben kann.«

»Millionen von Reisfressern sterben jedes Jahr an Malaria – das hat mir jedenfalls ein Typ auf dem Schiff erzählt«, berichtete Wally.

»Alles Quatsch, Mann, diese Reisfresser sind dagegen immun«, widersprach Geordie.

»Nein, sie klappen täglich zu Hunderten zusammen. Das hat dieser Kerl mir erzählt.«

»Malaria ist für die Reisfresser nicht schlimmer als eine Erkältung, oder etwa nicht, Bamber?«

»Sie können dich oder mich damit anstecken«, sagte Bamber grimmig.

Die Diskussion verlor sich im Geratter unserer weiteren Fahrt. Wir saßen auf unseren Seesäcken und dösten.

Gelegentlich starrte ich an meinem Spiegelbild vorbei in die Nacht, in der schon mal die eine oder andere Lampe vorbeijagte. Selbst diese unregelmäßig aufblinkenden Lichtpunkte erschienen wie ein erregendes Geheimnis. Und was die Gerüche des Windes anging – sie konnte ich nicht genau analysieren, aber ich habe sie seitdem auch nicht vergessen.

Während wir nach Indore hineinfuhren, wo wir für den weiteren Weg nach Kanchapur aussteigen mußten, füllte der Zug sich von einem Ende zum andern mit dem Geschrei von Unteroffiziersstimmen, die fluchten, schimpften, Witze rissen, während wir unsere Uniformen ordneten, unsere Siebensachen zusammensuchten, die Gewehre umhängten, die Seesäcke hochhievten, vielleicht die letzte Zigarette rauchten – und dann aufstanden und schwankten und auf den rissigen Beton eines Bahnsteigs hinunterkletterten.

Die Beleuchtung war spärlich. Auf allen Bahnsteigen wimmelte es von Menschen. Lebten sie dort, oder unternahmen sie nur mitternächtliche Reisen? Köpfe, rasiert oder mit bunten Turbanen verhüllt, umringten uns, während ihre Eigentümer aufgeregt vorwärtsdrängten. Jenseits der Köpfe gewannen wir den flüchtigen Eindruck einer großen, belebten Stadt, die sich bemerkbar machte durch das Rattern von Straßenbahnen, das Hupen eines hektischen Verkehrs und durch Ausblicke auf Straßen, halbverfallene Hausfassaden und armselige Hütten, die sich in der Nacht verloren. Genau der richtige Ort für ein paar antibritische Demonstrationen! Bei uns hingegen schoben sich von allen Seiten Gepäckträger heran und schrien uns ihre seltsame Abart des Englischen entgegen. Wir brüllten zurück, und die Unteroffiziere brüllten uns an.

»Formiert euch! Na los doch, bewegt euch! Marsch! Steckt euer verdammtes Strickzeug weg und schwingt die Keulen! Haltet eure Gewehre fest und schafft euer Zeug so schnell wie möglich aus dem Zug!«

Hinter den Unteroffizieren erkannten wir die Gestalten unserer Offiziere, unter ihnen auch Zugführer Gor-Blimey, massig und wie gewöhnlich völlig gleichgültig gegen das, was um ihn herum geschah.

Wir formierten uns. Wir wurden wieder zu einer Einheit. Eine Reihe von Zügen stellte sich auf dem Bahnsteig auf. Die Träger verschwanden. Wir nahmen Habachtstellung ein und wurden einer flüchtigen Inspektion unterzogen. Wir verließen den Bahnsteig in anständiger Marschordnung, die Tropenhelme auf den Köpfen, und brachten unsere Habseligkeiten zu einer Schlange von Dreitonnern, die vor dem Bahnhof auf uns wartete. Alle Lastwagen, so erfuhren wir, wurden nun, da wir in Indien waren, Gharris genannt. Wir bestiegen die Gharris, und die Heckklappen wurden hinter uns geschlossen. Nun boten wir auch keinen militärischen Anblick mehr, und die fliegenden Händler kamen wieder heran, bis wir abtransportiert wurden.

Sergeant Meadows sah in den Lastwagen unseres Zuges. »Ist hier alles in Ordnung?«

»Mir wird vom Autofahren schlecht, Charley«, meldete Dusty Miller sich.

»Das ist immer noch besser, als marschieren zu müssen, oder etwa nicht? Sieh nur zu, daß du ordentlich, wie es sich gehört, in deinen Tropenhelm kotzt! Zuerst einmal haben wir jetzt eine halbstündige Fahrt zu der Kaserne in Kanchapur vor uns. Dort gibt es sofort etwas zu essen, wenn wir angekommen sind, und danach heißt es ab ins Bett, okay? So früh wie möglich aufs Ohr gehauen. Wir haben jetzt zwei Uhr. Wecken ist um halb sechs, und danach eine Runde um den Block, ehe es zu heiß zum Laufen ist.«

Stöhnen rundum.

»Und denkt immer daran – ihr befindet euch in einem tropischen Land. Kein Kauf von Lebensmitteln von diesen Straßenvögeln, verstanden? Sonst holt ihr euch die Maden direkt in den Bauch. Sollte ich einen von euch erwischen, wie er von den Straßenhändlern etwas zu essen kaufen will, dann schleppe ich ihn so schnell vor den Diensthabenden, daß seine Füße keine Zeit mehr finden, den Boden zu berühren. Achtet nur darauf, was die alten Hasen tun – wie Chalkie White zum Beispiel, der schon lange hier draußen ist, genauso wie ich –, geratet nicht in Panik, denkt daran, daß Indien nicht das wunderschöne Devon ist, und ihr werdet schon klarkommen. Thik-hai? Vergeßt nicht, daß die Inder eigentlich auf unserer Seite stehen.«

Ironische Bravorufe.

»Die Inder stehen auf unserer Seite. Sie gehören zum Britischen Weltreich, und es ist unsere Pflicht, sie zu schützen. Deshalb sind wir hier. Laßt euch mit keinem auf etwas ein. Behandelt die Inder mit Respekt und laßt sie nicht in die Nähe eurer Gewehre. Nehmt tagsüber niemals eure Tropenhelme ab – ein Sonnenstich ist eine selbstbeigebrachte Verletzung und wird dementsprechend bestraft.«

Wir sahen ihn schweigend an. Charley Meadows war ein massiger Mann mit einem eher weichen Gesicht. Seine Wangen erbebten vor Ernsthaftigkeit. Er hatte Angst um uns. Vieles von dem, was er uns mitteilte, hatte er uns fast jeden Tag auf dem Schiff erzählt; es immer wieder aufs neue zu hören war durchaus angenehm. Es trug dazu bei, uns wachzuhalten.

»Und was ist mit Frauen, Sergeant?« fragte Jackie Tertis.

»Ihr seid noch zu jung, um solche Fragen zu stellen, Tertis«, sagte Charley, und alle lachten.

Die LKW-Fahrt dauerte über eine Stunde. Wir schwankten hin und her, während das Fahrzeug dahinfuhr. Der Konvoi verließ Indore und schlängelte sich durch eine Landschaft zunehmender Wildheit. Die wenigen staubbedeckten Dörfer, durch die wir fuhren, waren völlig verlassen. Das einzige Leben, das wir sahen, war, von einer gelegentlich auftauchenden Kuh abgesehen, der eine oder andere streunende Hund; vom Lichtstrahl der Scheinwerfer gestreift, richtete er seine roten Augen auf uns, wenn wir vorbeifuhren... Ab und zu machte unser Gharri einen Satz nach vorne, wenn unser Fahrer versuchte, einen der Hunde zu überfahren. Haßt das Land, haßt seine Bewohner – die offizielle Empfehlung wurde uns nachhaltig deutlich gemacht.

»Ich glaube nicht, daß ich viel von Indien halten werde«, verkündete Geordie. Selbst er spürte, was los war.

Die Kaserne tauchte aus der Dunkelheit auf und sah genauso verlassen aus wie die Dörfer, außer daß sie bewacht war. Die Einrichtung bestand aus mehreren großen Blocks, zweigeschossig, mit Säulengängen im Parterre und breiten Balkonen darüber. Keine Lampe brannte, außer in der Messe, wo mürrische Köche uns eine Mahlzeit aus Rinderfrikassee, Backpflaumen, Eierkrem und Tee servierten. So schnell wie möglich aßen wir, suchten dann unsere Betten auf und hauten uns aufs Ohr.

Wie versprochen absolvierten wir am nächsten Morgen um halb sechs unseren Lauf. Der Himmel riß am untersten Rand auf, horizontal einfallende Sonnenstrahlen brannten auf behaarten Beinen. Es war ein neuer militärischer Tag: Das Land war ein anderes, jedoch waren die Befehle dieselben.

Nach dem Frühstück stellten wir uns in Paradeformation für den Ortskommandanten auf, der uns mit einer Ansprache begrüßte. Er war ein schwergewichtiger Mann, umgeben von einer Aura der Autorität, welche höheren Offizieren ihre Anonymität verleiht. Man konnte erkennen, daß er kein Mendip war, wenn man ihn nur flüchtig ansah. Wir standen auf dem Exerzierplatz, in Khakiuniform und Tropenhelm, und hörten uns seine Schilderung an, daß dies ein recht ruhiger Posten sei, wo wir uns akklimatisieren sollten, ehe wir unsere erste Ausbildung im Dschungelkampf erhielten und dann unsere eigentliche Aufgabe in Angriff nehmen würden, nämlich die Japaner aus Burma zu vertreiben.

»Ich weiß, welchen Ruf Burma daheim hat, und es ist ein

schlechter Ruf. Lassen Sie sich dadurch nicht täuschen. Sie werden schon bald feststellen, wie die Chindits, zusammen mit den anderen Einheiten der britischen Armee, sich in zunehmendem Maße energisch gegen die Japaner zur Wehr setzen und sie zurückdrängen. Wir haben aus früheren Fehlern gelernt. Der Japaner ist nicht unbesiegbar, wir werden ihn mit eingekniffenem Schwanz nach Hause jagen. Burma – jedenfalls der größte Teil des Landes – ist ein ideales Kampfgebiet für die Infanterie.« Ein Murmeln erhob sich, woraufhin der Ortskommandant sich noch mehr straffte.

»Ich wiederhole – ein ideales Kampfgebiet! Und dort kommt die britische zweite Divison zum Einsatz. Sie werden in Burma kämpfen. Während der nächsten Wochen wird man aus Ihnen perfekte Kampfmaschinen machen. Ich weiß, daß Sie den nötigen Mut schon jetzt haben – unsere Aufgabe besteht darin, dafür zu sorgen, daß Sie auch mit der nötigen Fitneß an die Front gehen... In diesem Zusammenhang würde ich Ihnen raten, nur sehr wenig Alkohol zu trinken und dafür viel Wasser. Versetzen Sie Ihr Trinkwasser mit Salz, und zwar mit so viel, wie Sie vertragen können. Außerdem halten Sie sich tunlichst von den einheimischen Frauen fern, von denen so gut wie alle die Pocken haben. Sicherlich bietet man Ihnen unten im Basar Frauen an. Lehnen Sie sie ab. Lassen Sie sich nicht irgendwohin locken. Sie haben ganz bestimmt ebenfalls die Pocken, daher Finger weg von ihnen! Hier herrscht ein heißes Klima, daher achten Sie auf Ihre Moral und bleiben Sie sauber. Das wäre alles.«

Wir traten weg.

Viele der Männer wanderten wie benommen vor sich hinmurmelnd zum Kasernengebäude zurück. »Sauber bleiben... Was meint der denn, wer wir sind...«

Am Nachmittag gingen wir zum Quartiermeister, um unsere neue Ausrüstung abzuholen. Sämtliche Gegenstände, mit denen wir ausgestattet worden waren, ehe wir die Heimat verließen, mußten zurückgegeben werden. Dazu gehörten unsere Khakikluft, unsere Gasmasken und die verhaßten Sonnenschutzhelme. Dafür erhielten wir dunkelgrünes

Dschungelzeug in Größen, die uns immerhin nahezu perfekt paßten. Wir bekamen außerdem Stahlhelme und Buschhüte. Mit letzteren sahen wir wie Australier aus; wir stolzierten damit umher, titulierten uns gegenseitig mit »Meister« und »altes Haus«, aber es war die Rede des Ortskommandanten vom Vormittag, die uns gründlich beschäftigte.

»Gibt es wirklich viele Frauen im Basar?« fragte Wally Page den Quartiermeister, als wir Moskitonetze abholten.

Der Corporal hielt inne und sah Wally argwöhnisch an. »Was meinst du damit, ob es viele Frauen im Basar gibt?«

»Was ich sagte – gibt es viele Frauen im Basar?«

Der Corporal war ein magerer, strohblonder, blasser Mann. Während er einen Zigarettenstummel mit Daumen und Zeigefinger aus dem Mund nahm, betrachtete er Wally und mich feindselig und meinte: »Ihr jungen Kerle solltet erst mal Zucht und Ordnung lernen! Ihr kommt wohl frisch aus der Heimat, nicht wahr?«

»Ich war 1940 in Frankreich – wo waren Sie da?« fragte ich.

»Dein neunmalkluges Geschwätz kannst du dir sparen! Ihr habt hier in Indien nur euren Dienst zu tun, das allein zählt. Und wir nennen sie hier draußen nicht Frauen. Wir sagen Bibis zu ihnen, schwarze Bibis. Das ist Urdu.«

Wir hatten bereits bemerkt, welche Sitte hier gepflegt wurde: So viele Urdu-Wörter wie möglich wurden in jede Unterhaltung hineingepackt. Es war genauso wirkungsvoll wie eine ganze Kollektion von Orden und Ehrenmedaillen, die lästigen Anfängern wie uns vor die Nase gehalten wurde.

Indem er sein ursprüngliches Thema weiterverfolgte, verpaßte Wally mir einen Boxhieb auf den Oberarm und meinte: »Der Corporal will nicht verraten, was es mit diesen schwarzen Bibis auf sich hat. Vielleicht kennt er sie so gut wie gar nicht.«

»Sie verpassen dir einen anständigen Tripper, Kumpel, das tun sie, wenn du mit ihnen herummachst, wovor der Kommandant euch gewarnt hat«, sagte der Corporal und wies mit dem Zigarettenstummel auf uns, um das Schreckliche an seiner Prophezeiung hervorzuheben. »Ihr solltet wirklich die Finger von den Bibis lassen, wenn ihr nicht wollt, daß euch einiges abfällt.«

»Was sollen wir denn tun? Sie können doch nicht alle krank sein, oder?«

»Haltet euch lieber von ihnen fern! Bleibt bei eurer alten fünffingrigen Witwe! Beschäftigt eure Witwe mit den fünf Fingern, und es wird euch nichts passieren.« Er legte zur Unterstreichung seiner Worte klatschend eine Hose auf die Theke. »Und nun, wer ist der nächste? Ich habe nicht den ganzen Tag Zeit.«

Wally und ich stolperten in den blendend hellen Sonnenschein, schleppten unsere Ausrüstung und wußten auf Grund der soeben vorgetragenen strengen Philosophie des Corporals nichts weiter zu sagen. Wir stellten schon bald fest, daß dies die vorherrschende Philosophie in Kanchapur war; kaum überraschend, denn sie war lediglich eine Variante, wenn auch eine stark verzerrte, und gewiß keine Trennung oder Abkehr von der Philosophie, die zu Hause von Gewicht war. Auch dort versuchte der Ältere stets dem Jüngeren die Idee zu vermitteln, daß der Kontakt mit Frauen in einer Katastrophe endet, wobei meine Mutter das lebende Beispiel war. Sogar die Empfehlung des Ortskommandanten, uns moralisch rein zu erhalten, erschien mir weniger unangenehm als der des Corporals zur fünffingrigen Witwe.

Das Schlimme war nur, daß diese Philosophie sich durchsetzte. Die Witwe mit den fünf Fingern war meine einzige ständige Begleiterin. Es verging kein Tag, an dem nicht eine Hochzeit mit ihr gefeiert wurde.

Sogar auf der »Ironsides« war es so gewesen. Aber auf dem Schiff hatte es mehr Mühe gekostet und länger gedauert, um zum Ziel zu gelangen. Auf dem Schiff war Bromid in den Tee getan worden. So wurde es gerüchteweise erzählt, und so glaubte ich es. Irgendeinen Grund mußte es ja geben für den säuerlichen Geschmack des Tees. Das Bromid dämpfte unsere Begierde – man mußte sich richtig abmühen, um einen Ständer zu bekommen, während er früher völlig natürlich hochgesprungen war. Nun waren wir an Land und bekamen wieder unseren unpräparierten Tee, und alle Gelüste konnten sich wieder frei entfalten.

In Kanchapur weckte eigentlich alles unsere Gelüste und stachelte sie an. Die verrücktesten Regungen wurden vom Klima verursacht, der Tageshitze, der Wärme der Nächte, dem Schmeicheln der linden Lüfte, der Energie, die in allem steckte, was wir anfaßten, waren es nun Steine oder Bäume. Das Geheimnisvolle all dessen, was wir in jenen ersten Wochen in Indien zu sehen bekamen, war ebenfalls ein Aphrodisiakum: das rätselhafte Wesen der umherwimmelnden Menschen der Zentralprovinzen, das Gefühl, den Ursprüngen des Lebens näher zu sein als jemals zuvor – Geburt, Tod, Vaterschaft –, und der Reiz der Bibis auf den Basaren, wo glatte, junge, lächelnde Gesichter, glänzendes rabenschwarzes Haar und makellose, blitzende Zähne den Schmutz Lügen straften, der in den Magazinen des Quartiermeisters geredet wurde.

Im Lauf der Zeit verflüchtigte sich der ursprüngliche Eindruck, daß Indien jegliches Verständnis überstieg. Man konnte das Land verstehen – allerdings nur nach seinen eigenen Regeln. Man mußte sich ihnen beugen, genauso wie man sich dem Sex ergeben mußte.

Die Latrine in der Kaserne wurde von einer Gruppe Unberührbarer gesäubert und geleert, die sich bei ihrer Arbeit tief bückten und ihre Stirnen berührten, wenn man hereinkam. Dort drinnen, hinter den stallähnlichen Türen des einen oder anderen Abteils, hatte ich mein regelmäßiges abendliches Rendezvous mit meiner ziemlich trockenen Witwe.

Gerüchte besagten, daß die Unberührbaren einem eine Bibi besorgten, wenn man sie danach fragte. Man brauchte nur zu sagen: »Bibi hai?«, und schon bekam man das Gewünschte. Aber die enge Verbindung mit Krankheit war hier so deutlich, daß ich niemals die Frage zu stellen wagte. Statt dessen erging ich mich in Phantasien. Allein die Vorstellung vom Lüften eines Saris, vom Forschen in seinen dunklen, verbotenen Gefilden – während diese strahlendweißen Zähne sich in einem Lächeln entblößten! – und vom Pfählen des Mädchens vor der gekalkten Wand des Aborts – eine Stehgymnastik im Sonnenuntergang! – reichte aus, um die Hand zur rasenden Imitation des Ehestands zu animieren.

Verzweifelte Wichsereien waren es! Es ging allein darum, geistig gesund zu bleiben. Es reichte niemals aus, nur die Hose herunterzulassen – sie mußte völlig ausgezogen werden, die Socken und Stiefel desgleichen, so daß man dort kauern konnte, nackt bis aufs Hemd, und seinen Pfahl massierte, als käme man durch diese Nacktheit der wirklichen Welt näher und weiter weg von sinnlosen Träumen. Und beobachten zu können, wie der Saft in den Schlund dieses nach ungelöschtem Kalk stinkenden Schachtes spritzte, reichte als Befriedigung niemals aus. Erneut zerrte ich an meinem Schwanz, der rot und angeschwollen war, bis er einige meiner Sehnsüchte ein zweites Mal ausspuckte.

Manchmal endeten diese Sitzungen in Selbstekel, manchmal mit dem Gefühl großer Erleichterung. Es war widerlich, es im Scheißhaus zu tun, aber nirgendwo sonst hatte man eine ausreichende Privatsphäre, nicht einmal in dem knarrenden Charpoy, dem Gurtbett, in dem wir schliefen. Wenn man über den sandigen Platz zwischen den Kasernen und der Latrine ging, während die Phantasie bereits zu arbeiten begann, konnte man das freie Land rundum sehen, ockerfarben bei Tag, bläulich-schwarz bei Nacht und, während die Dunkelheit sich ausbreitete, am Horizont von flackernden Blitzen erleuchtet. Die Welt dort draußen bedeutete die Freiheit! Und die Hand war ein armseliger, aber lebenswichtiger Ersatz.

Kanchapur war eine kleine Stadt. Vielleicht gedieh sie prächtig, obgleich sie in den Augen der Truppe vor sich hinwelkte. Die Landstraße führte von der Kaserne direkt dorthin, so daß ein Vortrag über den Gegensatz von militärischer Ordnung und der Ungezügeltheit indischen Lebens sich wie selbstverständlich anbot. Wir wanderten von einem vorgeschobenen Posten Englands und der Zivilisation hinunter in eine Welt, wo grotesk geformte Bäume und monsterhafte Insekten die armseligen Straßen beherrschten; und in solchen

Straßen waren windschiefe Häuser und Läden über stinkenden Gräben errichtet worden.

Alles erschien uns schrecklich, weil es fremd war. Wir lachten über und zeigten mit Entsetzen auf alles, was man in anderer Form in Exeter oder Bradford finden konnte. Die grellen Plakate für inländische Filme, medizinische Salben oder Magazine, die erstaunliche Schrift, die sich über Läden und Plakate ausbreitete wie eine abtrünnige Schmarotzerpflanze, die seltsamen Hütten, die die Straße säumten, und vor allem die Gerüche, die fremden Sprachen und die jaulende Musik, alle derart eng miteinander verwandt, daß sie einem gemeinsamen dampfenden Schoß entsprungen sein konnten – diese Dinge erschienen wie Brandmäler eines schäbigen und wahrscheinlich feindseligen Gottes.

Verzweifelt geil wie immer, versuchte ich mit Geordie über dieses übersinnliche Empfinden zu reden, während Wally und ich mit ihm eines Abends in den Basar hinunterwanderten.

»Sie waren hier niemals christlich, das ist das Problem«, sagte Geordie andächtig. »Ich glaube, sie gehen nicht wie wir in die Kirche und singen keine frommen Lieder.«

»Das tust du aber auch nicht, du scheinheiliges Fickschwein!«

»Oh, ich weiß, was du meinst, aber weißt du, ich könnte gehen, wenn ich wollte. Überhaupt, ich habe immerhin einen Onkel und eine Tante, die jede Woche zu den Baptisten rennen.«

»Diese Reisfresser haben unten an der Straße eine Kirche.«

»Ich weiß, aber es ist erst spät zu ihnen gekommen, denn sie haben ja lange Zeit, fast Millionen von Jahren, Affen verehrt. Ihr wißt sicher, was ich meine. Deshalb müßt ihr mit ihnen ja auch so förmlich umgehen. Unsere Leute zu Hause würden niemals glauben, was hier tatsächlich los ist, oder?«

»Ich wünschte, ich wüßte, was hier vorgeht. Kannst du dir vorstellen, daß die Frauen im Bett so wild sind wie die schlimmsten Raubtiere?«

»Es heißt auch, daß sie immer weißer aussehen, je länger

man sich hier draußen aufhält. Ich hab' gerade eine Kleine gesehen, bei der ich ganz bestimmt nicht nein sagen würde...«

»Ich habe gehört, daß einer ihrer Götter ein Dutzend Schwänze hat!«

Geordie lachte. »Ich wette, das hat dir Jack Aylmer erzählt.«

»Hört auf, solchen Scheiß zu reden, und kommt her und kauft einen Shafti«, rief Wally. Gespräche über Götter waren ihm unangenehm; er war glühender Atheist. Wally kam aus Wagenham, wo er wie sein Vater in einer Autofabrik am Fließband arbeitete.

»Warum hörst du nicht endlich auf, uns herumzukommandieren, Wally?« fragte ich, aber Geordie hatte sich in seiner gehorsamen Art bereits in Bewegung gesetzt.

Geordie und ich tasteten uns über einen Holzsteg, der einen offenen Abwasserkanal überspannte, um nachzusehen, was Wally eigentlich meinte. Er stand vor einer offenen Bude voller Magazine, Plakate und Bilder, vorwiegend von indischen Filmstars.

Hinter der kleinen Theke saß der Eigentümer, ganz in Weiß gekleidet, nickte, lächelte uns an und wies mit einer ausholenden Geste auf sein Angebot. »Hallo, junge Herren, sehen Sie sich ruhig an, was Sie am liebsten kaufen wollen! Jedes Stück zu den niedrigsten Preisen, junge Herren, die Sie leicht bezahlen können. Wenn Sie schöne Magazine in englischer Sprache mit Photos von jungen Damen suchen, da haben ich eine Menge, die Ihnen gefallen werden.«

Nicht weiter auf ihn achtend, wies Wally auf einige Bilder, die von den Stützbalken der Verkaufsbude herunterhingen. Jedes Bild zeigte eine Phantasiegestalt. Die kräftigen Farben legten die Vermutung nahe, daß es sich um Plakate handelte.

»Was für ein Haufen verdammter Wilder!« rief Wally aus. »Ihr habt doch über ihre Götter geredet – nun, da sind sie, und es ist ein ziemlich seltsamer Haufen! Sicherlich fällt euch auch auf, daß in diesem Loch kein einziges Bild von Winston Churchill hängt!«

»Ihnen gefallen Bilder, Sahib? Ich halte Lampe hoch, damit

Sie besser anschauen können. Jedes zeigt Hindugott und Göttin.«

Während wir uns alles ansahen, wies Wally mit deutlichem Abscheu auf eines der Plakate. »Seht euch nur mal diesen Bastard an! Was haltet ihr denn von dem, der sich meterweise die Gedärme herausreißt! Pfui Teufel, da könnte man glatt kotzen!«

Er richtete den Finger auf eine prächtige und zugleich entsetzliche Gestalt mit dem Gesicht eines Affen. Der Affe trug eine Krone und die reich geschmückten und schweren goldenen Kleider eines Prinzen. Die Kleider klafften vorne auf. Der Affe hatte seinen Körper vom Hals bis zum Unterleib aufgerissen und enthüllte ein wirres Geschlinge von rosafarbenen und blutroten Eingeweiden. Sein Gesicht war zu einem Ausdruck verzerrt, der eine Mischung aus Schmerz und Ekstase war.

»Himmel Herrgott!« rief Geordie aus. »Diese gotteslästerlichen Bastarde! Das ist ja der reinste Wahnsinn, furchtbar, auch wenn es nur ein Bild ist!«

»Ja, ja, ganz schreckliche Szene«, stimmte der Budenbesitzer zu und sah uns grinsend an. »Das eine Darstellung von Hanuman, junge Herren, der für Rama und auch für Ramas wunderschöne Frau Siva kämpfen. Man nennen ihn auch Affengott.«

»Er ist wundervoll, wenn auch auf eine widerwärtige Art«, stellte ich fest. »Was hat er getan?«

»Sahib, Hanuman kämpfen für Siva, als sie von Ravana festgehalten werden.« Er deutete mit den Händen einen Schwertkampf an.

»Und wer ist Ravana?«

»Ravana sein König der Rakshasas.« Sein Lächeln zeigte uns, daß es ihm nichts ausmachte, uns auch die selbstverständlichsten Dinge zu erklären.

Geordie brach in Gelächter aus. »Auf jede dämliche Frage, Stubby, bekommt man eine dämliche Antwort!«

Aber ich war von dem Affengott fasziniert. Ich wußte, wie er sich fühlte.

Wally war wütend, daß ich die Angelegenheit ernst nahm. »Was interessiert es dich eigentlich, was dieses Monster getan hat? Der Kerl, der das gemalt hat, sollte in eine Gummizelle gesperrt werden!« Er wies mit dem Daumen auf ein daneben hängendes Bild, das eine übertrieben rosige und runde junge Dame mit gekräuselten Nasenlöchern zeigte, die auf einem Fuß auf einem grünen Blatt in einem hellblauen Teich balancierte. »Wer ist denn diese Tante?«

»Ja, ja, diese Dame sein Lakshmi, Sahib, die Göttin des Glücks und die Braut des Gottes Vishnu, wie es in unserer Religion überliefert sein. Wollen der Sahib eins oder beide Bilder billig kaufen?«

»Ich will überhaupt keins dieser verdammten Dinger kaufen! Mich interessiert dieser Quatsch nicht. Wenn ihr mich fragt, dann ist das alles hier ein Haufen Mist.«

»Bilder zeigen Dinge aus unserer Religion, Sahib.«

»Na ja, so siehst du das, Kumpel. Versuch nur nicht, mich von diesem absoluten Blödsinn zu überzeugen, klar?«

Ganesh, der Elefantengott, hing ebenfalls dort mit Diamanten in seinem Rüssel. Wally schlug mit der flachen Hand dagegen und versetzte ihn in Schwingung, um zu demonstrieren, wie er über den Hinduismus dachte.

»Komm schon, Wally! Ich finde, du solltest dem armen Schwein nicht die Hölle heiß machen!« meinte Geordie. »Er will schließlich auch leben.«

»Wieviel? Kitna pice ek das Bild?« fragte ich den Budenbesitzer.

»Götter und Göttinnen sehr niedriger Preis, Sahib, nur fünf Rupien für jedes Gemälde. Sehr schön anzusehen, und zwar bei Tag und auch nachts. Fünf Rupien. Nein, Sir, Sie sein junge Herren aus Kaserne, ich weiß – vier Rupien! Für Sie vier Rupien!«

Geordie versuchte, Page zum Weitergehen zu bewegen, und er tat es mit den für ihn typischen vagen Argumenten.

Indem er erkannte, daß wir im Begriff waren, uns zu entfernen und über die Holzplanke zu verschwinden, rief der Budenbesitzer uns zu, er wäre auch mit drei Rupien zufrieden.

»Sag ihm, er soll sich verpissen«, sagte Page. »Dieser ganze Quatsch geht mir unheimlich auf den Docht. Das ist ja widerwärtig. Kommt, gehen wir was trinken!«

»Ja, trinken wir was«, pflichtete Geordie ihm bei.

»Ich trinke erst, wenn ich mich danach fühle und nicht vorher. Ihr beide könnt ja schon vorausgehen, wenn ihr so verdammt durstig seid! – Ich gebe dir eine Rupie für den Affengott«, sagte ich zu dem Budenbesitzer.

»Nun komm schon, Stubbs, scheiß drauf – du bekommst drei Bier für eine Rupie!«

»Gut, sag ihm, er kann sich das Ding irgendwohin schieben.« Ich beugte mich den sanften Bitten meiner Freunde.

Während ich über die Planke balancierte, folgte mir der Budenbesitzer mit ausgestreckter Hand. »In Ordnung, Sahib, ich Ihnen geben für eine Rupie!«

Page schlug sich mehrmals an den Kopf. »Du willst doch das verdammte Ding gar nicht, Stubbs! Du Arsch, komm jetzt endlich was trinken! Ich spendiere dir kein Bier, wenn du dein Geld für solchen Mist ausgibst.«

Aber ich ging über den Graben zurück und wartete geduldig, bis Hanuman zusammengerollt und in lila Papier eingepackt war.

Als ich mit meiner Erwerbung zu meinen Freunden zurückkam, taten sie so, als wankten sie vor Ekel umher, wobei sie sich an die Hälse faßten und würgten, als würden sie sich übergeben.

»Komm mit diesem widerwärtigen Ding nur nicht in meine Nähe, Stubbs!« sagte Wally. »Wir sind noch keine fünf Minuten hier, und schon tust du so, als seist du ein verdammter Eingeborener. Stimmt's nicht, Geordie?«

»Ich schmeiß' dich in den Scheißgraben, Page, und die anderen Scheißer gleich mit, wenn ihr nicht endlich die Fresse haltet! Los, besorgen wir uns irgendwo ein kaltes Bier!«

Nach einem saumäßigen Bier gingen wir ins Kino. Da Kanchapur eine Garnisonsstadt war, konnte man unter drei Kinos auswählen. Eines, in dem nur einheimische Filme gezeigt wurden, war für uns verboten. Die anderen beiden, das »Vaudette« und das »Luxor«, standen uns offen und wechselten das Programm jeden Sonntag, Dienstag und Freitag. Wally, Geordie und ich gingen ins »Luxor«, saßen inmitten der Erdnußschalen in der zweiten Reihe, um uns »The Girls He Left Behind« anzusehen, worin Alice Faye »A Journey to a Star« und »No Love, No Nothin'« sang.

Später, wieder auf der Hauptstraße, hing die Nacht wie ein Traum in Technicolor in den Bäumen. Die Verlockungen der Lust waren überall zu sehen. Die Straßenlaternen von Kanchapur, in unregelmäßigen Abständen aufgestellt und gelb leuchtend, wurden von einem Konfettiregen von Insekten umtanzt. Jeder Laden war geöffnet. Abgesehen von Soldaten waren nicht sehr viele Leute unterwegs, dennoch hatte man den Eindruck von großer Betriebsamkeit. Ein Mann spuckte uns Betelsaft vor die Füße, als wir an ihm vorbeigingen.

»Verdammte Bastarde!« stieß Wally automatisch hervor.

Wir suchten uns ein Restaurant und nahmen auf der Veranda Platz, wo wir mit einigen kehligen »Jhaldi jaos« nach einem Kellner verlangten. Wir bestellten dreimal fünf Eier mit Bratkartoffeln und dazu Bier. Es war angenehm, dazusitzen, sich über den Film zu unterhalten, während wir aßen, gelegentlich einem Bekannten auf der Straße zuzuwinken und ab und zu nach einem verirrten Moskito zu schlagen, der sich auf unsere Hände gesetzt hatte.

Geordie legte sein Messer und seine Gabel beiseite und lehnte sich in seinem Korbsessel zurück. »Ah, nun, das war fast genauso gut wie eine Nummer mit Alice Faye.«

»Ida Lupino wäre mir lieber.«

»Die flache Ida Lupino? Mein Gott, die hat doch gar keine Figur – Alice Faye ist einfach Klasse.«

»Die ist doch nur eine alte Kuh. Das müßtest sogar du erkennen können, Geordie.«

Während diese Diskussion über weibliche Schönheit in vollem Gange war, lehnte Wally sich vor und griff nach meinem zusammengerollten Bild von Hanuman, das auf dem Tisch lag.

»Laß die Finger davon, du Schweinekerl!« Ich packte sein mickriges gelbes Handgelenk. Er lachte, ließ sich nach hinten sinken und zerknautschte die Rolle. Ich schlug ihm mit der linken Faust vor die Brust.

Im nächsten Augenblick waren wir schon auf den Beinen und standen uns kampfbereit gegenüber. Ich war so wütend, daß ich kaum auf Geordie achtete, der uns beiden müde zurief, wir sollten uns wieder setzen.

»Komm raus, du lausiger Bastard, und ich werde dich lehren, was es heißt, das Eigentum anderer Leute zu beschädigen.«

»Du könntest doch noch nicht mal einer Sau das Pinkeln beibringen, du Arsch! Ich wollte mir dieses Scheißding doch nur mal ansehen.«

»Warum hast du es dann ruiniert, du neugieriger Scheißer?«

Wally wurde ganz ruhig und duckte sich, als wollte er mir an die Kehle springen. »Nenn mich ja nicht mehr Scheißer, du Midland-Pinsel, oder ich zeig dir, wo's langgeht.«

»Du?« Ich fuchtelte ihm mit der Faust vor der Nase herum.

Kellner kamen herbeigerannt und wedelten mit den Händen, um uns zu beruhigen. Leute an anderen Tischen sprangen auf, und Geordie versuchte uns aus dem Restaurant hinauszulotsen. »Um Himmels willen, ihr verdammten Idioten, wollt ihr, daß uns die Rotmützen auf den Hals kommen? Haltet euch zurück! Bezahlt endlich, und dann sehen wir zu, daß wir von hier verschwinden!« Er hob die zerknautschte Bildrolle vom Boden auf, wohin Wally sie geschleudert hatte, und schaffte es unter Flüchen, mich aus dem Restaurant hinauszubugsieren.

Wally war bereits vor uns hinausmarschiert. Ich drängte mich an ihm vorbei, schlug Geordies Hand weg und verschwand im Basar. Indem ich mein mißhandeltes Bild umklammerte, ging ich weiter, obgleich ich hören konnte, wie Geordie nach mir rief. Ich bedauerte nur, daß ich Wally keine Tracht Prügel verabreicht hatte, als dazu Gelegenheit bestand.

Mein Temperament machte mir Schwierigkeiten, wie es schon seit meiner frühesten Schulzeit der Fall gewesen war. Ich war sechzehn, als ich von zu Hause wegging nach London, um Virginia Traven zu suchen, meine große Liebe. Ohne sie war ich in der vom Krieg wie benommen wirkenden Stadt völlig verloren. Wo ich ging und stand, bedeutete mir überhaupt nichts. In den Straßen unter dem Himmel des Jahres 1939 gab es für mich nur Frust und Wut.

Mein Stolz hatte es mir nicht gestattet, kleinlaut von London wieder nach Hause zurückzukehren. Wäre mein Vater jemals gekommen, um mich zu suchen, mich zurückzuholen – nun, dann wäre ich dankbar zurückgekehrt und hätte mich nicht als Verlierer gefühlt. Aber er kam nicht. Als ich begriff, daß er nicht kommen würde, marschierte ich ins Rekrutierungszentrum der Armee am Leicester Square, schwindelte mit meinem Alter und unterschrieb für das, was damals die traditionelle »Sieben und fünf« war – was hieß: sieben Jahre aktiver Dienst und fünf in der Reserve.

Ich kam zu den 2. Royal Mendips, die damals ihre Ausbildung in der Nähe von Wells absolvierten und den größten Teil Somersets zu Fuß oder auf dem Bauch kennenlernten. Als das Regiment Anfang 1940 nach Frankreich verschifft wurde, war ich dabei. Dort fuhren wir fort, die Landschaft rund um Arras mit Bäuchen und Füßen zu erkunden. Um die Routine zu unterbrechen, meldete ich mich freiwillig zu einem Funkerkurs, der, wie ich erfahren hatte, mich nach Paris führen würde. Paris! 'errliches Pari! Der Name allein zauberte ein wissendes Grinsen auf das Gesicht jedes Soldaten.

Als die schicksalsbestimmende Liste durchgegeben wurde, war ich nicht für Paris vorgesehen. Statt dessen fand ich mich in einer dem Norden zugewandten Nissenhütte in Prestatyn an der Küste von Nord-Wales wieder. Die maßgeblichen Stellen hatten entdeckt, daß niemand die Geheimnisse eines 19er-Geräts richtig erfassen konnte, der nicht den eisigen Stürmen getrotzt hatte, die über die grauen Fluten der Bucht von Liverpool hinwegfegten. Während ich mich dieser Mischung aus Technologie und Meteorologie unterzog, wurden meine Kameraden im Expeditionskorps plötzlich in schwere Verteidigungskämpfe in Belgien verwickelt, als Hitlers damals unbesiegbare Divisionen durch das Flachland in Richtung Frankreich und Paris vordrangen.

Die Mendips nahmen an den Kämpfen um Löwen teil, wo an die tausend schwere Panzer sie überrollten. Viele meiner Freunde wurden von den Deutschen getötet oder gefangengenommen, während die dezimierten Einheiten sich, so gut sie konnten, nach Dünkirchen und zu den anderen Häfen an der Küste zurückzogen. Die schlimmen Nachrichten drangen nach Prestatyn. Schuld und Verrat schienen mein Los zu sein. Ich betrank mich, wenn ich es mir leisten konnte, und wurde ständig in Schlägereien verwickelt.

Gleichzeitig machte der Tod meiner Freunde mich zu einer Art Held. Ich behauptete gewöhnlich – der schlimmste aller Witze –, daß Frankreich niemals gefallen wäre, wäre ich dort gewesen, um die Dinge in die Reihe zu bringen. Nur Bewegung linderte meine Verwirrung, und in jenen furchtbaren Frühsommertagen, als Frankreich zusammenbrach, war ganz England in Bewegung. Die Dampfzüge stampften von Bahnhof zu Bahnhof; Evakuierte fuhren an bisher unbekannte Orte; Hände winkten; Frauen zerknüllten feuchte Taschentücher und waren an unbekannten Zielorten augenblicklich vergessen.

Nachdem ich meine Funkerausbildung abgeschlossen hatte, kehrte ich zu meiner Einheit zurück. Sie hatte nach Dünkirchen zu wenige ausgebildete Männer, und ich bekam meinen ersten Streifen verpaßt. Wir marschierten durch die wilde Landschaft von Yorkshire. Furchtbar knapp an geeigneter Ausrüstung, übten wir in Bergen und Tälern oder überstanden eine endlose Folge von Angriffskursen. Der Krieg schleppte sich dahin, und aus irgendeinem unerfindlichen Grund wechselten sich die Jahreszeiten genauso zuverlässig ab wie in Friedenszeiten, und die Invasion Großbritanniens fand niemals statt.

Nach einem Jahr erhielt ich meinen zweiten Streifen – nur um einen Monat später wieder zum einfachen Funker degradiert zu werden, weil ich mich in Richmond mit einem Soldaten angelegt hatte. Weitere Marschbefehle, weitere Züge, die von dämmrigen Bahnsteigen abfuhren, weitere Khakiuniformen in ländlichen Gegenden. Ich wurde wieder zum Unteroffizier befördert, wurde erneut degradiert, und das aus dem gleichen Grund – ich war betrunken und brach einen lächerlichen Streit vom Zaun. Es schien mir nichts auszumachen. Und damals drehte auch einer meiner Kameraden meinen alten Witz um: »Du hast verdammt recht, Stubby – wenn du damals in Belgien gegen die Jerries gekämpft hättest, hätten die Franzosen niemals aufgegeben!«

Schlimme Dinge geschahen überall auf dem Globus; die Finsternis in Europa breitete sich nach Osten aus und weiter bis zum Balkan. Menschen starben, und Städte brannten. In England gab es keine Gestapo, sondern nur unruhigen Schlaf und geflickte Unterwäsche und Lastwagen, die durch die verbarrikadierten Nächte rollten. Es war mir gleichgültig! Der Krieg ist seltsam: Er wirft die Menschen zusammen, und dennoch isoliert er sie voneinander. Hinter der Fassade einer Uniform kann man sehr unpersönlich sein. Selbst eine Stehgymnastik ist im allgemeinen eine verzweifelte Geste gegen die Einsamkeit.

Nun war ich in Kanchapur wieder einmal krank vor Einsamkeit. Wie lange, o Gott, würde es bis zu meiner nächsten Stehnummer dauern?

Nach dem Streit mit Wally Page wanderte ich zum fernen Ende der Stadt, vorbei an einer Reihe von Fahrern, die allesamt regungslos in ihren klapprigen Kutschen hinter ausgezehrten Pferden saßen. Jede Kutsche hatte eine trübe Laterne, jeder Fahrer rief mich an – träge, herausfordernd, lockend – und bot mir an, mich überallhin zu bringen, wohin ich wollte. Ich hatte keine Ahnung, wohin ich wollte.

Hinter dem letzten Baum, halbverborgen im Schatten, stand ein stiller junger Mann. Er trat schnell vor und ergriff meinen Arm mit seiner warmen braunen Hand. Sein Gesicht war von Pockennarben zerfressen, und er trug ein weißes Hemd, das ihm über blaue Shorts hing. Ein ernsthaft aussehender junger Mann. Mit einem Hauch spiritueller Weisheit erkundigte er sich: »Warum gehen Sie zu Fuß, Sir? Sie suchen eine hübsche junge Dame für Geschlechtsverkehr?«

Ich sah mich um. »Wo ist die Dame?«

»Nun, Sir, sie ist ganz in der Nähe! Nur zwei Straßen, sehr nahe, ein sehr hübscher Ort. Sie liegt dort für Sie, Sir, sie ist sehr hübsch. Sie können mitkommen, Sir, und sie ansehen!« Er spreizte seine Finger vor meinen Augen, als wollte er mir damit andeuten, wie offen und einladend alles war, ihre Beine eingeschlossen.

»Wie ist sie?« Sprachen wir überhaupt über eine Frau aus Fleisch und Blut?

»Sie ist ein sehr hübsches Mädchen, Sir, ein schönes Gesicht, schöne Hände, der Körper von wundervoller Gestalt und heller Farbe, ein sehr schöner, verführerischer Anblick.«

»Das will ich hoffen. Wie alt ist sie?«

Er ergriff wieder mein Handgelenk. »Kommen Sie mit – ich bringe Sie hin, und wenn sie Ihnen nicht gefällt, ist das nicht schlimm. Ich denke, Sie werden sie mögen, Sir. Sie ist genauso alt wie Sie und überhaupt nicht alt in den wichtigen Körperteilen.«

In dieser Werberede und im Duft des Abends lag etwas Unwiderstehliches. Moralisch sauber bleiben, leck mich doch! Mit hämmerndem Herzen sagte ich: »Okay, nur ein kurzer Blick.«

Sicherlich war sie eine alte Schachtel...

»Wenn Sie sie erst einmal gesehen haben, werden Sie sie mögen! Sie macht es Ihnen gut.«

So überließ ich mich zum erstenmal der Obhut eines undurchsichtigen Reisfressers. Sobald er erkannte, daß ich mich in seiner Hand befand, vergeudete er keine Worte mehr, wich in den Schatten der Bäume zurück und bedeutete mir mit einer Geste, ich solle ihm folgen.

Ich mußte ihm in eine Seitenstraße zwischen zwei Läden folgen, wo es noch dunkler war und noch durchdringender stank. So eng die Straße auch war, so hielten sich in der Dunkelheit trotzdem Menschen dort auf. Ein Mann rief leise meinen Führer an und erhielt Antwort. Eine Hand tastete verstohlen nach mir, während ich vorbeiging. Sogar in diesem Moment, während dieser zweifelhaften Unternehmung, regte sich in mir der Wunsch, noch tiefer in diesen Sumpf des Lebens einzudringen, ganz in den Hinterhöfen Indiens zu versinken und für immer aus dem Blickfeld derer zu verschwinden, die irgendwelche Forderungen an mich stellten.

Die Seitenstraße beschrieb eine Kurve und führte in eine Straße, deren Atmosphäre sich von der der Hauptstraße deutlich unterschied. Auf der Hauptstraße herrschte eine Art künstliche Ordnung. Diese Straße war jedoch enger, belebter, stinkender, insgesamt schwieriger zu begreifen. Dies war das wahre, das lärmende Leben. Wir ließen uns vom Strom der Menschen mitziehen, der dahinschwebenden Frauen, der langsam vorwärtsstapfenden Lastträger, der Tiere, die ihr eigenes Tempo hatten. Niemand achtete bewußt auf mich, während ich meinem Mann wie im Traum folgte, genauso wie sie der heiligen Kuh, die zwischen den kleinen Verkaufsbuden und Männern einherspazierte, die Betelsaft in die Gosse spuckten. Der beißende Geruch, die jaulende Musik, all das verstärkte noch die lüsternen Bilder in meinem Kopf. Ganz gewiß trieben solche Leute es ohne Pause!

Mein junger Führer sprach mit einem Jungen. Der Junge sagte schnell etwas und huschte davon, schlängelte sich zwischen den zahlreichen Menschen hindurch und rannte, als sei ihm ein Tiger auf den Fersen. Mein Abenteuersinn erwachte; ich stellte mir vor, wie Messer gewetzt wurden, die für mich bestimmt waren.

»Wo ist dieser Ort, wo du mich hinbringst?«

»Wir sind bald da, Sir, sehr bald.«

An einer Ecke wuchs ein mächtiger Deodar. Er war in der Nacht und dem Durcheinander und dem Gewirr von Schatten nur sehr schwer zu erkennen. Wir bogen in eine weitere Seitenstraße ein und betraten von dort aus einen dunklen, süßlich riechenden Hof. Ich blieb im düsteren Durchgang stehen, bis schwache gelbe Lichter in den oberen Fenstern es mir gestatteten, meine Umgebung etwas besser zu sehen. Dort stand ein alter Baum. Stumme Männer saßen zusammengekauert unter ihm und rauchten – zuerst hielt ich sie für eine Herde Ziegen, bis ich die glimmenden Enden ihrer Zigaretten erkannte, die gelegentlich aufglühten.

Mein junger Führer umfaßte sanft mein Handgelenk, vielleicht um meinen Puls zu messen und mich zu leiten.

»Ein schönes Mädchen wartet dort auf Sie und heiße Umarmungen, Sir, in diesem Zimmer dort drüben.«

Erneut einige geflüsterte Worte mit einem halb unsichtbaren Fremden, während wir zwischen Säulen traten, die einen Balkon oder ein Dach stützten. Wir schoben uns an einem Stall vorbei, der irgendein Tier beherbergte (ich konnte hören, wie es sich ruhelos bewegte), und gelangten zu einer Tür. In der Wand neben der Tür brannte eine winzige Kerze. Eine verwelkte Blüte lag neben der Kerze, während Insekten um die Flamme kreisten. Die Tür stand ein Stück offen.

»Kommen Sie herein, Sir, kommen Sie nur!« Der junge Mann stieß die Tür weiter auf.

Ich konnte vom Inneren so gut wie nichts erkennen, so unzureichend war der Raum erleuchtet. Er schien keinerlei Möbel zu enthalten. Zwei oder drei Menschen – darunter ein Junge, der durchaus derjenige hätte sein können, der vor mir hergelaufen war – standen abwartend im Dämmerlicht. Einer von ihnen sagte mit heiserer Stimme ein indisches Wort.

Während meine Augen sich an das matte Licht gewöhnten, entdeckte ich unweit der Decke des Raumes ein Gesicht, das durch ein Eisengitter im oberen Teil einer hölzernen Trennwand auf mich herabstarrte. In diesem Augenblick entzündete einer der Menschen eine Öllampe und hob sie hoch, so daß das beobachtende Gesicht deutlicher zu erkennen war.

Wie soll ich es beschreiben? Auch noch am nächsten Tag war es wie ein Gesicht in einem Traum. Seine dunklen, feuchten Augen und sein Mund waren Merkmale von Millionen von Hindumädchen. Doch es war mitleidig, ängstlich, leidenschaftlich.

Während das Licht noch immer die Schatten der Gitterstäbe auf das Gesicht legte, wurde das Mädchen für mich zu einem Individuum – meine erste ausländische Frau! War dies das Mädchen, zu dem man mich gebracht hatte? Dann liebte ich sie. Ich wollte Sex, aber viel mehr noch wünschte ich mir Liebe!

Mir schien, als wäre mein junger Mann mit den Leuten in dem Raum in Streit geraten. Das Mädchen blickte zu mir herab.

Während ich noch dort stand, wurde es draußen auf dem Hof plötzlich hell. Der Lichtkegel fand die alten Männer und den Baum, dann ließ er sie wieder in den Schatten zurücksinken. Säulen, Pflanzenranken, verfallene Häuser, ein Stall – dann schwangen die Lichtfinger herum und erwischten mich auf der Schwelle des Raums. Ich wandte mich um. Während ich das tat, stieß mein junger Mann mich von hinten vorwärts. Ich stand draußen, wieder auf dem Hof, und spürte, wie die Tür hinter mir zugeschlagen wurde. Ich hörte das Klappern eines vorgeschobenen Riegels. Zwei Militärpolizisten mit Schlagstöcken sprangen aus ihrem Jeep und kamen auf mich zugerannt.

Es war für mich von Nutzen, daß ich keinen Versuch machte, zu fliehen oder mich zu wehren. Während sie mich zum Jeep führten, galt meine einzige Sorge dem Schutz meines zusammengerollten Bildes von Hanuman, das ich noch immer in der Hand hielt.

Zutritt verboten! Ich erklärte den Rotmützen, daß ich keine Ahnung gehabt hätte, mich auf verbotenem Gelände zu bewegen. Sie zeigten ihre Abneigung und ihren Unglauben ganz offen – das war schließlich ihr Gewerbe. Sie wollten einen Blick auf Hanuman werfen. Ich rollte das Plakat aus und gestattete ihnen, es anzustarren. Selbst als ich erwähnte, daß es mich nur zehn Annas gekostet hatte, blieben ihre Mienen verächtlich.

Meine Rettung war, daß ich erst seit kurzem in Indien war. Meine Knie waren noch nicht braun. Ich hatte noch keinen richtigen Dienst getan. Denn sonst hätten meine Füße sich nicht berührt. Sie hätten mir die Eingeweide herausgerissen. Sie hatten mich jetzt auf ihrer Liste. Wenn sie mich noch einmal in der Puffgegend antrafen, dann erfuhr ich niemals, was mich erwischt hatte. Ich würde mich ohne Paddel mitten im Fluß wiederfinden.

Nach diesen Drohungen, auf die ich reagierte, indem ich eine immer straffere Habtachtstellung einnahm, fuhren die Militärpolizisten mich durch die Stadt und zurück zum Kasernentor. Sie studierten mich mit einem Ausdruck stummen Mitleids, während ich ausstieg und am Wachraum vorbei zum A-Block ging.

Diese Bastarde! In der Stube war ich viel zu wütend, um mit jemand zu reden oder mehr zu tun, als in mein Bett zu steigen und meinen Kopf unter das Moskitonetz zu schieben. Wir würden schon bald nach Burma aufbrechen – wir hatten eine verdammt geringe Chance, dort eine Frau aufzugabeln. Wir wollten uns im Kampf umbringen lassen, und damit wäre alles erledigt. Welches Recht hatte die Armee, mich von jener niedlichen kleinen und hübschen Bibi fernzuhalten?

Es war mir unmöglich, mir ihr Gesicht nicht ins Gedächtnis zu rufen. Unter der Bettdecke richtete mein verdammtes Ding sich allmählich auf, dieser mutige Widersacher der Militärpolizei. Als ich seinen strammen Schaft umklammerte und mir vorzustellen versuchte, wie es wohl wäre, wenn ich das Gerät in die geträumte Vulva des halbgeträumten Mädchens hineinstieße, überkam mich der heftige Wunsch nach einer schnellen Massage. Obgleich ich die alte fünffingrige Witwe wegen ihrer leichten Aufgabe beneidete, empfand ich eine gewisse Erleichterung, als die Safttropfen eine breite Spur auf meine Brust und meinen Bauch legten. In jenen Tagen war es leichter, zum Höhepunkt zu kommen als zu denken.

Am nächsten Morgen vor dem Appell heftete ich das zerknautschte Bild des Affengottes an die Wand neben dem Bett, in direkter Nachbarschaft der Pin-ups von Ida Lupino und Jinx Falkenberg.

»Weißt du, Stubby, ich bin sicher, daß die alten Strategen, die Indien kennen, verdammt recht haben mit dem, was sie über Frauen sagen«, meinte Geordie nach dem Appell, fuchtelte mit den Händen und ließ seinen Adamsapfel vor Kummer darüber hüpfen, daß er mir etwas mitteilen mußte, das mir vielleicht nicht gefiel.

»Was hast du gemeint, Geordie?«

Er hatte mich auf die Seite gezogen, um sich mit mir zu unterhalten. Die Nachricht, daß die Militärpolizisten mich nach Hause gebracht hatten, war offensichtlich auch zu ihm gedrungen.

»Nun, du weißt genauso wie ich, daß du ganz schönen Ärger bekommen kannst, wenn du mit einem Schlepper mitgehst wie...«

»Nun komm schon, Geordie, du hast uns unten im Basar selbst gesagt, du hättest ein Stück Hintern gesehen, das dir gefallen hat.«

»Ach ja, ich weiß, aber ich habe doch nicht *das* gemeint. Also wirklich, ich würde doch nicht... Nun, wir scheinen doch in der Kaserne alles zu haben, was wir uns vorstellen, oder etwa nicht? Ich meine natürlich abgesehen von den Appellen und unserer Ausbildung. Zwei Fußballspiele in der Woche – nun ja, zwei oder drei, so besagte die Notiz am schwarzen Brett, glaube ich. Wir könnten wunderbar aufspielen, den anderen einheizen, weißt du, ich halbrechts und du auf dem Flügel, wie damals in Aldershot...«

»Und abends haben wir dann Wache. Oh, es ist wirklich ein erfülltes Leben, ein wundervolles Leben, wenn du nicht schlapp machst. Du versuchst mir doch wohl nicht mitzuteilen, daß ich moralisch sauber bleiben soll, oder?«

»Nein, nein, es ist schwierig zu erklären. Du weißt, daß ich dir keine Vorwürfe machen will, aber du bist mein Kamerad, trotz allem, Stubby. Ich meine nur, daß es auch ohne Schlepper ein schönes Leben ist...«

Vielleicht gingen ihm die Worte aus. Vielleicht sah er auch den Ausdruck in meinem Gesicht.

»Du meinst, daß ich der letzte Arsch bin, Stubby, nicht wahr? Sei mal ehrlich!«

»Natürlich nicht, du Heini...«

Der arme alte Geordie! An dem, was er sagte, war einiges

dran. Unser reglementiertes Leben sollte an sich in allen Bereichen zufriedenstellend sein. Und er hatte noch nicht einmal unsere zweitägigen Übungen erwähnt, wenn wir in den Zentralprovinzen umherrannten und -krochen, wie wir es vorher bereits rund um Arras und in Somerset getan hatten...

Diese streng eingeteilte Existenz reichte nicht aus. Jede Situation schafft sich ihre Legenden, und unsere Legende war Burma. Wir waren scharf auf jedes Wort darüber, auf jedes Geflüster, das durchsickerte, genauso wie wir begierig waren auf jede Botschaft aus dem fernen Land der Sexualität.

Burma war von Kanchapur Hunderte von Kilometern entfernt. Mandalay war von uns genauso weit entfernt wie Toronto von Miami oder London von Kiew, und der Weg dorthin führte über Gebirgsketten und riesige Flüsse; aber unsere Ohren lauschten in diese Richtung. Zu dieser Zeit, Ende 1943, besetzten die Japaner Burma fast vollständig und rückten auf Assam vor. Ihnen eilte noch immer die Legende von ihrer Unbesiegbarkeit voraus, die die Chindits soeben ankratzten. Sie waren die furchteinflößenden gelben Stämme, die in Dschungelgebieten überlebten, wo niemand sonst existieren konnte.

Kanchapur hatte seinen Anteil an verbrauchten alten Männern (wie es damals schien – ich glaube, sie waren eher Mitte dreißig), die die Operationen mit Wingate oder die Angriffe der 6. Brigade gegen Akyab miterlebt hatten. Diese Männer lieferten Schilderungen des absoluten Schreckens.

Miller, der der Spaßvogel des Zuges war, imitierte die herablassende Stimme eines Offiziers und meinte: »Sie haben verdammt recht, Corporal Cox. Wir haben diesen kleinen gelben Bademeistern gezeigt, wo es lang geht, nicht wahr?«

»Es sind jetzt sehr viel mehr Leute hier, um gegen die Japaner zu kämpfen, wie ihr noch sehen werdet«, erklärte Charley.

Die 14. Armee – zu der die Mendips gehörten – sammelte ihre Kräfte und traf Anstalten, die Japaner aus Burma zu verscheuchen. Aber es herrschten trotzdem böse Vorahnungen. Die Russen schlugen die Deutschen an der Ostfront zurück, die Amerikaner schlugen die Japaner im Pazifik, unsere eigene Armee marschierte durch Italien – Nelson gehörte dazu –, und die Italiener hatten die Brocken hingeschmissen und sich mit uns verbündet. Der Krieg in Europa erweckte den Anschein, als wäre er in absehbarer Zeit vorbei. Und der Krieg in Südostasien hatte kaum begonnen.

Zwischen den Übungsmärschen, den Fußballspielen, den Abenden in der Kantine gab es Zeiten, die die Armee nicht verplant hatte. In diesen Intervallen wirkten die Gerüchte von kombinierten Operationen und Landungen an der höllischen burmesischen Küste in uns wie Hefe.

Der Zufall wollte es, daß zwei oder drei Tage, nachdem die Militärpolizisten mich in die Kaserne zurückgebracht hatten, der 2. Zug eine Aufruhr-Übung absolvierte. Wie gewöhnlich gab es in Indien in einigen Gegenden zu wenig Reis und daher in den größeren Städten des Landes Aufstände gegen die Briten, unter anderem auch in Indore. Die Aufruhr-Übung bestand darin, in Kanchapur einzumarschieren und die Hauptstraße abzuriegeln, damit die Reisfresser nicht dorthin vordringen konnten und so weiter. Zu diesem Zweck waren wir mit Schlagstöcken ausgerüstet worden.

In der Menge entdeckte ich den stillen jungen Mann, der mich zu dem Mädchen geführt hatte. Er hatte ein Buch unter den Arm geklemmt. Entweder sah er mich nicht, oder er erkannte mich nicht, während ich die Tatsache, ihn zu sehen, als Garantie dafür nahm, daß das Mädchen – möglicherweise seine Schwester – immer noch zu haben war. Für den Rest des Tages konnte ich nicht aufhören, an sie zu denken. Oh, sie war so schön! Es war viel mehr als eine Nummer, was ich mir wünschte! Ich wollte mein Herz ausschütten, meine Ziele, meine Träume... und ich wollte die Sehnsüchte und Träume dieses exotischen Wesens erfahren!

Ich war entschlossen, mein Ziel zu erreichen, bevor wir Kanchapur verließen. Weder die Militärpolizei noch Geordie sollten mich daran hindern. An diesem Abend duschte ich, zog mir eine frisch gebügelte Kombination aus Dschungeldrillich an und begab mich allein in den Basar. Der Himmel war purpurfarben mit goldenen Balken am Horizont, und die Fledermäuse flatterten zwischen den höchsten Jacarandabäumen umher. Ich eilte dorthin, wo die Eckensteher müßig herumhingen.

Der stille junge Mann war noch nicht im Dienst. Na schön, dann würde ich eben ohne ihn zusehen müssen, wie ich meine Geliebte fand! Diesmal würde ich, verdammt nochmal, aufpassen, daß die Rotmützen mich nicht erwischten. Ich huschte von Baum zu Baum und durch eine Seitenstraße, und sofort spürte ich, wie meine Umgebung sich veränderte. Ich war nicht mehr allein und einsam, war kein heimatloser Söldner mehr; mein Leben war mit Romantik erfüllt, und ich wandelte durch exotische Gefilde, um die Erfüllung meiner verzehrenden Liebe zu finden.

Da war auch wieder diese bevölkerte Straße, voll von Menschen und prall von köstlichen Düften. Nun mußte ich diesen kleinen Hinterhof finden! Und wenn ich das nicht schaffte, dann warteten sicherlich in anderen Höfen großartige Abenteuer auf mich. Ich dachte voller Abscheu an den Ortskommandanten und seine alberne Ansprache und seine Forderung, moralisch sauber zu bleiben. Dieser arme Sack war doch oberhalb seiner Eier völlig tot!

Nach nur einem falschen Abbiegen stand ich wieder in diesem aufregenden Hof, wo der verkrüppelte Baum in der Enge zwischen verkrüppelten Häusern seinen Geist aushauchte. Welche Tür war es gewesen? Natürlich, die Kerze und die Blume! Die Kerze stand brennend in ihrer Nische, die Blume war frisch, eine weiße Blüte, die ohne Stengel dalag. In einer Stunde war sie verwelkt.

Ich klopfte an die Tür. Ich machte vor Aufregung beinahe in die Hose. Vielleicht kam überhaupt niemand. Ein Riegel klapperte, die Tür öffnete sich einen Spalt. Ein Knurren ertönte im Innern des Hauses. Die Tür glitt wieder zu. Ich stand da. Sie öffnete sich erneut, schloß sich. Riefen sie jetzt vielleicht die Polizei an? Ein Telefon? In diesem Loch?

Ich hatte mich schon halb entschlossen, wieder zu verschwinden, als jemand durch die Tür heraustrat. Es war der

Junge, der beim letztenmal, als ich hier war, vorausgelaufen war.

»Ihnen hat Dame gefallen?«

»Ja – die ich an dem Abend gesehen habe.«

»Polizei. Großer Ärger. Polizei ist gekommen, hat viele geschlagen, alle geweint!«

»Diesmal hat die Polizei mich nicht herkommen sehen, ganz bestimmt nicht. Wo ist die Bibi?«

»Dreißig Rupien.« Er hielt die Hand auf.

»Dreißig Rupien – du hast wohl den Verstand verloren! Sieh doch, ich bin kein Offizier, sondern ein einfacher Soldat, ein armer Mann!«

»Du reicher Mann! Gib dreißig Rupien, dann bekommst du Dame.« Er sprach vielleicht nicht so gut Englisch wie sein großer Bruder, doch er war im Handeln ein rechter Saukerl. Am Ende hatte ich ihn auf zehn Rupien für eine kurze Nummer heruntergehandelt. Erst als er die Scheine in der Hand hielt, ließ er mich ein. Als wir drinnen waren, verriegelte er die Tür hinter uns.

Zwei Öllampen brannten auf dem Fußboden neben einem alten Mann mit einem zerlumpten Turban auf dem Kopf, der ein Huhn im Arm hielt. Ein Gehstock lag neben ihm. Huhn und Mann musterten mich mit mißtrauischen Augen, während der Junge, dabei etwas murmelnd, eine der Lampen aufnahm und zur Treppe ging.

Ich sah mich um. Was für ein verkommener Ort! So kahl wie eine Scheune. Eine kleine Tür am Ende der Treppe besaß ein Gitter. Ich blickte durch dieses Gitter und starrte in das Innere eines schwach erleuchteten Ladens. Vielleicht war es die Werkstatt eines Schneiders, denn Ballen von Stoff waren auf den Stufen aufgestapelt und behinderten uns beim Hinaufsteigen. Ich war voller Erwartung und stolperte ab und zu.

Der Junge brachte mich zu einer Tür und blieb stehen. »Dort drin ist Dame.«

Behutsam drückte ich die Tür auf. Eine Frau war dort und hatte sich das Ende ihres Saris über den Kopf gezogen. Die Lampe, genauso winzig wie die beiden unten, stand hinter ihr, daher konnte ich nur erkennen, daß sie mich zu sich heranwinkte. Ich griff nach der Lampe des Jungen und hielt sie hoch, so daß ihr Licht auf das Gesicht der Frau fiel.

»Das ist sie ja gar nicht, du kleiner Bastard! Wer ist denn diese alte Schachtel?«

Sie war vermutlich seine Mutter. Sie war alt und runzlig, ihre Willkommensgeste war eine groteske Parodie der Verlockung. Vor Enttäuschung fast rasend, begann ich sie beide anzubrüllen. Sie bekamen es mit der Angst zu tun und schrien sich gegenseitig an.

»Okay, ich sie holen. Du nicht laut rufen, Polizei kommt, viel schlagen, alle schreien!«

»Du wirst heulen wie ein Schloßhund, wenn du nicht sofort das Mädchen herholst!«

Er tauchte kurz darauf mit ihr auf dem Treppenabsatz auf. Sie war barfuß. Sie sah mich ängstlich an, und meine Wut verrauchte augenblicklich. Mein Gott, war sie jung!

Allein ihr Anblick reichte aus, die Begierde in mir zu wekken. Wie lange war es her! Wieder diese feuchten Augen!

Die alte Frau zupfte an meinen Kleidern und sagte etwas Unverständliches zu mir, was der Junge für mich, so gut es eben ging, übersetzte. »Sie sagt, du nicht ficken, sie lutschen.«

»Paß mal auf, du hast deine zehn Rupien bekommen. Dann verpiß dich, klar? Verschwinde!«

»Nein, nein. Dieses Girl kleines Loch, du verstehen? Kleines Loch?« Er zeigte mit zwei Fingern, was er meinte. »Sie schreien, Polizei kommt, viel schlagen, alle schlimm weinen!«

»Ich werde ihr nicht weh tun!« Ich packte den zerbrechlichen Arm des Mädchens und zog sie in den Raum. Ich schlug die Tür zu und brüllte, daß alle draußen bleiben sollten. Ohne lange zu zögern zog das Mädchen sich aus. Als sie nackt war, verneigte sie sich mit gefalteten Händen vor mir und wies auf das Bett.

»Du zuerst«, sagte ich und machte ihr entsprechende Zeichen. Ich konnte kaum reden. Hatte sie schon Haare drumherum? Ihre Brüste waren so klein und zart – so groß wie Mangos. Während ich meine Uniform auszog, spürte ich, wie mein Schwanz sich aufrichtete und gegen meinen Bauch schlug. Die Hitze in dem kleinen Zimmer war erstickend – es war eigentlich nicht mehr als ein größerer Schrank, und es hatte kein Fenster. Ich fing an zu schwitzen.

Mich beobachtend und immer noch mit einem Ausdruck der Furcht in ihrem kleinen Gesicht, stieg das Mädchen ins Bett, das nicht mehr war als eine harte Plattform aus Holz mit einer Decke darauf. Sie wackelte mit ihrem Po, während ich zu ihr kam.

»Keine Schweinereien, du kleine Kuh«, sagte ich zärtlich und schob meine Hand zwischen ihre Oberschenkel. »Ich will nicht deinen Arsch.« Ich legte mich neben sie.

In jener Zeit hatte ich so wenig Ahnung von Stellungen, daß ich es nie für möglich gehalten hätte, daß man den Geschlechtsverkehr genauso ausführen konnte wie die Tiere; ich nahm irrtümlich an, daß ich ihren Hinterausgang benutzen sollte. Daher drehte ich sie um und schaute ihr ins Gesicht. Ihre Wangen glühten; wahrscheinlich errötete sie.

»Du bist schön«, sagte ich. Sie gab keine Antwort, sah mich nur hilflos an, die Lippen leicht geöffnet, das Haar ordentlich zurückgekämmt und zusammengebunden, so daß es als Pferdeschwanz über ihre Schulter herabhing. Ich streichelte ihre Brüste, ihre Hüften und hatte plötzlich ein wenig Angst, daß ich meine Ladung verschoß, ehe ich in ihr war. Ich ließ meine Hand bis zu ihrem Schoß hinabwandern. Ihre kleine Spalte war glühendheiß und wurde feucht, als ich sie massierte.

Sie flüsterte irgend etwas, seufzte und vollführte eine oder zwei lüsterne Bewegungen, als wäre ich überhaupt nicht da. Ihr Duft war berauschend. Ich roch das Kokosöl oder was sie sich ins Haar gestrichen hatte, während sie sich vorbeugte, und streifte den Pariser, den ich mitgenommen hatte, über meinen Schwanz.

Ich hatte das Bild ihrer Möse in meinen Gedanken – meine Finger hatten es entstehen lassen –, und ich hatte den Wunsch, einen Blick darauf zu werfen, aber die Lust trieb mich an. Ich drückte sie nach hinten und blieb für einen kurzen Moment still liegen, mein Körper halb auf ihr. Sie war so klein und so heiß, und ihre ganze Ausstrahlung, vermischt mit meinen Träumen und Sehnsüchten, war so übermächtig, daß ich überhaupt nicht bewußt bemerkte, daß ich längst in sie eingedrungen war und daß wir heftig und miteinander verschlungen vögelten, bis ein leichtes Aufbäumen ihres Unterleibs mich daran erinnerte. Dieses Bewußtsein allein oder die glühende Hitze ihres Körpers, die mich durchströmte, oder das lustvolle Vergnügen, einen weiblichen Körper zu umarmen, oder die Freude, endlich irgendwo eingedrungen zu sein, oder das Gefühl des Lebens an sich, das sich in Mösen und Blumen und Körperöffnungen äußert, reichte aus, um mich mitzureißen in eine zuckende Welt des Orgasmus.

»Kleines Loch, kleines Loch...« Ich lachte und keuchte. Klein, aber mich gütig aufnehmend. Sie schien ebenfalls zu lachen. Es war ein seltsames, kurzatmiges Schluchzen. Oh, das war wirklich gut, sie war auch zum Höhepunkt gekommen. Wir waren füreinander geschaffen.

Ich blieb neben ihr liegen, bis der Junge gegen die Tür trommelte und das Mädchen ihm etwas zurief.

»Sind Sie okay?«

»Mein Sohn, ich komme raus, wenn ich fertig bin.« Aber ich stand auf und zog mir den triefenden Pariser widerstrebend vom Schwanz.

Ich wollte es noch einmal tun.

Meine Gefühle waren sanft und innig – Glückseligkeit und Dankbarkeit.

Das Mädchen richtete sich auf dem Bett auf. Die schluchzenden Laute drangen noch immer aus ihrem Mund, was mir ziemlich unnatürlich vorkam – so aufgewühlt konnte sie unmöglich sein. Ich betrachtete sie im Halbdunkel des Zimmers. Ich hatte bereits bemerkt, wie tiefgründig ihre Augen waren. Nun ließ das Licht ihre Augenhöhlen beinahe so erscheinen, als seien sie leer. Ein Auge schimmerte matt. Sie schien ausdruckslos die Decke anzustarren.

Indem ich den Blick von ihr abwandte, begann ich mich wieder anzuziehen. Es war alles in Ordnung. Sie brauchte nicht geisteskrank zu sein oder Fieber zu haben. Sie war nur müde, vielleicht auch ein wenig schüchtern, vielleicht auch enttäuscht, daß sie kein Wort Englisch konnte. Sie war wunderschön, und ich war ihr dankbar. Eingesperrt in diesen Sumpf, konnte einem fast alles passieren – es war eine Szene, wie sie im tiefsten viktorianischen London hätte spielen können.

»Ich gehe jetzt, Liebste.« Ich griff nach ihrer heißen kleinen Hand. Konnte ich vielleicht mit ihrer Mutter irgendeine Vereinbarung treffen, so daß ich – Nein, sie war nicht mehr als irgendeine Bibi, und ich war nur ein beschissener Soldat unter Tausenden.

»Du warst wirklich wunderbar...« Es war weitaus weniger Überzeugungskraft in meiner Stimme, als ich beabsichtigt hatte. Wie dämlich käme ich mir vor, wenn Wally oder die andern Jungs hörten, daß ich so mit einer kleinen Hure sprach! Die Wirklichkeit holte mich nach und nach wieder ein. Ich schwitzte wie ein Schwein.

Sie blieb auf dem Bett sitzen, eine Hand gegen die Stirn gepreßt. Ich ging hinaus, stieg an den Stoffballen vorbei nach unten, ging an dem alten Knaben vorbei, der noch immer mit seinem Huhn auf dem Schoß dasaß, entriegelte die Tür und trat in die kühle Luft hinaus. Die weiße Blüte neben der Kerze war nicht verwelkt.

Keine Rotmützen in Sicht. Ich achtete auf meinem Rückweg zur Kaserne sorgfältig auf meine Umgebung; aber für den Rest des Abends mied ich die Gesellschaft meiner Kameraden. Es gab nichts, was ich ihnen hätte erzählen können.

»Man achtet nicht auf Gerüchte. Man lebt viel lieber von Tag zu Tag.« So erklärte Bamber es, und so sagte er es des öfteren. »So bringt man die Zeit im Kittchen hinter sich, wißt ihr – man hört nicht auf Gerüchte, und man lebt einfach in den Tag hinein.«

Bamber sprach die Wahrheit. So hatten wir in der Schule gelebt; und so lebte ich auch jetzt. Tag folgte auf Tag, in Kanchapur genauso wie woanders. Ich blickte nie nach vorn.

Warum auch? Die Listen gingen herum; jemand anderer hatte die Befehlsgewalt darüber, was am nächsten Tag mit einem geschehen würde.

»Meinen Sie, daß die 8. Brigade in der nächsten Woche nach Persien verlegt werden könnte?« fragten Carter und ich Bamber und Chalkie White, den zweiten alten Hasen des 2. Zuges.

»In dieser Armee ist alles möglich«, meinte Chalkie. »Wenn man uns auf den Gipfel des Everest versetzte, würde mich das überhaupt nicht überraschen.«

»Mal ehrlich, Chalkie!«

»Ihr jungen Burschen!« rief Bamber mit seiner tiefen und melancholisch klingenden Stimme. »Ihr rennt nach solchen Gerüchten herum wie aufgescheuchte Hühner! Achtet einfach nicht auf solche Gerüchte. Wir werden dorthin gehen, wohin wir geschickt werden, sobald sie uns losschicken, und es gibt nichts, was ihr oder ich daran ändern können.«

Weise, aber unbefriedigend. Die Nachricht von Persien als unserem nächsten Einsatzland kam noch vor dem Morgenappell auf, als wir unsere Gewehre reinigten; bis zum Mittag wurden die ersten Einzelheiten bekannt. Wir sollten uns mit irgendwelchen russischen Truppenverbänden am Kaspischen Meer zusammentun und ihnen dabei helfen, die Wehrmacht auszuschalten.

»Persien kann doch eigentlich nicht schlimmer sein als dieser verdammte Ort, oder?«

»Ahoi dem Schiff, das mich nach Hause bringt!«

»Das ist der schönste Anblick im Fernen Osten – Bombay vom Heck eines Schiffes aus.«

»Wo ist dieses verschissene Persien? Gibt's keine Straße dorthin?«

Da niemand in unserer Einheit genau wußte, wo Persien war, war es schwer zu entscheiden, ob diese Neuigkeit eine Verbesserung unserer Verhältnisse versprach. Aber Captain Gore-Blakeley wurde dabei beobachtet, wie er sich ernst mit Sergeant Charley Meadows unterhielt, was die Vermutung nahelegte, daß irgendwas am Kochen war. Gewiß klang Persien besser als Akyab oder Ramree an der gefürchteten Arakan-Küste von Burma.

Dann, nach einem oder zwei Tagen, wurde Gore-Blakeley erneut bei einem Gespräch mit Charley Meadows gesehen, und Arakan wurde wieder als wahrscheinlichstes Ziel gehandelt. Persien verschwand aus den Gesprächen. Kombinierte Operationen, meinten einige, wobei die 2. Division die Invasion Burmas von See aus anführte. Noch vor Weihnachten!

»Ihr sollt Gerüchten keinen Glauben schenken«, meinte Bamber.

Wir hatten einen Fachmann, den wir stets um Rat fragen konnten. Das war Ali, unser Teebursche. Vormittags, am späten Nachmittag und den ganzen Abend bis zum Zapfenstreich saß Ali in unserem Kasernenblock oder wanderte durch die Gänge, verkaufte seinen dünnen süßen Tee zu zwei Annas je Tasse und bot gleichzeitig kleine süße Kuchen zu vier Annas je Stück an. Seine letzte Runde machte er immer um kurz vor zehn. Dabei saß der Teebehälter auf seinem Turban, und Ali rief mit halblauter Stimme: »Leckerer Kuchen und köstlicher Tee, Kuchen und Tee! Die letzte Runde, Gentlemen, vor dem Zapfenstreich!« Leute, die erst spät eintrudelten, fragten: »Wo ist Ali?« und schimpften und fluchten, wenn sie ihn verfehlten. Ali war eine Berühmtheit.

Ali genoß hohen Respekt. Er hatte zahllose neue Rekruten in Kanchapur einrücken sehen und wußte, wie er mit ihnen umgehen mußte. Man hielt ihn allgemein für einen raffinierten alten Bastard. Er unterhielt ein begrenztes Kreditsystem, was genauer hieß, daß er einem gelegentlich eine Tasse Tee oder ein Stück Kuchen genehmigte, wenn man völlig blank war und ihm versprach, gleich am nächsten Zahltag die offene Summe zu begleichen. Er schrieb sich niemals etwas auf und konnte sich an unzählige Schuldbeträge erinnern. Donnerstags waren alle Säufer völlig abgebrannt und blieben in der Kaserne, spielten Pontoon um Zündhölzer und tranken Tee, den sie erst am nächsten Tag bezahlten.

Neben Ernie Dutt, unserem Unteroffizier, war der älteste Mann im 2. Zug Chalkie White. Chalkie war ein echter alter

Stratege mit einem wettergegerbten Gesicht, einwandfreier Ausrüstung und polierten Stiefeln. Er war der Torwart unserer Mannschaft. Bei der Wachparade spielte Chalkie immer den Flügelmann. Er sprach sehr leise und war ein hervorragender Schütze, genauso wie Bamber. Chalkie war schon früher in Indien gewesen, im Jahr 1935; am ersten Tag, als die 8. Brigade in Kanchapur eintraf, kam Ali zu ihm und verlangte in unterwürfigem Ton fünf Rupien.

Es stellte sich heraus, daß Ali 1935 in Peshawar Teeverkäufer gewesen war oder vielleicht auch nur der Freund eines Teeverkäufers. Chalkies Gesamtschuld belief sich mittlerweile auf fünf Rupien. Acht Jahre und viele Rekruten später erschien Ali, um die Begleichung der offenen Rechnung zu fordern. Er vergaß niemals eine Schuld oder ein Gesicht. Chalkie zahlte natürlich wie ein Gentleman.

Diese Gedächtnisleistung ließ Alis Aktien in unserer Kompanie erheblich in die Höhe schnellen. Das Gleiche geschah natürlich auch bei Chalkie; er wurde berühmt als der einzige, der Indien hatte verlassen können, ohne seinen Teeburschen zu bezahlen. Zu Ali gingen wir immer, wenn wir eine Bestätigung oder ein Dementi eines Gerüchts hören wollten: Ali, der sich Chalkies Schuld gemerkt hatte, achtete darauf, stets über alle Truppenbewegungen informiert zu sein. Er schaffte das durch ein Netz von Reinigungspersonal, Lastenträgern und Händlern, die im Lager und in der Schreibstube der Kompanie arbeiteten.

Es war Ali, der uns informierte, daß wir zwecks einer Ausbildung für amphibische Einsätze nach Belgaum verlegt würden. Diese Information wurde mit lautem Stöhnen und Schimpfen aufgenommen, vor allem von denen, die zuerst annahmen, sie hätten als Zielort Belgien gehört.

»Ich melde mich verdammt nochmal krank, Kamerad«, sagte Wally Page, krempelte die Ärmel an seinen wolligen gelben Armen hoch und boxte mich auf eine Stelle zehn Zentimeter oberhalb des Ellbogens. »Wie ist es denn mit dir? Belgaum! So eine Scheiße! Die werden mich nicht zu irgendeiner amphibischen Operation zwingen.«

»Vielleicht ist es nur für eine oder zwei Wochen«, meinte Geordie. »Eine oder zwei Wochen wären doch gar nicht schlecht, oder?« Er sah Wally und mich gespannt an.

»Viel lieber würde ich nach Arakan gehen und ein bißchen Action erleben«, sagte ich.

»Ich auch, Stubby! Wir können Geordie ja dann in diesem Scheiß-Belgaum zurücklassen. Willie Swinton will sich ein bißchen aufspielen!« Willie Swinton war Oberstleutnant William Swinton, Kommandeur der 2. Royal Mendip Borderers. »Er läßt sich von Mountbatten herumschubsen. Wir hätten sämtliche Amphibienoperationen doch auch zu Hause ausprobieren können, oder etwa nicht?«

»Nicht im Scheiß-Belgaum, da nicht«, sagte Geordie.

»So eine Kacke, Geordie! Ich wate weder für Willie Swinton noch für sonst jemand mit einem Funkgerät auf dem Rükken durch endlose Mangrovensümpfe, das kann ich dir sagen.«

»Du hast sie ja nicht mehr alle auf der Latte, Page! Du wirst verdammt nochmal waten, wenn sie dir den Befehl geben, und das weißt du auch!«

»Meinst du wirklich? Willst du wetten?«

Aber wie immer wateten wir, als sie »Waten!« befahlen, und zwar die Protestler wie Wally genauso wie die Nichtprotestler wie Geordie.

Ali hatte recht. Es war tatsächlich Belgaum, unten an der Westküste hinter Bombay – dort sollten wir Weihnachten und noch viele weitere schlimme Tage verbringen.

Wir verließen eines sehr frühen Dezembermorgens die Kaserne in feldmarschmäßiger Ausrüstung, begleitet von Aufmunterungen unserer Sergeants, uns richtig ins Zeug zu legen, wenn wir uns der Stadt näherten. Während wir die Straße hinuntermarschierten und aus voller Brust »The Old Red Bags That Mary Wore« sangen, sickerte die Morgendämmerung hinter den schweigenden Türmen der Parsen herein. Die Nachtwolken wurden vertrieben, verfärbten sich von schieferblau zu golden und lösten sich dann ganz auf. Eine Art bedrohlicher Schrecken lag in der Weise, wie die

Sonne am Firmament hochkroch – man wußte genau, welche Prügel man von ihr beziehen würde, ehe sie wieder unterging.

Lebe wohl, Kanchapur! Und lebe wohl – aber ich wußte ihren Namen überhaupt nicht!

Alles, was Prestatyn jemals an Hassenswertem dargestellt hatte, wurde jetzt zu Belgaum. Ansonsten bestand zwischen beiden Orten keinerlei Ähnlichkeit.

Wir waren nicht in Belgaum direkt, einer schäbigen Garnisonstadt, welche wir schon bald vergleichsweise als himmlischen Ort betrachteten, sondern in einer Gegend viel näher an der Küste namens Vadikhasundi. Dort wohnten wir zwei Monate lang in Zelten auf einem seltsamen roten Wüstenstreifen, während sich um uns herum der Dschungel, Flüsse, Bäche, Berge, das Meer und die von Wally Page prophezeiten Mangrovensümpfe ausbreiteten. Dort konnten wir uns nach Herzenslust von Landebooten in anderthalb Meter tiefes, stinkendes Wasser fallen lassen und den Dschungel zu erreichen versuchen. Wir waren am Ende eines Ausbildungstages häufig derart schachmatt, daß wir es kaum zu Fuß zurück zum Lager schafften.

»Regt euch nicht auf, Jungs«, sagte Charley Meadows und wischte sich über das breite rote Gesicht. »Nach dem hier wird Burma der reinste Spaziergang.«

Vadikhasundi war ein sogenanntes Dauerlager. Vor uns hatten schon andere dort gelitten. Dort verbrachten wir auch das Weihnachtsfest und sangen »I'm Dreaming of a White Mistress« mit großer Begeisterung über unseren Humor.

Die gesamte Gegend hatte etwas Urweltliches an sich. Tausendfüßler und Skorpione schlichen durch die Nacht, Schlangen ringelten sich unter jedem Stein, und die Moskitos waren beinahe groß genug, um sich mit den Schmeißfliegen zu paaren, die durch unsere Latrinen brummten. Die feststehenden Zelte, in denen wir wohnten, waren uralt und verkommen; Jack Aylmer, unser allwissender Sanitäter, behauptete, sie seien nach dem Mesopotamien-Feldzug im Ersten Weltkrieg zurückgelassen worden. Unsere Messe war nicht mehr als eine ortstypische riesige Basha, ein aus geflochtenen Rattanrohrwänden bestehender Bau mit einem Dach aus Palmblättern.

Eines Tages spazierten Geordie Wilkinson, Dusty Miller und ich rüber zur Messe, um zu frühstücken, und unterhielten uns dabei über die jüngsten Gerüchte, die besagten, daß unsere Ausbildung abgekürzt würde, daß wir nach Kanchapur zurückkehren würden, um kampfmäßig ausgerüstet zu werden, und daß wir dann quer durch Indien transportiert werden sollten, um in Madras zu einem burmesischen Invasionsheer zu stoßen. Ein nettes, saftiges Gerücht zum Hineinbeißen, etwas ganz anderes als das Essen, das wir geboten bekamen.

Die Köche standen in einer Reihe vor ihrem Küchenzelt – drei massige, schmierige Männer. Einer von ihnen, der größte und schmierigste, ein Kerl namens Ron Rusk, war bei allen herzlich verhaßt wegen seines ständigen Rufs: »An die Tröge, ihr Schweine, es gibt was zu fressen!«

Sie teilten an uns je ein Stück Brot, Fleischeintopf, Kartoffelbrei und eine Tasse kochendheißen Tee aus. Von den Köchen an der Essensausgabe bis zum Kantinenzelt waren es nur ein paar Meter.

Während wir uns bei angeregter Unterhaltung dorthin begaben, ertönte in der Luft plötzlich ein Rauschen, und ein großer Vogel, der von hinten auf uns zusteuerte, stieß zwischen Geordie und mir herab und schnappte sich zwei Klauenvoll von dem Fleischeintopf in Geordies Eßgeschirr, das Geordie aus der Hand rutschte und klappernd über den Erdboden kullerte. Geordie stieß einen Schrei aus und sprang zurück, wobei sein Adamsapfel einen wilden Tanz aufführte. »Verdammte Hölle, Jungs! Das ist mein verdammter Fraß, oder nicht? Ich hab' für das Zeug hart gearbeitet!«

Mittlerweile tauchte ein schäbiger Vogel auf dem Dach des Küchenzeltes auf und schob sich zwischen seine Gefährten. Die drei Köche brüllten vor Lachen und schlugen sich hinter ihrer Theke gegenseitig auf den Rücken.

»Du bist hier in Indien, Kumpel!« sagte einer von ihnen.

»Hast du denn geglaubt, das ist ein Kanarienvogel? Hast du noch nie einen Geier gesehen?«

»Das habe ich«, erwiderte Geordie. »Die liefern doch das Fleisch, das ihr in den Eintopf tut, nicht wahr?«

»Du solltest nicht so 'ne dicke Lippe riskieren«, riet Rusk ihm. »Hab du erst mal deinen ersten Einsatz hinter dir, ehe du dich mit mir anlegst.«

»Mein erster Einsatz geht dich einen Dreck an, ich will eine frische Portion«, forderte Geordie und hielt sein Eßgeschirr hoch. »Ich habe schließlich ein Recht auf einen Nachschlag.« Ich sah, daß der Vogel ihm zwei lange Kratzer beigebracht hatte, die vom Ellbogen bis zu seinem Daumenballen reichten.

»In dieser Armee gibt es so was wie Rechte überhaupt nicht. Du hast deine Ration bekommen«, meinte Rusk und wedelte abwehrend mit dem Schöpflöffel. »Wenn du sie verloren hast, dann ist das deine Schuld, und daher bekommst du nichts mehr, jedenfalls nicht von uns!«

»Nun komm schon, Mann! Du hast doch verdammt nochmal gesehen, was passiert ist! Gib mir noch was. Bitte!« Einige Sekunden lang sah es so aus, als bräche Geordie gleich in Tränen aus.

»Verpiß dich, Kumpel! Das war deine Portion. Nachschläge gibt es nicht – das ist hier schließlich nicht das ›Ritz‹!«

»Gebt ihm doch verdammt nochmal was dazu!« sagten Dusty und ich. »Ihr Geizhälse habt doch die Kübel voll mit dem Scheiß.«

»Es gibt außer euch noch andere! Ihr seid nicht die einzigen Ärsche in diesem Regiment, falls ihr das glauben solltet. Und jetzt verduftet, klar?«

Ich sah mich suchend um. »Wo ist der Corporal vom Dienst? Warum ist er nicht da? Komm schon, Geordie, holen wir den Corporal! Der wird es diesen Scheißern schon zeigen. Die werden ihre verdammten Füße nie mehr zusammenkriegen.«

Geordie zögerte. Er war nicht der aufsässige Typ.

Doch Rusk überdachte die ganze Sache noch einmal.

»Dann rennt doch los und holt den Diensthabenden – der wird euch das Gleiche sagen wie ich. Je Mann nur eine Ration, so lautet die Vorschrift, und wenn du dämlich genug bist, deine Mahlzeit mit irgendwelchen Vögeln zu teilen, dann liegt das allein an dir.«

»Was hast du denn mit ihm versucht? Wolltest du den Vogel zähmen?« fragte einer der Kerle, und alle lachten, wobei ihre Wänste wackelten. Mittlerweile hatten sich weitere Kameraden angestellt, um sich Essen zu holen, und wir entfernten uns. Es war sinnlos, sich mit dem diensthabenden Corporal anzulegen, der zur C-Kompanie gehörte.

»Ich werde es diesen Bastarden besorgen«, schimpfte Geordie, als wir uns an einen der Tische setzten.

»Möchtest du etwas von meinem Geiereintopf, Geordie?« erkundigte sich Dusty.

Wir brachen in schallendes Gelächter aus.

Es war wundervoll, zu den unteren Klassen zu gehören inmitten des allgemeinen Klassensystems der Armee. Man hatte seine Ruhe vor allem und konnte sich eine gewisse Privatsphäre schaffen, vorausgesetzt, man beachtete die ungeschriebenen Gesetze. Aller Standesdünkel von zu Hause verflog. Überdies brauchte man gar nicht so zu tun, als wäre man zufrieden. Genau das Gegenteil war der Fall – der Idealzustand war erreicht, wenn man sich ständig beschwerte.

Gewiß gab es immer etwas, worüber man sich aufregen konnte. Unsere Manöver waren die reinste Hölle – »totale Horrortouren«, wie es allgemein hieß. Auf einem halb zugewachsenen See sprangen wir von Landebooten in metertiefes, schlammiges Wasser und stürmten an Land. Wir rannten kilometerweit, um imaginäre Maschinengewehrstellungen anzugreifen. Im dichten Dschungel schlichen wir hinter anderen Soldaten her, die die Rolle der Japaner spielten. Wir schwangen uns über Kabel hinweg und krochen auf unseren Bäuchen herum. Wir machten nachts lange Gewaltmärsche. Wir wateten durch tiefes Wasser und Mangrovensümpfe. Wir schliefen unter freiem Himmel und übten den Straßenkampf in einer Dorfkulisse. Wir gaben unser Letztes. Und die ganze Zeit über stöhnten wir.

Wir schimpften, weil dies gar nicht die wahre Action war, sondern nur eine Schikane vom Generalstab in Delhi; denn der ganz große Einsatz stand uns noch bevor. Wir schimpften über die Japse, den Krieg, die Armee, die Sergeants, die Offiziere, das Essen, die Getränke, das Klima, den Mangel an Schlaf, unsere Füße, einfach über alles. In der Rückschau muß ich feststellen, daß ich jede Minute genoß.

Sogar das Scheißen machte Spaß. Die Latrinen standen nicht weit entfernt vom Küchenzelt. Wally Page und ich waren eines Nachmittags in der Latrine, balancierten mit dem Hintern auf dem Balken und schissen in die Grube.

»Heute nacht gibt es wieder so einen verdammten Orientierungsmarsch«, sagte ich.

»Ich bin übersät mit Dschungelbeulen. Nach diesem beschissenen Rummel wird Burma das reinste Paradies!«

»Die Tragegurte des Funkgeräts sind sicherlich die richtige Medizin für deine Hitzepickel, nicht wahr?«

Ganz Indien breitete sich jenseits der niedrigen Büsche vor uns aus. Meine Hose hing um meine Fußknöchel. Schweiß rann an meiner Brust hinab. Man konnte zwischen den armseligen Bäumen ein Stück des Sees erkennen. Dahinter erhoben sich die Berge. Unsere Haufen fielen klatschend in die mit ungelöschtem Kalk bedeckte Schweinerei in der Grube. Fette Fliegen schwirrten umher. Die Sonne ging unter, aber sogar die Nächte waren hier brütendheiß.

Wally griff nach einem Stück Zeitungspapier. »Wenigstens können wie hier etwas Geld sparen. Mein alter Herr und ich werden in der Fabrik kündigen und einen Imbißstand aufmachen, wenn ich wieder zu Hause bin.«

»*Wenn* du jemals wieder nach Hause kommst.«

»Ja, richtig, *wenn* ich nach Hause komme.«

Wir absolvierten unseren Nachtmarsch. Abgesehen davon, daß wir eigentlich hätten schlafen sollen, war es wunderbar, die Nachtluft zu atmen, die so viel lebendiger und geheimnisvoller war als die englische Luft. Wir brauchten praktisch keinen Kompaß, um das nächste Dorf zu finden – man konnte es schon auf einen Kilometer Entfernung riechen.

Während dieser Übung führte Gor-Blimey unsere Abteilung. Ich ging hinter ihm und hatte das Funkgerät auf dem Rücken. Wir zogen in ein geräumiges Ziegelhaus ein, das auf einem kleinen Grundstück am Dorfrand stand. Es diente als vorübergehendes Hauptquartier, und es waren bereits andere Einheiten zugegen. Ich mußte beim Captain bleiben und unsere Brigadezentrale aufbauen, während die anderen Scheißer sich ein kleines Nickerchen genehmigen konnten.

Ich saß im oberen Stockwerk auf einem Balkon und gab sinnlose Nachrichten und Meldungen durch. Irgend jemand brachte uns Tee. Dort draußen war Indien – wo es nicht einmal um drei Uhr morgens völlig still wurde. Schakale heulten, und irgendwelche nicht identifizierbaren Nachtvögel riefen.

»Wachen Sie auf, Stubbs! Rufen Sie Köter Fünf!«

»Ja, Sir.« Und schon ging es wieder los. »Hallo, Köter Fünf, hallo, Köter Fünf. Bestätigen Sie meinen Ruf. Teekanne an Köter Fünf, Ende.«

Ich hörte nur das schwache Knistern der Leitung und andere bedeutungslose Geräusche, und dann erklang eine gelangweilte Stimme, die ich als die des hübschen Hanson erkannte und die aus einer Entfernung von vielleicht einem Kilometer zu mir drang: »Hallo, Teekanne, hallo, Teekanne. Ich empfange Sie mit Stärke Fünf, Ende.«

Ich gab das Mikrophon an Gor-Blimey weiter. Nach einigem Herumfingern am Einstellknopf, bis alles nach seinem Wunsch war, redete er mit Blaumeise. Ich saß da und starrte hinaus in die Nacht.

An diesem Abend gab es so gut wie keine Chance, eine anständige Nummer zu organisieren. Der verfluchte Gor-Blimey hatte sich richtig in der Rolle von Teekanne festgefressen und spielte sie auf Teufel komm raus. Erst kurz nach fünf durfte ich mich in eine Ecke des Raums verziehen und auf einer Matte langmachen. Kein Moskitonetz, keine Chance, die Stiefel und die Wickelgamaschen auszuziehen. Die Fliegen weckten mich um halb acht.

Da war Gor-Blimey, so frisch wie eh und je umherstolzierend und Selbstvertrauen ausstrahlend. Er war ein massiger Mann mit einem groben Gesicht und einer kleinen Stupsnase, Eric Gore-Blakeley, von allen hinter seinem Rücken nur Gor-Blimey genannt. Er benahm sich zurückhaltend, soweit es seine Vorgesetztenposition betraf, obgleich er losdonnern konnte wie ein wildgewordener Stier, wenn er es für erforderlich hielt. Meine Mutter hatte einst von weitem ein Auge auf ihn geworfen und empfand große Verehrung für ihn. Im 2. Zug galt er als ein wenig hinterhältig.

Es war Mittag, ehe ich in unser mesopotamisches Zelt zurückgetaumelt kam. Wally Page lag gemütlich auf seinem Charpoy und rauchte, wobei er die Hände hinter dem Kopf verschränkt hatte.

»Wie lange hängst du denn hier schon herum, du fauler Sack?«

»Nicht nur du hast Dienst, Stubbs! Ich liege erst seit zwei Stunden auf meinem Arsch. Ich habe geduscht und mich sofort auf mein Charpoy gehauen.«

»Du bist ein richtiger Scheißkerl, der reinste Drückeberger! Ich horche bis zum Mittagessen noch eine Stunde an der Matratze. Der alte Gor-Blimey hat mich die ganze Nacht in Atem gehalten – ich hab' keine Minute Ruhe gehabt.«

»Du hättest dafür sorgen sollen, daß dein Gerät den Geist aufgibt, so wie ich es getan habe. Du mußt endlich mal deine verdammte Birne gebrauchen, Stubbs, oder wir gewinnen den Krieg niemals. Willst du nicht endlich den Schlamm von der Peitsche schütteln? Ich weiß, wo es hier eine Frau gibt. Ginger Gascadden hat es mir erzählt. Offensichtlich ist schon der gesamte 1. Zug drübergerutscht.«

»Eine Frau in diesem verfluchten Loch? Jetzt steigt dir der Saft in den Kopf, Page, das ist dein Problem! Du warst zu lange in der Sonne!«

Er setzte sich auf und wies auf Charley Cox, der im letzten Bett der Reihe vor sich hindöste. »Stimmt es denn nicht, Charley? Hat Ginger Gascadden nicht behauptet, unten am See gebe es eine Frau?«

»Er meinte sogar, sie sei eine absolute Granate«, meinte der Obergefreite.

Wally lachte. »Na ja, du könntest das wahrscheinlich nicht beurteilen, Charley, oder etwa doch? Du ziehst doch Schafe oder Ziegen vor, nicht wahr? Kleine Jungs, Schafe und Ziegen!«

»Fick dich doch, Page!«

»Fick dich selbst!«

Cox setzte seinen Bericht fort. »Laut Ginger Gascadden erscheint sie jeden Abend unten am See in der kleinen zerfallenen Basha, zusammen mit einem Reisfresser, der das Geld kassiert – es sollte mich nicht wundern, wenn der Kerl ihr Mann ist.«

Während ich meine Wickelgamaschen herunterpellte und auf mein Bett sank, fragte ich: »Ist sie wirklich gut, Charley? Ich hätte gegen eine Runde mit ihr nichts einzuwenden.«

»Ihr könnt es einfach nicht lassen, ihr jungen Burschen. Keine von denen ist wirklich gut«, sagte Cox. »Die sind mit Syph verseucht. Sogar der verdammte Erdboden hier starrt vor Syph! Deshalb wächst hier auch nichts. Nehmt eure Faust, so wie ich es auch tue, und euch kann nichts passieren. Macht Flitterwochen mit eurer Hand.«

Wally lachte. »Aber anschließend trifft einen der Wichserfluch. Cox, und bei dir ist es schon passiert. Mir ist es ja egal, ob ich davon blind werde... Mit mir ist alles in Ordnung, Sergeant, es ist nur, daß man sich vorkommt wie ein Schuljunge.« Sabbernd wackelte er mit dem Kopf hin und her, als mache er jemanden nach, der total verrückt war. Dazu begann er ein obzönes Lied zu singen.

Cox und ich brüllten ihn an, er solle still sein, und ich verkroch mich unter mein Moskitonetz, um vor dem Essen noch etwas Schlaf zu bekommen. Nach dem letzten Appell, so schwor ich mir, würde ich zum See hinuntergehen und mich vergewissern, was dort im Gange war. Indem ich zärtlich meinen Schwanz umfaßte, versank ich in paradiesischen Träumen.

Nach dem Essen unternahm ich einen Spaziergang, der mich zum Seeufer führte. Ich hatte mir die Haare gekämmt, mein Gesicht gewaschen und Geordie abgeschüttelt, indem ich versprach, ich würde mich später mit ihm in der Kneipe treffen.

Vor meinem geistigen Auge sah ich es ganz genau. Das Mädchen blieb in der Hütte, und ich mußte zuerst bei ihrem Kerl bezahlen – eine harte finanzielle Transaktion. Mein geheimnisvolles Mädchen hatte mich zehn Rupien gekostet; unter freiem Himmel hätte es eigentlich billiger sein müssen. Sobald ich die Hütte betreten hatte, war alles in Ordnung. Unsere Blicke trafen sich. Sie war schön, schüchtern und zierlich, braunhäutig und irgendwie strahlend, mit schlanken Beinen und einem dünnen Goldkettchen um einen Fußknöchel. Ohne daß wir ein Wort gesprochen hätten, entstand zwischen uns eine Art Verständnis. Ich nahm sie zärtlich in die Arme, wir küßten uns, und ich erfuhr zum erstenmal, wie man einen Sari öffnet. Dann liebten wir uns draußen im Sand, während ein silberner Mond über dem See aufging.

Aber die Wirklichkeit war eine nackte, rohe Angelegenheit – kein Wunder, daß so viele sich weigern, sie anzuerkennen, sie zu sehen! Ich wurde nervös, als ich den See entlangging. Die Erkenntnis kam mir, daß sich wahrscheinlich schon eine Schlange gebildet hatte. Was sollte das heißen, daß der ganze 1. Zug schon drübergerutscht sein sollte? Außerdem war das Gelände rund um den See auch nicht allzu einladend. Ich mußte einen langen Umweg um ein Dickicht machen und ein ausgetrocknetes Schlammbett überqueren, in dem Wasserbüffel ihre Hufspuren und ihren Dung hinterlassen hatten.

Am Ende sah ich die Basha, von der Charley Cox gesprochen hatte. Sie stand unter einigen ausgefransten Bäumen. Am Wasser hockte ein Mann und starrte auf nichts Bestimmtes hinaus. Ich hatte keine Ahnung, wie weit Menschen durch Armut getrieben werden können; ich dachte nur an Ginger Gascaddens Feststellung, daß er sicherlich seine Frau vermietete. Wie gemein er aussah, als er dort am Wasser kauerte, während seine Frau nur ein paar Meter entfernt von irgendeinem schmuddeligen Mendip gepfählt wurde!

Gefangengenommen von düsteren Gedanken und düsterer Lust, wurde ich von einem kleinen Jungen überrascht, der plötzlich neben mir auftauchte. Er war ein hübsches Kind, etwa zehn Jahre alt, bekleidet mit einer alten Khakihose und einer zerlumpten Jacke, und er erkundigte sich in fröhlichem Ton: »Sie Mädchen ficken wollen?«

»Nein.« Ich wußte es nicht genau. Es war alles so abstoßend. Um nur einen Punkt anzuführen: Konnte ich es überhaupt, während sich ihr Mann und ihr Sohn in Hörweite aufhielten? Wie sollte ich ihnen nachher in die Augen sehen? »Nein, danke, kein Mädchen.«

Er lächelte und wies auf meinen Hosenstall. »Ich sollen essen? Ich gut essen. Zwei Rupien, sehr schön, sehr schnell.«

Ich wußte, wie der Affengott sich fühlte, als er sich selbst zerriß. Das Leben schien zwischen den Mühlsteinen Himmel und Erde zerrieben zu werden.

»Wieviel für das Mädchen?«

»Kurze Zeit zehn Rupien. Wenn sie Sie mögen, acht Rupien. Kommen ansehen. Meine Schwester. Sehr schönes Mädchen mit hellem Gesicht.« Er ergriff meine Hand, und ich ging mit ihm. Am liebsten hätte ich zu ihm gesagt: »Wir tun solche Dinge nicht in England«, aber das war wohl nicht der Ort für eine solche Art Konversation; außerdem war ich ganz heiß vor Neugier, das Mädchen endlich zu sehen. Nur neugierig. Das ganze Drum und Dran war so schrecklich. Vielleicht hätten wir es wirklich den Japsen überlassen sollen, dieses Land zu besetzen und zu beherrschen.

Der Mann am Wasser erhob sich nun, blieb reglos stehen und beobachtete unser Näherkommen. An der Hütte tat sich auch etwas. Ein Mann kam heraus, stülpte sich seinen Buschhut auf den Kopf, ein massiger Mann in Hosen, Gamaschen und Stiefeln und ohne Hemd. Ich blickte aufmerksam hin in der Hoffnung, das Mädchen werde nach ihm herauskommen.

Als der andere Mendip und ich beinahe auf gleicher Höhe waren, erkannte ich, daß es Rusk war, der Koch. Seine Erkennungsmarken hüpften zwischen seinen fetten, haarigen Brüsten. Er schenkte mir ein dreckiges Grinsen. »Demnach bekommst du doch noch ein bißchen Action mit, was? Geh nur rein, das wird dein Geburtstag! Ich hab' sie für dich extra angewärmt.«

Während er an mir vorbeiging, konnte ich seinen verschwitzten Körper riechen. Der Junge zerrte mich weiter. Ich schaffte es fast bis zur Hütte, und dann konnte ich nicht weitergehen. Die Vorstellung, irgend etwas nach Rusk zu bumsen, war einfach zu viel für mich; ich konnte es nicht. Die Lust hatte sich verflüchtigt – ich wollte nichts anderes als in die Kaserne zurückkehren und duschen. Ich wollte die Kuh noch nicht einmal sehen. »Kein Fick«, sagte ich.

»Dann schlucken? Geht ganz schnell.« Er streckte die Hand nach meinem Schritt aus.

»Verpiß dich, du kleiner Bastard!«

»Du verpissen dich! Und ficken dich selbst, Wichser!« Er sprang davon, spuckte fast vor Wut, drohte mir mit der Faust und eilte zu dem Mann hinüber, der immer noch reglos am Wasser stand. Ich drehte mich um und rannte weg.

Was für eine Enttäuschung! Sex war hier genauso schmuddelig wie alles andere, was es hier gab. Ich hatte die Basha weit hinter mir gelassen, doch die schmierigen Bilder hingen noch immer in meinem Bewußtsein wie Geier, die jeden Augenblick auf ihre Beute herunterstoßen. Ich hatte die Bibi gar nicht zu Gesicht bekommen. Natürlich war sie eine abgewrackte alte Hure... Dennoch hatte die Vorstellung von Brunst, von widerwärtigen Akten, von totaler Erniedrigung, die aus der ausgetrockneten Erde hervorzusteigen schien, mich völlig gefangengenommen. Eine qualvolle Sucht nach Lust überkam mich.

Wie konnte ich sie anders befriedigen als mit Wichsen? O Virginia! O Gott! Und es gab in dieser Wildnis noch nicht einmal einen Ort, wo man anständig und gefühlvoll wichsen konnte – ganz gewiß nicht im Zelt oder in der Latrine. Nirgendwo.

Da war noch der See. Von verhaltener Wut getrieben, ging

ich an seinem Ufer entlang, bis ich mich nicht mehr in Sicht der Kaserne befand. Im Wasser konnte ich immer noch so tun, als nähme ich ein Bad – dagegen gab es keine Vorschrift. Ich streifte meine Kleider ab und watete ins Wasser. Es war unter meinen Füßen schlammig und unangenehm, so daß ich mich kurz ekelte.

Ich betrachtete meinen Schwanz und faßte mir ein Herz. Wenigstens konnte ich heftig und unbemerkt unter Wasser daran herumreiben.

Das Wasser war trübe, aber warm. Selbst wenn man ganz wild auf eine Ejakulation in kürzestmöglicher Zeit ist, dürfte Wasser nicht gerade das ideale Element für sinnliche Experimente sein; es leitet die Hitze viel zu schnell ab. So hitzig die Bilder waren, die ich in Gedanken abrief, dauerte es lange, während ich da lag, den Kopf knapp über Wasser, um überhaupt so etwas wie lüsterne Gefühle in mir zu wecken. Allmählich zeitigte meine Beharrlichkeit erste Erfolge.

»He, Mann!«

Ich sah mich um. Die kräftige Gestalt von Sergeant Meadows stand am Ufer. Hastig machte ich eine oder zwei andere Handbewegungen, um den Eindruck zu erwecken, ich schwämme.

»Hallo, Sergeant.«

»Stubbs, was hast du dort zu suchen? Komm da raus! In der Brühe gibt es jede Menge der schlimmsten Krankheiten!«

Anstatt ihn darauf hinzuweisen, daß wir seit unserer Ankunft in Vadikhasundi durch weitaus schmutzigeres Wasser geschwommen waren, sagte ich kleinlaut: »Hier ist es doch ganz in Ordnung, Charley!«

»Komm sofort raus und her zu mir!«

Gab es eine Armeevorschrift, die das Wichsen in öffentlichen Gewässern verbot? Enttäuscht sprang ich auf und stand in einen halben Meter tiefem Wasser. Ich blickte hastig nach unten: angeschwollen, ja, ziemlich prall von Blut, aber nicht stehend. Ich watete an Land. Charley Meadows stand nicht bei meinen Kleidern, daher hatte ich keine andere Wahl, als nackt vor ihm anzutreten, in Habtachtstellung, außer daß ich meine Hände über meinen Schwanz hielt und nicht an den Seiten über der imaginären Hosennaht.

Er kratzte sich am Kopf und sah ziemlich verwirrt aus. »Ich werde aus dir einfach nicht schlau, Stubbs. Du bist doch intelligent genug. Du warst doch selbst mal Unteroffizier. Dennoch benimmst du dich manchmal, als wärst du noch völlig unreif. Was hast du da drin getrieben? Wolltest du ertrinken?«

»Nein, ich bin nur ein bißchen geschwommen. Ich habe in der vergangenen Nacht kein Auge zugemacht, daher dachte ich, daß ein kurzes Bad mich wieder in Form bringen könnte.«

»In Form bringen! In dieser dreckigen Pfütze, bis zu den Augen in der Büffelscheiße! Du bist doch Berufssoldat, Stubbs, du müßtest es doch besser wissen! Wie, glaubst du, sollen wir je diesen Krieg gewinnen, wenn verantwortliche Kerle wie du ständig den Idioten spielen?«

»Ich habe nicht den Idioten gespielt! Ich bin geschwommen. Ich hatte keine Ahnung, daß ich etwas Falsches getan habe!«

Er seufzte. »Du hast nicht gewußt, daß du etwas Verbotenes tust! Du bist ganz schön in Schwierigkeiten, mein Freund. Ich werde dich zu Captain Gore-Blakeley bringen, und zwar sofort. Zieh dich an!«

Der Captain stürzte sich auf mich. Als ich vor ihm stand, überschüttete er mich mit den typischen Hauptmannsfragen – Fragen, militärisch kurz und zugleich dumm und sarkastisch. Nicht nur, was ich dort zu suchen gehabt hätte und was ich mir eigentlich dabei vorgestellt hätte, sondern auch, ob ich schon vorher jemand in dem Teich hätte schwimmen sehen, ob ich mir denn vorstelle, daß die Armee mich nur nach Indien verfrachtet habe, damit ich dort in schmutzigen Teichen badete, ob ich jemals etwas von Tropenkrankheiten gehört hätte, ob ich wüßte, was Bilharzia sei; ich würde das doch wohl nicht für den Namen eines indischen Industriellen halten und so weiter.

Als diese Standpauke mich zu einem Häufchen erröteten

Schweigens hatte zusammensinken lassen, sahen Gor-Blimey und Charley einander an.

»Sergeant?«

»Sir?«

»Teilen Sie diesen Mann bis zu unserem Aufbruch von Vadikhasundi jeden Abend zum Wachdienst ein.«

»Jawohl, Sir!«

»Funker Stubbs, Sie müssen lernen, die Gefahren einer fremden Umgebung ernst zu nehmen. Wir wollen Sie schließlich im Zustand totaler Tauglichkeit nach Burma bringen und nicht behindert durch Elephantiasis oder etwas ähnlich Unangenehmes. Verstanden?«

»Jawohl, Captain!«

Ich wurde nach draußen gebracht. Dort meinte Charley zu mir: »Du bist ganz gut davongekommen, Stubby, wie du sicherlich längst weißt. Melde dich morgen früh lieber im Sanitätszelt und sag dem Diensthabenden dort, ich hätte dich geschickt. Erzähl ihm, du hättest im Büffelteich gebadet.« Er betrachtete mich kalt und ohne Mitgefühl. »Du scheinst indisches Blut in deinen Adern zu haben, Stubbs.« Indem er wieder eine formellere Haltung einnahm – was ich sofort nachmachte –, sagte er: »Funker Stubbs, abtreten!« Rechtsum, und dann schnell weg, rechts, links, rechts, links...

Und dabei dachte ich, daß der ganze 1. Zug drin gewesen und unbehelligt geblieben war!

Während ich über den roten Platz ging, um mir in der Kantine zwei Bier zu genehmigen, ordnete ich meine Gesichtszüge und mischte die Fakten dessen, was passiert war, dergestalt, daß am Ende eine Geschichte herauskam, die mir helfen würde, halbwegs glaubwürdig aus der Affäre herauszukommen. Gescheiterter Ficker und gescheiterter Wichser, das war eine beschämende Titelausbeute. Aber in einer Armee kann alles so arrangiert werden, daß es der jeweiligen Situationen gerecht wird; die Hackordnung ist derart streng, die Sticheleien sind so zahlreich, daß die Wahrheit niemals so gerne gehört wird wie eine Geschichte, die die Vorgesetzten in einem ungünstigen oder gar lächerlichen Licht erscheinen läßt. Die

Verleumdung von Freunden hat vor der Vernichtung von Offizieren zurückzustehen. Jeder lebt von Phantasien, und meine Geschichte konnte sich ohne viel Mühe derart verändern lassen, daß ich am Ende besser dastand als Charley und Gor-Blimey.

Bis zum Sonnenuntergang dauerte es noch eine halbe Stunde. Die Schatten hoher Bäume lagen auf dem großen Zelt, das die Kantine beherbergte. Die Kantine hatte eben erst geöffnet, und es hielten sich dort vergleichsweise wenige Mendips auf.

Ein alter Freund von mir, Di Jones, der mit mir in Prestatyn gewesen war, saß teetrinkend mit einem anderen Waliser aus dem 1. Zug, Taffy Evans, zusammen.

Ich holte mir ein Bier und ging zu ihnen hin. »Hallo, Di! Hallo, Taff.«

»Du siehst aus, als hätten sie dich richtig fertiggemacht, nicht wahr, Taff?«

»Ganz schön chokka«, pflichtete Taffy ihm bei. »Wie viele Jahre mußt du noch abdienen?«

»Viel zu viele. Ich wurde gerade von Charley Meadows angemacht.«

Beide Männer zeigten sofort ihr Mitgefühl, und Di gab eine Serie von Schnalzlauten von sich. »Eurem Sergeant haben sie ins Gehirn geschissen, wenn du mich fragst. Weshalb hat er sich dich vorgenommen?«

»Ach, das ist eine lange Geschichte. Die werdet ihr gar nicht hören wollen.«

»Da, nimm 'ne Zigarette, Horry, Freund, und erzähl uns das Wichtigste.« Di holte eine Blechschachtel mit indischen »Players« hervor und bot mir eine an.

»Danke, Di, da kann ich schlecht nein sagen... Nun, ich nehme an, ihr wißt, daß unten am See eine Bibi haust und fünf Zweier je Nummer verlangt?«

Während ich redete, fiel mir ein, was für ernsthafte und gottesfürchtige Männer die beiden waren, die sogar regelmäßig zur Kirche gingen, und ich hielt inne und tauchte mit dem Gesicht in mein Bierglas.

Di Jones machte ein ernstes Gesicht. »Wir haben durch Ginger Gascadden von dieser Bibi gehört. Du solltest dich von indischen Frauen fernhalten, Horry, wirklich. Ich weiß, daß du ein hungriger junger Bursche bist mit dem Feuer der Schöpfung zwischen den Beinen, aber es wäre wohl besser, du bliebest beim guten alten Handbetrieb – meinst du nicht auch, Taffy?«

Aber sie zwinkerten einander zu. Taffy stimmte Di wortreich und mit aller Heftigkeit zu und riet mir ebenfalls, lieber mit meiner Faust verheiratet zu bleiben. »Was ist denn mit dieser Bibi überhaupt passiert?«

»Ach, ich dachte mir, ich sollte mal runtergehen und mir ansehen, was überhaupt im Gange ist. – Moment mal, ich brauche noch ein Bier. Soll ich euch eine Runde spendieren? Dieser verdammte Tee bringt doch nichts.«

Sie waren einverstanden mit Bier. Während ich an der Theke stand, schlenderte Geordie herein.

Ich machte mich durch einen lauten Ruf bei ihm bemerkbar, bestellte gleich ein viertes Bier und nahm ihn mit an unseren Tisch. »Ich wette, du warst drüben bei der Bibi, Geordie, oder etwa nicht?«

»Ich? Nein, das ist nicht das Richtige für mich – du müßtest mich doch eigentlich besser kennen, Kamerad! Außerdem haben sie sicherlich längst den Rotmützen Bescheid gesagt, damit sie sie verjagen, ehe sie der ganzen Einheit einen Tripper verpaßt. So viel habe ich jedenfalls gehört – hab' keine Ahnung, ob es stimmt. Hast du sie besucht?«

»Horry will uns gerade davon erzählen«, sagte Di, gab mir gleichzeitig ein Zeichen, mit meinem Bericht fortzufahren, und wischte sich den Bierschaum vom Mund.

»Ich dachte, ich sollte mal hingehen und mir die Bibi ansehen, und gerade als ich dort war, drehte ich mich um – und was meint ihr, wen ich sehe? Unseren verdammten Sergeant Meadows.«

»Wahrscheinlich wollte er auch einen verstecken, jedenfalls würde mich das nicht wundern«, meinte Di grinsend. »Diese Sergeants sind ganz schön scharf.«

»Er hing dort nur herum in der Hoffnung, irgend jemand zu erwischen, denke ich mir. Er spionierte uns nach! Daher ließ ich mir nicht anmerken, daß ich ihn längst entdeckt hatte, aber ich dachte bei mir: Herrgott, jetzt hänge ich in der Scheiße, was soll ich jetzt tun? Ich meine, wenn ich kehrt gemacht hätte, wäre ich genau mit ihm zusammengestoßen. Deshalb kam mir diese grandiose Idee – ich dachte, ich erlaube mir einen Scherz mit ihm.«

Wir zogen an unseren Zigaretten und tranken von unserem Bier. Die Kantinenbeleuchtung flammte auf. Der Abend war angebrochen. »Erzähl weiter«, forderten sie mich auf.

Ich lachte. »Ich hatte die grandiose Idee, so zu tun, als wollte ich im See schwimmen.«

Sie brachen in lautes Gelächter aus. »Habe ich nicht schon immer gemeint, daß du längst über den Jordan bist, Horry? In diesem Schlammteich voller Büffelscheiße schwimmen!«

»So schlimm ist es gar nicht, Freunde – es ist sogar ziemlich sauber, nach Reisfresser-Maßstäben. Jedenfalls wußte ich, daß unser alter Charley alles genau beobachtete, deshalb zog ich mich aus –«

»Du hast dich ganz ausgezogen?«

»Du kennst mich doch, Di – alles oder gar nichts! Ich zog mich aus, rannte zum Ufer und sprang kopfüber in den verdammten Tümpel.«

Sie reagierten ungläubig, amüsiert, entsetzt. Sie lachten und versuchten mich zu dem Geständnis zu bewegen, ich hätte es doch nicht getan. Taffy Evans rief einen anderen Bekannten herbei, damit er sich ebenfalls die Geschichte anhörte.

»Ich habe schon immer gewußt, daß du eine weiche Birne hast, Stubby!« meinte Geordie lachend. »Das ist wirklich das Hinterletzte! Also ich weiß nicht... Und was hat Meadows getan?«

»Na ja, was sollte er schon tun? Ich meine, das war von mir ganz schön raffiniert und gewagt, das gebe ich zu. Aber ihr kennt mich ja – für einen Lacher tue ich alles. Und ihr hättet sein Gesicht sehen sollen! Er stürmte zum Ufer herunter – einen Augenblick dachte ich schon, er springt mir nach, in voller Montur, versteht sich.«

Wir konnten uns vor Lachen kaum halten.

»Er brüllt mich also an: ›Bist du das, Soldat Stubbs? Was zum Teufel hast du da drin zu suchen?‹, als hätte er noch niemals gesehen, wie jemand schwimmen geht. Ich hätte am liebsten geantwortet: ›Ich sehe mir das Spiel von Arsenal gegen die Hot Spurs an‹, aber ich meinte statt dessen: ›Ich kühle mir die Eier, Sergeant.‹ Er jagte mich so schnell raus, daß meine Füße kaum den Boden berührten!«

Sie lachten und wiederholten immer wieder: »Ich kühle mir die Eier«, und weitere Kameraden fanden sich ein, um in Erfahrung zu bringen, was bei uns so lustig war.

Ich erzählte die Geschichte erneut und würzte sie mit einer komischen Imitation von Gore-Blakeley. »Ich nehme an, Typhus ist für Sie eine Teemarke, nicht wahr, Funker Stubbs?«

Jeder war mit mir darin einig: Meadows und Gor-Blimey hatten keinen Sinn für Humor; ich hingegen war ein Spaßvogel, der zum Opfer gemacht worden war. Die meisten von uns sahen sich als Karten in einem Spiel und als Opfer. Mehr Bier wurde bestellt, und weitere Geschichten über Karten und Opfer wurden erzählt, natürlich unter allgemeinem Gelächter. Schon bald erinnerte sich jemand mit Wehmut an seinen ersten Arrest.

Die Erwähnung des Arrestes erinnerte mich an meinen Wachdienst. Es wurde Zeit, daß ich meine dazu notwendigen Siebensachen zusammensuchte. »Zurück in die Wirklichkeit!« hieß es nun für mich. Ich leerte mein Glas und verabschiedete mich. Während ich das Zelt verließ, fiel mein Blick auf ein teigiges Gesicht in der Ecke. Es war Rusk, der mit einem Kameraden zusammensaß und einen Hühnerschenkel aß, der derart in seiner mächtigen Faust steckte, daß man einen Augenblick glauben konnte, er reiße mit den Zähnen seine Hand auseinander.

Rusk richtete seinen schmierigen Blick auf mich und gab mir ein Zeichen, indem er mir mit dem Arm winkte. Ich reagierte mit dem Leck-mich-Symbol, zwei hochgereckten Fingern, und verließ das Zelt, doch er rief meinen Namen und folgte mir. Außerhalb des Lichtkreises, der vom Zelteingang in die Nacht geworfen wurde, wandte ich mich um und erwartete ihn.

Er kam wütend auf mich zu, während die Fleischfetzen seines Hühnerbeins ihm noch aus dem Mund hingen. Seine Hemdsärmel waren bis zu den Ellbogen hochgekrempelt. »Suchst du Streit, Stubbs, daß du mir Fingerspielchen zeigst?«

»Roll dir die Ärmel ruhig wieder runter, Rusk! Wie lange bist du denn schon dabei? Sieh lieber zu, daß du der Armee Ehre machst und noch ein paar Jährchen dienst.«

»Erzähl du mir nichts über die Armee, Kumpel! Du bekommst ein paar vor die Schnauze, wenn du nicht kleine Brötchen backst. Du hast ja schon längst was angehängt bekommen, oder etwa nicht?«

Ich trat näher auf ihn zu und sagte: »Du wirst gleich im Dreck landen, wenn du jetzt nicht deine Ärmel runterkrempelst, du fette Sau!«

»Gib du mir keine Befehle! Dafür bin ich schon zu lange hier. Und dann sprich anständig mit mir! Ich weiß das eine oder andere von dir.«

»Was weißt du schon?«

»Jetzt hör mal, du weißt genau, was ich meine.«

»Was willst du verdammt nochmal schon wissen?«

»Du weißt es.«

»Was?«

»Das mit der Bibi!«

»Was ist mit der Bibi?«

»Nun, du hast das kalte Kotzen gekriegt, nicht wahr?«

»Was meinst du?« Ich konnte in der Dunkelheit sein häßliches Grinsen erkennen.

»Du weißt genau, was ich meine, Kamerad! Wie findest du es denn, wenn deine Kumpel erfahren, daß der große Stubbs im letzten Augenblick Schiß bekommen hat, eine Bibi zu vögeln? Ich hab' dich beobachtet! Ich hab' gesehen, wie du dich schnellstens verzogen hast, als du glaubtest, keiner sehe es.«

Mit der rechten Faust schlug ich ihm hart auf den linken Rippenbogen, mit der linken traf ich genauso hart seinen rechten. Dort war weniger Fett und mehr solides Fleisch, als ich erwartet hatte. Er grunzte kurz, holte aus und verfehlte mich. Als ich zurückwich, folgte er mir nicht.

»Willst du noch mehr, du fetter Bastard?« fragte ich.

»Sieh lieber zu, daß du zum Dienst kommst«, murmelte er. Und mit diesem Rückzieher wandte er sich um und verschwand in Richtung Küchenzelt.

Ich blieb stehen, wo ich war, wohl wissend, daß ich mich jetzt beeilen mußte, wenn ich pünktlich zum Wachdienst erscheinen wollte, und meine Gefühle ordnend. Es machte überhaupt nichts aus, was man tat – solange man dabei nicht ertappt wurde. Und selbst dann, welche Bedeutung sollten unsere Aktionen schon haben?

Der Wachdienst war etwas Handfestes. Der Mond schien, und die Nacht war wunderschön. Natürlich war die Sehnsucht nach Frauen schlimmer als je zuvor. Das Wichsen trug wenig dazu bei, dieses Gefühl zu lindern, wenngleich es eine durchaus angenehme Abwechslung war, wenn man es für sich betrachtete. Das Geheimnisvolle Indiens verlangte nach einer geheimnisvollen Frau, mit der man alle notwendigen Rituale ausführen konnte. In dieser Nacht machte ich es mir selbst, indem ich an eine Palme gelehnt dastand, und zwar in ziemlicher Eile, für den Fall, daß ich erwischt wurde. Noch während der Saft in den Staub spritzte, verschwand meine Vision von warmen, braunen, biegsamen Gliedmaßen, roten Lippen und den geheimen Gerüchen der Begierde; zurück blieb ich und hielt einen schlaff werdenden und frustrierten Schwanz in der Hand.

Eine allgemeine Desillusion setzte ein; wir nannten es »sich chokka fühlen«. Unsere amphibische Ausbildung war anstrengend – und je anstrengender sie war, desto sinnloser kam sie einem vor, obgleich wir erst noch erfahren sollten, wie sinnlos sie tatsächlich war. Am Ende der ersten Februarwoche verließen wir dankbar das Lager in Vadikhasundi und kehrten nach Kanchapur zurück. Obgleich wir unsere alten

Quartiere erfreut begrüßten, war diese Freude nur von kurzer Dauer.

Draußen in der Wildnis hatten wir einen Teil unseres Soldes sparen können. Dieser schmolz in den Basaren schnell zusammen, für Nachthemden von Freundinnen, Lederbörsen, die sich sofort in ihre Bestandteile auflösten, und bunte Seidenschals, die, wenn sie getragen wurden, die militärische Disziplin untergruben. Geordie Wilkinson kaufte sich eine Armbanduhr, die dreiundzwanzig Stunden später stehen blieb; wir fanden niemals den Betrüger, der ihn aufs Kreuz gelegt hatte. Sobald wir wieder pleite waren, wurden wir auch lustlos. Obgleich die dunklen Augen und die heißen Brüste meines rätselhaften Mädchens mir immer noch verlockend zuwinkten, wagte ich es nicht, noch einmal die Militärpolizei herauszufordern. Erwischt zu werden würde diesmal ernsthaften Ärger nach sich ziehen.

Daher ließen wir die Routine der Appelle, des Drills, der Spiele und der Besäufnisse über uns ergehen und bauten langsam, aber sicher ab. Zweifellos waren die Listen im Umlauf. Es würde eine Erleichterung sein, wenn unsere endlich käme, ganz gleich was sie enthielt – und es würde nichts Gutes sein. Bis dahin waren wir praktisch machtlos.

Nur sehr begrenzt konnte man gewisse persönliche Freiheiten ausleben. Die Befürchtungen, die ich hatte, daß Ron Rusk eine Lüge über meinen angeblichen Rückzieher in Vadikhasundi verbreitete, waren verflogen. Diese schnellen Rippentreffer hatten eine ganze Menge bei ihm bewirkt. Immer wenn ich jetzt mit meinem Eßgeschirr in der Schlange bei ihm auftauchte, grinste Rusk mich an und erkundigte sich: »Hallo, Stubby, wie geht's denn so?« oder noch vertrauter: »Na, willst du dir mal wieder den Bauch vollschlagen?«

Dennoch war es nötig, den Ruf, den man hatte, zu verteidigen. Wenn man sich selbst im Leben eine bestimmte Rolle verpaßt hatte, dann mußte man sie auch spielen und sich entsprechend verhalten. Männer ohne Frauen fühlen sich wirklich überflüssig, und ich kam mir bis zu den Ohren überflüssig vor, als ich feststellte, daß ich vom allgemeinen Fickgeschehen der Welt ausgeschlossen war. Daher erfand ich Abenteuer im Basar von Kanchapur, um mit den Schilderungen von anderer Leute Abenteuern mithalten zu können. Seltsamerweise jedoch brachte ich es niemals über mich, auch nur ein Wort von dem kleinen heißen Mädchen verlauten zu lassen, das ich gehabt hatte. Was sie anging, so war ich immer noch voll zarter Gefühle für sie.

Es kam den Absichten aller entgegen, während dieser Wartephase zu lügen und die Lügen anderer Männer zu glauben. Selbst der Krieg regte in gewisser Weise die Phantasie an. Die japanischen Streitkräfte in Burma bekamen ständig Zuwachs, und um das zu verhindern, wurde nur sehr wenig unternommen. Joe Stilwell, der »Essigsaure«, schlug sich im Norden des Landes ein wenig mit den chinesischen Truppen herum, jedoch schien die 14. Armee auf dem Arsch zu hokken, abgesehen von einigen Scharmützeln in Arakan. Wir hatten unsere Amphibienausbildung abgeschlossen, und es gab in der ganzen Einheit nicht einen einzigen Mann, der seinen Magen nicht mehr als einmal mit brackigem Wasser gefüllt hätte; warum also waren wir wieder in Kanchapur? Um die Zeit totzuschlagen, nichts tuend, nicht den Japanern entgegenziehend? Was hatte man mit uns vor?

Natürlich erzählten wir uns heiße Phantasiegeschichten. Abgesehen vom Pontoon-Spiel war dies die Art und Weise, wie wir die meisten Abende in der Kaserne verbrachten.

Einer der Lehrer der Pontoon-Schule war Corporal Warren, ein sehniger alter Bursche, der seinen Abscheu vor unseren Geschichten stets offen zeigte. Nach einer besonders schmutzigen von Ginger Gascadden drohte Warren ihm mit dem Finger und meinte: »Du bist nichts als ein blutiger Narr, Gas, wenn du mit einheimischen Frauen rummachst. Ich hab' schon viel junge Burschen wie dich gesehen, die wegen Frauen den Verstand verloren haben!«

»Junge Burschen! Werden Sie wach, Corporal, ich bin verdammte fünfundzwanzig und hab' zu Hause zwei Kinder!«

»Umso mehr Grund hast du, dich vorzusehen. Ich habe Burschen in heißen Ländern gesehen, die verrückt spielten wegen der perversen Praktiken eingeborener Frauen. Als ich damals auf Malta stationiert war –«

»Jetzt komm uns nicht mit diesem Scheiß, Warry!« brüllte jemand.

»Als ich auf Malta stationiert war, genaugenommen in der Senglea-Kaserne in Valetta, gab es dort einen Kerl namens Hunter, der sich mit einem Gewehr genau zwischen die Augen schoß wegen der Dinge, die eine Eingeborenenfrau mit ihm angestellt hatte.«

»Himmel Herrgott, was hat sie getan?«

»Er war knapp zwei Monate vorher aus der Heimat gekommen. Ich glaube, die Frau war irgendeine arabische Tante. Seht mal, diese Eingeborenen werden ganz anders aufgezogen als wir – fragt Aylmer! Stimmt es nicht, Jack?«

»Doch«, sagte Aylmer und nickte so sacht mit dem Kopf, daß wir nur zu dem Schluß kommen konnten, daß eine entscheidende Erfahrung ihn zu dieser nahezu vollständigen Gelassenheit gebracht hatte.

»Sie werden anders aufgezogen, als man es mit uns getan hat«, wiederholte Warren. »Zum Beispiel japanische Mädchen, die schlafen mit einem Eiweiß im Loch, bis sie verheiratet sind, und dabei müssen sie sehr still liegen, sonst läuft es raus und über die Laken.«

»Verdammt nochmal, warum tun sie das denn?« fragte Wally.

»Es hält das Loch frisch, oder etwa nicht?«

»Was war denn mit diesem Typ in Malta?«

»Ich hab's euch doch erzählt, er hat sich selbst erschossen – genau zwischen die Augen. Diese Araberin hat sich irgendwie an ihn herangemacht und ihn völlig verhext. Wenn die wirklich mal einen Mann kriegen, dann sind sie nicht eher zufrieden, als bis sie alles aus ihm herausgesaugt haben, was in ihm Gutes zu finden ist.«

Darüber mußten wir alle lachen, und wir sagten Dinge wie: »Mir macht es nichts aus, wenn ich blind werde.«

»Ihr werdet blind, sie saugen euch völlig aus! Darum gebe ich dir den Rat, Gas, wenn du jemals deine Kinderchen wiedersehen willst, dann laß dich nicht mit ihnen ein! Wenn du es wirklich so dringend brauchst, dann geh lieber zu einem dieser Lutschburschen. Du weißt doch, was ich meine? Es gibt da einen von sieben oder acht Jahren, der fast jeden Abend im Restaurant ›Golden Lion‹ herumhängt – er ist viel ungefährlicher als alle Frauen, und du fühlst dich nicht persönlich beteiligt. Nur wenn man sich auf eine Beziehung einläßt, wird die Sache am Ende problematisch.«

»Ich schiebe meinen verdammten Schwanz niemand in den Mund«, sagte Geordie. »Irgendwie habe ich dafür zu viel Achtung vor meiner Freundin.«

»Wenn du sie nicht hast, Geordie, dann hat niemand sie!« stellte Dusty Miller fest. Als wir alle lachten, errötete Geordie.

So hatten wir unsere wilden Träume oder erfanden sie. Ein Gefühl der Schuld hatte sich derart in die ganze Situation eingeschlichen, daß alles irgendwie verzerrt erschien. Wenn wir bekamen, was wir suchten, dann taten wir so, als bekämen wir es nicht; und wenn wir es nicht bekamen, dann taten wir so, als bekämen wir es.

Viele der Mendips taten es regelmäßig. In unserer Einheit hatte Dave Feather, ein väterlich wirkender Mann mit allmählich grau werdenden Haaren, ein angenehmes Arrangement. Er hatte eine regelmäßige Verabredung in einem Schuppen hinter der einzigen Autowerkstatt von Kanchapur. Dort erschien jeden Samstagnachmittag eine Frau mit ihrem Zuhälter. Gerüchte besagten, daß sie eine wichtige Persönlichkeit sei – Gerüchte, die dadurch weitere Nahrung erhielten, daß Feather sich zu diesem Arrangement in keiner Weise äußerte. Er stritt weder ab noch bestätigte er, was hinter der Autowerkstatt einmal in der Woche vor sich ging. Und er war nicht gerade der Typ Mensch, dem man mit lästigen Fragen zusetzte.

Seine undurchsichtige Haltung, große Dinge anzudeuten, ohne auch nur die kleinste Behauptung aufzustellen, war sehr leicht nachzuahmen und leistete all denen beste Dienste, die insgeheim hofften, als Sexualathleten zu gelten; denn das Kasernenhof-Ethos, dem alle sich unterwerfen mußten, forderte, daß Same ganz gleich, wie, vergeudet wurde, und zwar so oft, wie man ein Bier zu trinken pflegte. Unsere Sergeants hatten einen oft benutzten Spruch, wenn sie es zuließen, daß wir eine Pause von zehn Minuten einlegten: »Okay, Zigarettenpause für alle. Wer nicht raucht, tut so als ob!« Beim Sex wurde dieselbe Gleichförmigkeit erwartet.

Diese Phantasiebarriere wurde durch einen oder zwei Lieblingsallgemeinplätze gewürdigt. Das alte Sprichwort: »Hunde, die bellen, beißen nicht« wurde häufig angeführt, bevorzugt sowohl wegen der Symmetrie seiner Aussage als auch wegen seiner Weisheit. Es übersah die Tatsache, daß viele der aktivsten Lüstlinge der Brigade, die deswegen bekannt waren, daß sie alles mit vier, drei oder zwei Beinen bumsten, so gut wie niemals etwas sagten, das nicht in irgendeiner Form Ausdruck ihrer Gelüste war.

Während dieser Wartezeit in Kanchapur freundete Geordie Wilkins sich mit dem alten Jack Aylmer an, der Ordonnanzpflichten wahrnahm und Fußprobleme hatte. Ich hatte mich schon lange vorher für Aylmer interessiert. Aylmer hatte eine Textzeile eines Liedes, die er ständig sang und die in melancholischem Ton gehalten war: »Könnt' ich doch sehen, wie du vor mir stehst...«

Diese Zeile verfolgte mich. Sie stammte aus der Blumenarie in »Carmen« und war stark genug, um Aylmer mit einer vollständigen Vergangenheit zu versehen. Ich betrachtete ihn als unglaublich alt – und tatsächlich muß er Ende dreißig gewesen sein – mit einer alternden Ehefrau, die er sehr liebte; sie lebten zusammen in einer kleinen Hütte in Cornwall, deren Fenster bei bewegter See von der Gischt des Atlantiks benetzt wurden. Er hatte irgendeinen Beruf gehabt, Rechtsanwalt vielleicht, war darin gescheitert und unterstützte nun seine liebe Frau als Gärtner. Der Krieg hatte ihre Trennung bewirkt, und sie lebte jetzt mit einem Tuchhändler zusammen, aber er konnte sie nicht vergessen und sang diese eine Textzeile wieder und wieder nur für sie.

Von dieser Vision eines komischen Pathos animiert, fing

ich an, regelmäßig mit Geordie und Aylmer in der Kantine zu trinken. Natürlich entsprach Aylmers Herkunft, wie sich später herausstellte, überhaupt nicht dem, was ich mir vorgestellt hatte. Er stammte aus einer großen Familie, die über einem Friseurladen wohnte, hatte in einer Glasfabrik gearbeitet und trug auf seiner linken Gesäßhälfte die Tätowierung eines Doppeldeckerflugzeugs.

Das Reizvolle an Aylmer war, daß er ein Märchenerzähler war. Allgemein lehnte man ihn wegen dieser Eigenschaft ab, und er hatte nur wenige Freunde. Kaum fing er einen Satz mit »Damals, 1936 –« oder mit »Als die Mendips im Nahen Osten waren –« an, so erhoben sich laute Zwischenrufe wie: »Er fängt schon wieder an zu prahlen!«, um ihn zum Schweigen zu bringen. Geordie und ich konnten jedoch seine Aufschneidereien ertragen. Er blühte auf und erzählte uns wundervolle Geschichten vom Soldatenleben an fernen Orten des Globus. Seine Selbstverherrlichung erfolgte sehr behutsam und raffiniert und lag weniger in den Geschichten – die im allgemeinen eher unpersönlich gehalten waren – als in der unausgesprochenen Behauptung, die in ihnen steckte, nämlich sozusagen überall dabei gewesen zu sein.

Zu jener Zeit hatte ich keinerlei Anhaltspunkte, um festzustellen, ob die Dinge, die Aylmer uns erzählte, der Wahrheit entsprachen oder nicht: daß auf Malta, wo die Mendips stationiert gewesen waren, ein viertausend Jahre alter prähistorischer Palast existiere, wo immer noch Menschenopfer dargebracht würden, daß chinesische Mädchen die besten Geliebten seien, daß in Indien mehrere tausend Soldaten aus der Armee desertiert seien, um nicht nach Burma gehen zu müssen, und unerkannt in den großen Städten lebten, daß bei bestimmten afrikanischen Stämmen die Frauen beschnitten und ihnen die Klitoris entfernt werde, daß Churchill fünfzig Pfund für jeden Panzer bekomme, der seinen Namen trug, daß in der Wüste hinter Aden ein Tempel stehe, nun vollkommen mit Sand zugeschüttet, der voller Gold sei, das aus der Zeit der Kreuzzüge stamme, daß ein burmesischer Volksstamm in der Nähe von Lashio eine bestimmte Speise esse, die tödlich wirke, und danach eine andere, ebenso giftige Speise, die die erste neutralisiere, daß der allseits angesehene Tschiang Kai-schek, unser chinesischer Verbündeter, ein geheimer Faschist sei, daß eines Tages die Mendips Singapur vom Meer aus würden befreien müssen, daß Hindumütter ihre männlichen Kinder wichsten, damit sie glücklich und zufrieden seien, daß ein Freund Aylmers, ein Lastwagenfahrer, im Schlaf erstochen worden sei einen Tag, nachdem er eine heilige Kuh, die vor ihm auf der Straße stand, angefahren und getötet habe, daß ein anderer Freund von ihm im Schlaf gestorben sei, als eine winzige Schlange in sein Bett geschlüpft sei und ihn gebissen habe, daß einem anderen Freund, der an der Nordwestgrenze stationiert war, die Schlafdecke von Pathanen unter dem Körper weggestohlen worden sei, daß die Inder die Japaner gebeten hätten, in ihr Land zu kommen und es von den Briten zu befreien, und daß Ghandi mit Hirohito in ständiger Verbindung stehe, daß es nicht weit von Bombay Höhlen gebe, die voll seien von erotischen Skulpturen, die einen leicht in den Wahnsinn treiben könnten, so daß nur Offizieren vom Range eines Captain an aufwärts Zutritt gewährt werde, daß man, wenn man an einem ruhigen klaren Tag in den Hafen von Colombo einfahre, einen alten Ostindiensegler im klaren Wasser sehen könne, der in Höhe der Hafeneinfahrt gesunken sei, daß Gandhi eine Vorliebe für junge Mädchen habe, daß die Bäume in Südindien von Graupapageien bevölkert seien, denen von Eingeborenen beigebracht worden sei, Tamilisch zu sprechen, daß die Amerikaner das Britische Weltreich übernehmen wollten, daß ein japanischer Soldat als Verpflegung täglich eine halbe Tasse Reis bekomme und sonst nichts, daß die Ghurkas die besten Soldaten der Welt seien und wie Weiße behandelt werden müßten, daß die Prostitution in vielen Ländern der Erde als etwas Heiliges betrachtet werde, daß die drittgrößte Kirchenkuppel der Welt sich auf Malta befinde, daß es ein Bataillon von Polen gebe, die in Indien dienten und von Polen aus über den Himalaja nach Delhi gewandert seien, als ihre Heimat von den Nazis überrannt wurde, daß Hitler Syphilis habe, daß die meisten

Könige von England ebenfalls die Syphilis gehabt hätten, was auch die Ursache für das Stottern des gegenwärtigen Königs sei, daß der Papst sich bei der Frau eines seiner Kardinäle mit Syphilis angesteckt habe, daß die Yankee-Luftwaffe ihre Ziele nicht genauso gut finden könne wie die RAF und sich daher auf Angriffe bei Tag beschränken müsse, daß die italienische Armee Scharen von Huren mit sich führe, daß es im Hochland von Äthiopien eine Burg gebe, die ausschließlich aus den Schädeln irgendeines Heeres gebaut sei, das dort in einer Schlacht vernichtet wurde, daß, als die »Ark Royal« sank, eine mächtige Geheimwaffe Großbritanniens mit ihr unterging, daß die Amerikaner eine geheime Waffe vorbereiteten, die Berlin von der Landkarte tilgen werde, daß ein Oktopus sofort sterbe, wenn man ihn genau zwischen die Augen beiße, daß in der Nähe von Mandalay eine Stadt stehe, so groß wie Brighton und vollständig aus Pagoden unterschiedlicher Größe bestehend, daß Malta der letzte Rest einer Landbrücke zwischen Europa und Afrika sei, daß Churchill sich mit der zweiten Front Zeit gelassen habe in der Hoffnung, Hitler werde Rußland schlagen, daß, wenn man einen Sixpence in die Vagina einer Frau einführte, man feststellen könne, ob sie geschlechtskrank sei, denn dann werde sich die Münze grün verfärben, daß entweder Kipling oder Noel Coward »Eskimo Nell« geschrieben hätten, und viele andere Dinge, von denen ich überhaupt nichts wußte und zu denen ich einige Aufklärung brauchte.

Aylmer war die reinste Schatzkammer von Informationen und Fehlinformationen, wie viele alte Soldaten. Ich hatte das Gefühl, daß, wenn ich mich an alles erinnern könnte, was er sagte, ich die ganze Welt verstände. Er versicherte mir, daß die Welt genauso komplex sei, wie ich allmählich zu ahnen beginne, und voll von Verschwörungen, Gegensätzen und Unvereinbarkeiten.

Dennoch brachten die anderen Kameraden Aylmer mit ihrem Ruf: »Märchenerzähler!« immer zum Schweigen.

»Sie wollen einfach nicht Bescheid wissen«, sagte Geordie, als wir einmal über diese Angelegenheit sprachen. »Sie hören auf niemand. Sie wissen überhaupt nichts und wollen, daß es so bleibt. Solange sie von nichts eine Ahnung haben, bleiben sie thik-hai. So denke ich es mir jedenfalls...«

Geordie hatte wahrscheinlich recht. Ein Teil der Armeephilosophie bestand darin, alles zu vereinfachen, von der Ausrüstung und der Verpflegung bis hin zur Dienstroutine.

»Ich nehme an, du hast keine Ahnung von den Hindugöttern – Hanuman und so weiter?« fragte ich Aylmer, als Geordie und ich eines Abends mit ihm im Basar saßen und ein Mangoeis verzehrten.

»Viel weiß ich nicht darüber, Stubby. Die ganze Hindureligion ist so verwickelt, daß man überhaupt nicht schlau daraus werden kann, es sei denn, man ist als Hindu auf die Welt gekommen. Einige weißhäutige Professoren sind verrückt geworden, als sie ihre Eigenheiten studierten.«

»Nicht einmal Stubby würde so weit gehen wollen!« sagte Geordie, und wir lachten.

»Haben sie denn einen Hauptgott? Es scheinen so viele zu sein.«

»Die beiden Hauptgötter sind Schiwa und Wischnu. Wischnu verkörpert Gesetz und Ordnung – er ist eine Art Kommandeur der Militärpolizei. Schiwa ist zuständig für Vernichtung und Wiederherstellung.«

»Ist er nicht dieser schwule Typ mit der Flöte?«

»So wird er manchmal dargestellt. Manchmal nimmt er auch eine andere Gestalt an. Sie können sich verwandeln, wie sie wollen.«

»Das scheint mir eine spaßige Religion zu sein, obgleich der Typ mit diesem Flötending ganz hübsch aussieht«, sagte Geordie. »Was ich noch wissen wollte, sind die Götter gut oder schlecht?«

»Sie sind eine Mischung aus allem. Einige Götter sind gut und schlecht, genauso wie die Menschen, und dann gibt es auch Dämonen und Teufel.«

Geordie lachte. »Was für ein primitiver Aberglaube! Mal ehrlich, du mußt doch zugeben, daß das alles irgendwie primitiv ist, oder?«

»Ja, es ist schon ein wenig primitiv, aber so ist es in Indien schon seit zehntausend Jahren. Diese Religion ist verantwortlich für das Kastensystem, genauso wie die Kirche von England das Klassensystem bei uns geschaffen hat, nur ist es hier noch schlimmer. Was mich betrifft, so glaube ich, daß die Königin Victoria sich irrte, als sie meinte, die Briten sollten sich in Indien nicht in religiöse Fragen einmischen. Die Reisfresser werden überhaupt keine Fortschritte machen, so weit ich es beurteilen kann, wenn nicht das ganze Durcheinander ihrer Religion hinweggefegt wird.«

»Ich wette, die verdammten Japaner schaffen das – ich meine, wenn sie in Indien einmarschieren und es erobern«, sagte Geordie mit tanzendem Adamsapfel. Dabei bewegte er seine Hände, als wolle er einen besonders komplizierten Gedanken unterstreichen. »Ich will sagen, sie wären nicht so wie unser alter Stubby. Er ist auf diese Reisfresser-Götter nicht gut zu sprechen, nicht wahr, Stubby, mein alter Meckerfritze?«

Aylmer hatte das Bild von Hanuman über meinem Charpoy gesehen. Ich hatte auch eine Zeichnung von ihm angefertigt, und später hatte ich ein Bild von Parvati gekauft, der rosigen hübschen Frau von Schiwa, die in verführerischer Pose auf einem Wasserlilienblatt ruhte. Parvati stammte von dem Budenbesitzer, der mir den Affengott verkauft hatte. Später kaufte ich bei ihm eine Inkarnation von Wischnu als Narasimha, mit einem Löwengesicht und zahlreichen Armen. Diese drei erstaunlichen Kreaturen starrten sämtliche Mendips von meiner Kojenwand herab an, wo sie zwischen Jinx Falkenberg und Ida Lupino prangten.

»Stubby zeichnet sie auch«, sagte Geordie. »Weißt du, er kopiert sie. Ich finde, das ist nicht gut für ihn – ein feiner junger Bursche wie er.«

Geordie sah mich besorgt an, für den Fall, daß er zu sehr übertrieb.

»Du bist also so eine Art Künstler?« meinte Aylmer. Er hatte einen sandfarbenen Schnurrbart, den er ab und zu gegen seine Oberlippe preßte.

»Ich tue es nur, um mich zu zerstreuen.« Ich schämte mich.

Aber persönliche Geständnisse schienen Aylmer nicht zu liegen; er zog allgemein gehaltene Gespräche vor. »Obgleich all diese Hindugötter so alt und unzivilisiert sind, ist es schon seltsam, daß Sigmund Freud, der Deutsche, der die Psychoanalyse erfunden hat, herausfand, daß wir alle diese Götter und Dämonen in unserem Geist beherbergen.«

»Wie bitte, Hindugötter?« rief ich aus. »Ich habe von ihnen doch nie etwas gehört, ehe ich an diesen verdammten Ort kam.«

»Ich meinte doch nicht im wörtlichen Sinn, du Idiot, sondern die Dinge, die sie darstellen, gut oder schlecht und alles andere. Sünde und Sex und so weiter. Angeblich sollen wir alle vom gleichen Stamm herrühren wie die Inder, daher haben wir im Grunde den gleichen Glauben.«

Das war sogar für mich zu viel. »Hör auf, Aylmer! Du willst mir weismachen, daß wir das Gleiche denken wie die Reisfresser? Wie kommt es denn dann, daß wir zu Hause nicht alle barfuß herumlaufen und Betelnüsse kauen?«

»Ich habe aber zu Hause schon mal Kinder gesehen, die barfuß herumlaufen«, stellte Geordie fest. »Du solltest mal zu uns nach Jarrow kommen.«

»Ich will euch erklären, wie ich es meine«, sagte Aylmer geduldig.

Er fing damit an, aber in diesem Moment kamen Wally Page, Enoch Ford und der junge Jack Tertis pfeifend vorbei. Wir machten uns bemerkbar, riefen ihnen Beleidigungen zu und gesellten uns dann zu ihnen. Sie wollten sich in der Kantine vollaufen lassen, erklärten sie.

»Weshalb hängst du denn mit Aylmer herum?« erkundigte sich Wally. »Dieser verdammte Alleswisser!«

Die Inder im Restaurant standen besorgt um uns herum, bis wir die Rechnung bezahlt hatten und in Richtung Kaserne aufbrachen. Die Nachtluft war genauso warm wie immer; Kolibris schwirrten im Geäst der hochgewachsenen Jakarandas, die die Straße zur Kaserne säumten. Einmal drehte ich mich um, um mich zu vergewissern, wo Aylmer abblieb. Er folgte unserer Gruppe zwei oder drei Schritte zurück. Einmal hörte ich ihn seine einzige Liedzeile summen: »Könnt' ich doch sehen, wie du vor mir stehst...«

Zwei Stunden später waren wir alle ganz hübsch angeschlagen – außer Aylmer, der zu Bett gegangen war. Wir lachten und wünschten einander lauthals eine gute Nacht.

Das, so dachte ich selig, war echte Kameradschaft! Sogar der alte Geordie war besser, wenn er ein paar Bier intus hatte. Was vor allem anderen so reizvoll war, das war bei jedem der totale Mangel an Verstellung. In der höheren Schule in Branwells waren unsere Klasseninstinkte derart ausgeprägt, daß wir so gut wie gar nicht über unser Leben zu Hause sprachen; die Eltern waren derart tabu, daß man sie nur – wenn man schon gezwungen war, sie zu erwähnen – als »meine Leute« bezeichnete, als würden sie, mit Formaldehyd getränkt, in einem Glas aufbewahrt.

Mit Wally, Enoch, Carter und den anderen Kumpels war es anders. Sie enthüllten rüde Einzelheiten ihres Lebens zu Hause, die mich erregten und schockierten. Vor allem Wally! Wally hatte tatsächlich Mädchen hinter dem Sofa in der elterlichen Wohnung gevögelt. Seine Eltern waren oft betrunken – seine Mutter hatte sogar einmal einen Fenstervorhang angezündet, und das Haus wäre beinahe abgebrannt. Seine Schwester gestattete dem alten Mann von nebenan, sie für ein paar Süßigkeiten draußen im Park zu betatschen. Und Page senior war, wie aus Wallys Schilderung deutlich wurde, die Verkörperung des lüsternen Unterschichtdaseins, ein Hilfsarbeiter in einer Fabrik, der sich mit Leuten in Kneipen und bei Fußballspielen prügelte, der einem Mitglied des Parlaments mit der Faust gedroht hatte, der ein Automobil von einer Klippe hatte abstürzen lassen und der, als Wally ihn einmal dabei erwischte, wie er mit der Nachbarstochter hinter einer Kneipe nach Ladenschluß bumste, jenen unsterblichen Rat hervorgestoßen hatte: »Häng hier nicht rum und versuch nicht, dich an mein Mädel ranzumachen – du bist alt genug, um selbst ein Mädel zu haben!«

Diese totale Aufgabe von Grundsätzen im Verhalten erregte mich. Beim Bier tauschten Wally und Enoch Geschichten über die Mädchen aus, mit denen sie es schon getrieben hatten, und zwar während der Armeezeit und vorher. Auf diesem Gebiet waren sie echte Freunde – nur in politischen Angelegenheiten waren sie unterschiedlicher Ansicht, da Enoch den Kommunismus propagierte und Wally sich zu Winston Churchill und zum König bekannte. So sehr ich es mir auch wünschte, ich konnte mich nicht dazu durchringen, meinen eigenen sexuellen Werdegang zu offenbaren, obgleich ich mich wegen meiner Verschämtheit verfluchte; für Virginia und Esmeralda hegte ich noch eine Menge aufrichtiger Gefühle, und solche Gefühle waren es, von denen Wally und Enoch gänzlich frei zu sein schienen. Sie absolvierten ihre Nummern mit erstaunlicher Rasanz und in eher nachlässiger Art und Weise. Zumindest ließ sich das aus ihren Berichten schließen.

Obgleich ich dieses Freisein von der lahmen Tradition bewunderte, in der ich großgezogen worden war – der Tradition, nach der ein Mädchen erst einmal mit Pralinen, werbenden Worten und jeder Menge Mondschein bearbeitet werden mußte –, konnte ich das Gefühl nicht unterdrücken, daß diese schnellen Nummern hier und da bemerkenswert flüchtig waren, um nicht zu sagen sehr kurz. Das Ziel schien stets zu sein, daß es einem, wie Enoch es ausdrückte, so schnell wie möglich »kam«. Einmal erwähnte jemand, daß die Hindus ihr Liebesspiel manchmal bis auf eine ganze Stunde ausdehnten.

»Diese Kerle!« sagte Wally. »Einmal rein, einmal raus, dann abwischen, das ist mein Motto.«

Die einzige Einschränkung meiner Bewunderung war, daß Wally und Enoch, wie so viele andere, deren Geschichten ich mir anhörte, für das Aussehen des jeweiligen Mädchens total blind zu sein schienen. »Sie war eine potthäßliche Kuh, aber lieber Himmel, konnte die ficken!« war Enochs kurzgefaßte Charakteristik einer Frau, die er in der Fabrik kennengelernt hatte, in der er arbeitete. Diese Blindheit gegenüber dem weiblichen Gesicht steigerte sich zu meinem Erstaunen zu einer totalen Gleichgültigkeit gegenüber dem weiblichen Körper. Ich habe mich oft gefragt, ob Wally oder einer der anderen jemals den nackten Körper eines Mädchens betrachtet hatte und von diesem Anblick zutiefst bewegt worden war. Sie schienen so viele Gelegenheiten zu haben und vergeudeten sie so unbekümmert.

Trotz alledem, sicherlich war Quantität ein guter Ersatz für Qualität, oder etwa nicht? Als wir diesen Abend beendeten und Enoch seinen unnachahmlichen Ruf: »Möpse frei!« ausstieß, empfand ich wieder einen großen Neid auf ihr freies Leben.

Ich machte auf dem Heimweg einen Umweg über die Latrine und stellte fest, daß Jackie Tertis schon vor mir dort war. Sein rundes Kindergesicht glänzte vor Schweiß.

»Oh, ich bin an so viel Bier nicht gewöhnt!« stöhnte er. Im nächsten Augenblick erbrach er sich schon auf den Fußboden.

Nachdem ich mich durch einen Sprung in Sicherheit gebracht hatte, begann ich zu pinkeln, wobei ich mich mit der Stirn gegen die Wand lehnte, während ich es laufen ließ.

»Verdammter Jesus Christus! Ich kann dieses beschissene Reisfresserbier nicht bei mir behalten!« sagte Jackie, nachdem er ein letztes Mal gewürgt hatte. »Jedesmal muß ich davon kotzen wie ein Reiher! Ich wünschte, ich wäre zu Hause, wirklich!«

Tertis war erst achtzehn, der Jüngste des Zuges.

»Es heißt, die ersten fünf Jahre sind die schlimmsten. Reiß dich zusammen! Du wirst dich viel besser fühlen, jetzt, wo du das Zeug aus den Nieren hast.«

»Ich fühle mich aber nicht besser! Scheiße, ich fühle mich einfach furchtbar!« Er sah auch furchtbar aus, das Gesicht blaß und schweißglänzend, die Haare zerzaust und mit einer hellgelben Kotzspur auf der Vorderseite seiner Buschjacke.

»Komm schon, laufen wir rüber in die Kaserne und gehen wir schlafen.«

Während wir den großen Platz überquerten, meinte er, nachdem er sich ein wenig erholt hatte: »Weißt du, Stubbs, ich habe nie getrunken. Mein Vater ist Antialkoholiker. Er würde glatt durchdrehen, wenn er mich so sehen würde. Meine Mutter starb vor zwei Jahren, und seitdem war nichts mehr so wie früher. Ich wünschte, ich wäre zu Hause.«

»Es ist aber besser, nicht zu Hause zu sein und hier herumzukriechen.«

Er schniefte. Ich fragte mich, ob er jetzt wohl anfangen würde zu weinen. »Für dich ist es völlig in Ordnung – du bist Berufssoldat. Mein Leben unterscheidet sich von deinem doch erheblich. Soll ich dir mal was verraten, Stubby?«

»Nun komm schon, Tertis, du bist voll, ich bin voll – laß uns endlich in die Falle gehen.«

Aber er blieb am Fuß der Kasernentreppe stehen. Ich ging hinauf bis zum steinernen Vorbau. Schwerfällig folgte er mir und meinte: »Ich würde dir das alles nicht erzählen, wenn ich nicht besoffen wäre – verrat es auch um Gottes willen nicht Page oder den anderen. Ich hatte noch nie ein Mädchen. Ich meine, ich habe noch nie mit einem gevögelt, in meinem ganzen verdammten Leben noch nicht.«

»Ach, erzähl doch keinen Scheiß! Was war denn mit der Schnepfe, die du auf dem Feldweg gebumst hast, als du Brombeeren gesammelt hast?«

»Ich mußte doch irgendwas erfinden. Ich hab' sie nicht gebumst. Ich hatte mal ein Mädchen, also, ich hab' sie immer noch, glaube ich jedenfalls, denn wir haben übers Heiraten gesprochen, aber wir waren unheimlich verliebt, und ich hab' sie noch nie gevögelt. Ein einziges Mal durfte ich ihr an die Brust fassen. Ich hätte ihr am liebsten einen reingeschoben, aber ich habe es nicht gewagt.«

Wir standen im Schatten des Gebäudes. In der Ferne ertönte Hundegebell. Es wurde eigentlich niemals wirklich still; dafür war diese Gegend einfach zu bevölkert. Der Stein unter meiner Hand war kühl.

»Sie hatte wirklich wunderschöne Brüste«, sagte Tertis mit Inbrunst. »Sehr feste Brüste. O Gott, ich wünschte, sie wäre jetzt hier. Jetzt würde ich sie vögeln, jetzt würde ich nicht zögern. Ich würde ihn ihr mitten hineinstecken.«

»Warum hast du sie denn damals nicht gevögelt?«

»In der verdammten Heimat ist es doch etwas völlig anderes, oder nicht? England ist voller Verbote und Regeln. Ich glaube, ich muß nochmal kotzen.«

»Du solltest dann lieber bei deiner fünffingrigen Witwe bleiben.«

»Red mir ja nicht davon!«

»So sagt man aber.«

Die Sonne war untergegangen und würde mit ihrer ganzen Kraft am nächsten Morgen wieder aufgehen, was so sicher war, wie Eier Eier waren. Es klang, als hätten die verfluchten Zikaden völlig den Verstand verloren. Es war einfach wundervoll, noch um zehn Uhr abends in der Wärme zu sitzen und zu beobachten, wie am Horizont fahle Blitze aufleuchteten. Ich ließ mich auf einer Treppenstufe nieder und zündete mir eine indische Players an und schnippte Tertis auch eine rüber. Tertis setzte sich schwerfällig neben mich und zündete seine Zigarette ebenfalls an.

»Du wirst doch nicht nochmal spucken?« fragte ich.

»Ich hoffe nicht.«

Ein Schakal stimmte in der Ferne sein Geheul an. Das war es, was die Hunde wie wild hatte kläffen lassen. Es lag ein schrilles Keckern darin, das an das irre Kichern eines Schulmädchens erinnerte. Man haßte diese streunenden Schakale, ohne auch nur einen jemals zu Gesicht bekommen zu haben. Es war eine Art bisexuelles Ding, wie ein Hinduteufel, der sich am Rand zum Nichts halbtot lacht.

»Stubby, du hast doch schon mal eine von diesen Bibis gevögelt, nicht wahr? Wally meint, du hättest es getan.«

Ich inhalierte tief und ließ den Zigarettenrauch langsam zwischen den Zähnen ausströmen. »Hast du schon mal eine Frau völlig nackt gesehen, Jackie? Ich meine splitterfasernackt?«

Indem er sich in einer betrunken übertriebenen Weise gegen mich lehnte, sagte er: »Nein. Ich wünschte, ich hätte es. Wenn du das nächste Mal in einen Puff gehst, vielleicht könnte ich dann mit dir kommen – nur um zu sehen, wie es ist.«

»Es ist wirklich das Herrlichste und Schönste, eine Frau splitterfasernackt zu sehen, sie neben sich zu haben, sie ansehen zu können, sie zu spüren, sie zu streicheln und mitzuerleben, wie sie es genießt.«

»Jesus, sei still!«

»Dein Schwanz steht dir bis zum Hals... Du freust dich auch, genießt es ebenfalls, betrachtet zu werden. Sie sind nicht nur Frauen, sie sind Menschen. Denn der alte Wally sagt, eine Nummer ist kaum eine richtige Nummer, wenn man sie nicht nackt bekommt.«

»Mein Gott, hör auf mit dem Gerede, sonst muß ich noch verschwinden und mir selbst einen von der Palme wedeln. Das ist das verdammte Klima. Ich schaffe es einfach nicht, damit aufzuhören.«

»Du willst also moralisch sauber bleiben, Tertis, genau wie der Ortskommandant es verlangt hat?«

»Mach dich nicht lustig über mich, Stubby! Ich kann nichts anderes tun, als mein Gerät zu reiben – anschließend fühle ich mich immer ganz schrecklich. Das Ding zuckt schon in meiner Hose, wenn ich nur irgendein Wort in dieser Richtung sage.«

Ich drückte meine Zigarette auf dem Stein aus und kam auf die Füße. Es war ein ungeschriebener Bruch des Armeecodes, diese Art von Vertraulichkeit zu zeigen. Wir hatten alle unsere Probleme – die gleichen Probleme.

»Dann solltest du nur noch in Boxhandschuhen schlafen, Kumpel«, riet ich ihm und machte mich auf die Suche nach meinem Charpoy.

Kaum lag ich unter dem Moskitonetz, da schlief ich schon, bierschwer und sorglos, wenn auch nicht ganz unbelastet. Das nächste, das ich hörte, war Ernie Dutts Gebrüll am folgenden Morgen, das typisch laute: »Aufwachen, Leute, raus aus der stinkenden Suhle, und zwar dalli!«

Jetzt bist du dran, Tertis, das bringt dich auf andere Gedanken. Schwerfällig stürzte ich mich in den Kampf um ein freies Waschbecken, der jeden Morgen vor dem Appell und der Inspektion stattfand.

2

Die alte fünffingrige Witwe

Szene: Kaserne von Kanchapur. Greller Sonnenschein. Gefreiter Aylmer und Funker Stubbs, Kalkpinsel in den Händen, ruhen sich offenbar aus. Sergeant Meadows erscheint, um sich zu vergewissern, welche Fortschritte sie machen.

Sergeant Meadows: »Los, ihr zwei! Bewegt euch mal!«

Stubbs: »Bewegen! In dieser Armee werden wir es wohl nicht erleben, daß sich irgendwas bewegt. Ich dachte, wir sollten in Arakan einmarschieren, Sergeant, und nicht diese beschissenen Steine anpinseln.«

Aylmer: »Ich glaube, Delhi hat entschieden, daß es strategisch besser ist, wenn die Japse zu uns kommen, als wenn wir ihnen entgegengehen.«

Sergeant Meadows: »Dann solltet ihr euch lieber mal die neuesten Meldungen anhören. Sämtliche Landefahrzeuge auf diesem Kriegsschauplatz sind abgezogen worden. Das Kriegsgeschehen im Mittelmeer ist wichtiger als das, was hier passiert, und deshalb haben sie uns alles weggenommen.«

Stubbs: »Die arme 14. Armee! Jetzt steht sie wieder mal ganz unten auf der Liste.«

Aylmer: »Soll das etwa heißen, daß die ganze Ausbildung völlig umsonst war?«

Sergeant Meadows: »Alle Amphibienfahrzeuge wurden weggeholt. Jedenfalls habe ich es so gehört.«

Stubbs: »Herrgott! Dann können wir praktisch einpacken und nach Hause zurückkehren.«

Sergeant Meadows: »Ihr habt Glück! Wahrscheinlich schicken sie uns statt dessen nach Assam.«

Aylmer: »Assam! Das ist ja noch schlimmer als Arakan! Wie du wahrscheinlich weißt, Charley, ist Assam der nasseste Ort auf Erden. Dort können wir nicht kämpfen.«

Sergeant Meadows: »Das hängt doch von den Japsen ab, oder? Wenn sie auf diesem Weg reinkommen, dann muß jemand sie aufhalten. Und wer wäre besser dafür geeignet als die 8.?«

Aylmer: »In Assam gibt es einen Ort namens Sharapinji, wo im Jahr über zweieinhalb Meter Regen fallen. In einem solchen Klima zu kämpfen ist unmöglich!«

Sergeant Meadows: »Sie werden uns mit Regenschirmen ausrüsten. Und jetzt streicht weiter die Steine an. Ich will, daß diese Arbeit bis zum Essen abgeschlossen ist.«

Während wir Steine anpinselten, wurden Aylmer und ich die ersten, die die offizielle Bestätigung eines Gerüchts erhielten, das im Umlauf war, seit wir nach Kanchapur zurückgekehrt waren. Wir hatten unsere Ausbildung für amphibische Operationen abgeschlossen – und nun gab es keine Fahrzeuge mehr, in denen solche Operationen hätten durchgeführt werden können.

Was wir nicht wußten, war, daß auf höchster Ebene ein Kuhhandel stattgefunden hatte. Beteiligt daran waren Stalin, Roosevelt, Churchill und Tschiang Kai-schek, und zwar während einer Konferenz in Teheran und danach. Schritt für Schritt wurden amphibische Operationen in Südostasien eingestellt, und die daran beteiligten Flotten kehrten nach England oder ins Mittelmeer zurück. Die 14. Armee blieb zurück und führte einen Landkrieg. Und das 1. Bataillon mußte weitere endlos erscheinende sieben Wochen warten und sich die Zeit in Kanchapur vertreiben, während die Listen über unseren Köpfen hin und her flatterten.

Zweimal in der Woche während dieser Wartezeit spielten wir Fußball. Wir absolvierten einige gute Spiele, und während wir mit Eifer dabei waren, hatten wir das Gefühl, daß irgend etwas geschah, oder man vergaß wenigstens, daß überhaupt nichts passierte.

Als die Briten das erste Mal in den Osten vordrangen, stellten sie angeekelt fest, daß die Eingeborenen bis auf den letzten Mann ein schlaffer Haufen waren und keinen anderen Sport betrieben als die Wildschweinjagd. Sie entwickelten daher ein Sportprogramm, das sogar während des Krieges aufrechterhalten wurde, auch wenn die Japaner fast schon vor den Toren Indiens standen.

Zweifellos lag dem auch der Gedanke zugrunde, man könne auf diese Weise den Geschlechtstrieb etwas dämpfen; wenn das tatsächlich die Absicht war, dann erwies dieses Rezept sich als erfolglos.

Ich duschte nach einem Spiel. Das übliche Herumgebalge war im Gange, das zu wilden Handtuchschlachten ausartete. Ich haßte diese bulligen Körper und hatte mir die Dusche am Ende der Reihe gesichert, gleich neben Di Jones, der Linksaußen spielte. Di war wie gewöhnlich sehr still, sogar nach einem Fußballspiel; er seifte sich die Achselhöhlen mit geradezu bischöflicher Würde ein.

Indem er seinen Kopf aus einem Miniwasserfall herausstreckte, fragte Di: »Du hast heute nicht zufällig Lust auf ein bißchen Matratzentraining, Stubby?«

Das paßte doch gar nicht zu dem zurückhaltenden, regelmäßig die Kirche besuchenden Di, den ich so gut zu kennen glaubte. »Ich bin da sehr wählerisch, wo ich mein Ding hineinstecke, Kumpel. Ich hab' eine Menge Respekt vor meinen Kameraden.«

»Hab' ich auch.« Um ganz ehrlich zu sein, Di hatte nur einen winzigen Stummel von Schwanz, sehr blaß und spitz dazu, der wie ein nicht angezündetes Kerzenende aus seiner Haarmatte herausragte. »Wie dem auch sei, ich dachte mir, ich lüfte ihn heute abend mal richtig durch, zusammen mit einem anderen Kumpel von mir. Ich dachte, du hättest vielleicht Lust mitzukommen.«

Während ich mich abtrocknete, kam Di noch einmal zu mir. Es hatte keinen Sinn zu versuchen, trocken zu werden; allein das Abtrocknen reichte schon aus, um einem den Schweiß auf die Stirn zu treiben.

»Was ist denn nun, Horry, alter Junge? Du mußt doch ab und zu mal aus dieser Tretmühle raus.«

»Wie verträgt sich das denn mit deiner Warnung, ich solle mich von indischen Frauen fernhalten?«

»Von Zeit zu Zeit muß man mal ausbrechen aus dem Alltag, stimmt's nicht? Mein Kumpel und ich, wir nehmen dich mit und zeigen dir, wie es läuft.«

»Ach, geh mal ruhig allein mit Taff. Ich bringe meine Uniform in Ordnung.«

»Ich gehe nicht mit Taff, sondern mit Jock McGuffie. Ein ganz seltsamer Kerl.«

Während ich meine Hosen anzog, sagte ich: »Auf dem Basar wimmelt es von Rotmützen, Di. Ich kann dich nur warnen.«

»Ach, wir sind ja nicht so blöde und gehen dorthin. Mein Kumpel hatte da eine andere Idee. Wir nehmen seinen Lastwagen.«

Das ließ das Unternehmen noch aufregender erscheinen. Außerdem, wer wußte schon, ob sich eine solche Gelegenheit ein zweites Mal bot?

»Du kennst mich, Freund – wenn ich mitmache, dann bis zum bitteren Ende! Was ist mit Taffy?«

»Er kommt nicht mit. Er hat Angst, seine Frau bekommt Wind davon.«

»Was ist denn mit deiner, Di?«

»Die wird es niemals erfahren!« Er zwinkerte mir zu. »Sie ist viel zu weit vom Schuß.«

Als ich mich angezogen hatte, marschierte ich in mein Zimmer zurück und brachte meine Sachen auf den Hof hinunter, um mit den Polierarbeiten anzufangen. Di und ich hatten uns für halb acht verabredet.

Während ich meine Sachen nach unten schaffte, kam mir Bamber entgegen. Er hielt einen Stapel Post in der Hand. »Für dich sind auch zwei Briefe dabei, Horry – etwas zum Lesen, während du da unten deinen Blödsinn treibst. Ich nehme nicht an, daß du viel Lust hast, dir auch einmal meine Sachen vorzunehmen, solange du noch in der Stimmung dazu bist?«

»Verpiß dich!«

Ich öffnete meine Post unten, nachdem ich meine Sachen auf einen Tisch gelegt hatte.

Mutter schrieb amüsante Briefe. Sie konnte sehr gut Dinge wiedergeben, die andere Leute gesagt hatten, oder Geschichten von Nachbarn erzählen, an die ich mich kaum erinnern konnte. Nach meinem Weggang von zu Hause war sie wie Ann dem Frauenhilfsdienst beigetreten und hatte mir im allgemeinen immer etwas Lustiges zu berichten, das sie in ihrer Kantine erlebt hatte. Wenn alles andere keinen Erfolg versprach, dann fiel ihr irgendein Witz ein, den sie in irgendeiner Radioserie gehört hatte. Sie erzählte mir, daß Ann zu einer Party bei den Cleavers gegangen sei (wer immer die Leute sein mochten). Sie hatte von Nelson aus Italien gehört. Er habe eine schwere Erkältung. Von sich selbst berichtete sie nur, daß sie regelmäßige Nachmittagsspaziergänge unternehme; gestern sei sie sogar bis zu den Kiesgruben gegangen (von denen ich mir kein Bild machen konnte).

Das alles hinterließ in meiner Brust das Gefühl einer seltsamen Art von Einsamkeit. Denn ich schrieb ihr niemals. Ich hatte ein Telegramm geschickt, als wir in Kanchapur eingetroffen waren, damit die Familie wußte, daß unser Konvoi auf seiner Fahrt nach Indien nicht gesunken war; seitdem hatte ich keine Zeile mehr schreiben können.

Damals konnte ich nicht entscheiden, ob man dies als trauriges Versagen ansehen mußte oder als ein sicheres Anzeichen für einen abgrundtief bösen Charakter. Ich fing an, wirklich unfähig zu sein, meine Eindrücke von Indien mitzuteilen, und die Armeetradition unterstützte diese Schwäche noch, denn junge Männer, die nie nach Hause schrieben, wurden als »Hunde« betrachtet, wohingegen Typen wie Jackie Tertis, der ständig nach Hause schrieb, als weich galten.

Daher bewirkte jeder Brief meiner Mutter, daß ich mich mies fühlte. Manchmal machte sie mir Vorwürfe, dann war ich traurig und hatte ein schlechtes Gewissen; aber wenn sie schrieb – wie jetzt –, ohne mir einen einzigen Vorwurf zu machen, war die Wirkung noch schlimmer, denn nun machte ich mir die schlimmsten Selbstvorwürfe.

»Mein Gott, ich darf nicht ein so schlechter Kerl sein«, sagte ich mir, während ich mich über das Mittel zum Weißen beugte, und erlebte eine plötzliche Wiederkehr kindlicher Gedanken, die durch den Brief hervorgerufen worden war, den ich schlechten Gewissens in meine Tasche gestopft hatte. »Was Mama wohl von mir denkt? Ich darf heute abend nicht auf Sauftour gehen, ich darf es wirklich nicht...«

Der verdammte Rusk schlurfte vorbei, seinen Kumpel im Schlepptau, einen gemeinen Burschen mit schartigen braunen Zähnen. Sie waren unterwegs zum Küchenzelt.

»Servierst du gleich wieder Bohnengemüse, Rusk?« rief ich.

»Redest du schon wieder Scheiß, Stubbs? Jetzt, wo du deine Streifen zurückbekommen hast? Erst mußt du mal in vorderster Front gewesen sein!«

»Ich vermute, du holst dir heute abend im Kino wieder eine Ladung Betty Grable?« rief Locke.

Sie setzten ihren Weg zum Küchenbau fort, ohne sich umzudrehen, während sie sprachen.

»Du weißt ja, was du mit Betty Grable tun kannst, Locke!«

»Aber mit Betty Grable erst nach dir!«

»Ihr könnt sie heute abend haben. Ich bin sowieso nicht in diesem Nest, heute abend.«

Das brachte Rusk dazu, sich doch noch umzudrehen. »Dreckiger Bastard!« rief er anerkennend.

Warum, fragte ich mich, warum mußte ich versuchen, grauenhafte Scheißer wie die beiden Köche zu beeindrucken? Ich hatte da einen schwachen und boshaften Zug in meinem Charakter. Angenommen, ich fing mir heute abend eine Portion Pocken ein? Das bedeutete, daß die gute alte Regenschirmtherapie angesagt war, von der die furchtbarsten Schilderungen unter den Mendips kursierten. Und sie hauten einem mit dem Stempel das Wort »Syphilis« auf die Entlassungspapiere, damit alle späteren Arbeitgeber gewarnt seien; jedenfalls behauptete Aylmer, daß es so geschah. Dennoch hatte ich noch einen langen Streifen Dienst vor mir – ich konnte doch wohl nicht erwarten, mir während der gesamten

»Sieben und fünf« meine Unschuld zu bewahren, oder etwa doch?

Und es war nicht nur eine richtige Sause, die ich brauchte. Es war Romantik. Es war, wie ich es einmal von einem alten Soldaten sehr poetisch ausgedrückt hörte, das Kennenlernen des Landes durch das Auge im eigenen Schwanz. »Die unbekannte Sie« – das war es, was ich wollte, einen Einblick in das reizvoll-abstoßende Leben Indiens.

Das Gesicht erschien wieder vor mir, blickte mich zwischen eisernen Gitterstäben an. Der glühende Körper, der Spalt wie rosiges Marzipan, die dunklen, schmelzenden Augen, die gerade Nase, der kleine Mund, der Ausdruck – ja, von was? Von Sehnsucht? Irgendwo dort draußen mußte die Frau sein, deren Sehnsüchte meinen entsprachen. Vielleicht konnte sie gefunden werden, diese unbekannte Sie, auch hinter den Mauern eines Bumsschuppens.

Mit ähnlich hoffnungsvollen Gedanken, begleitet von einem sachten Rühren in der Hose, marschierte ich gegen sieben Uhr dreißig zur Transportabteilung.

Di Jones war bereits dort. Die Umgebung war verlassen, die Büros und Garagen waren allesamt geschlossen, die Fünftonner standen makellos aufgereiht da, mit genau gleichem Abstand – bis auf einen Laster, dessen Motor lief. Ein kleiner hellblonder Schotte, den ich als Jock McGuffie erkannte, polierte wütend die Scheinwerfer mit einem Tuch und hielt dazu einen Monolog, den mein Erscheinen nicht im mindesten störte.

»Nun, ich sehe, du bist doch gekommen, Stubby!« rief Di und klopfte mir freundlich auf die Schulter. »Du siehst richtig scharf aus!«

» ›– nun hör mal zu‹, sagte ich zu ihm. ›Paß mal auf, Corporal Warren‹, sagte ich, ›wenn ich außer Dienst bin, dann bin ich außer Dienst, ob dir das nun gefällt oder nicht, und was ich tue, wenn ich dienstfrei habe, das ist doch wohl meine verdammte eigene Angelegenheit‹, sagte ich zu ihm. Er sah mich an, als wolle er jeden Moment explodieren! ›Siehst du diese Scheißstreifen?‹ sagte er und wies auf seinen Ärmel. ›Was meinst du, was das ist, Vogelscheiße?‹ sagte er. ›Noch eine freche Bemerkung von dir, und ich schleife dich so schnell zum Kompaniechef, daß deine Füße nicht mehr auf den Boden kommen‹, sagt er. Ja, er rast vor Wut! Also sage ich zu ihm: ›Ach, das werden wir noch sehen. Es ist niemals gut, wenn man mir mit einem höheren Rang kommt‹, sage ich. ›Ich war schon öfter auf der Matte, als du Konservenmahlzeiten gefressen hast, und wenn du glaubst, ich kalke Scheißsteine um halb fünf nachmittags für dich, sage ich, dann bist bist du schief gewickelt!‹ Das erklärte ich ihm.«

Während der Monolog andauerte und die Scheinwerfer des Fahrzeugs noch heller glänzten, stand ich einigermaßen verlegen herum. Di hörte sich das Ganze in ziemlich entspannter Haltung an. Ich wurde allmählich ungeduldig, wünschte, er würde mich endlich mit McGuffie bekannt machen, mit dem ich noch nie geredet hatte; aber in den Mannschaften werden alle als Kameraden betrachtet, und es gibt keine Vorstellungsriten. Was etwas störte, war die Tatsache, daß dieser Kamerad mich überhaupt nicht bemerkt zu haben schien.

Schließlich unterbrach Jock seinen Monolog mit einem knurrenden: »Och, wir sollten uns lieber auf den Weg machen, wenn wir wirklich los wollen!«, und wir stiegen mit ihm ins Führerhaus.

Es kam heraus, daß er einen ausgedehnten Streit mit Corporal Warren gehabt hatte, in dessen Verlauf er einen argumentativen Punkt nach dem anderen gemacht hatte. Eingestreut in eine wortwörtliche Wiedergabe des Disputs informierte er uns, daß wir nach Indore fuhren, und zwar in offizieller Mission, um einen Schreibtisch abzuliefern.

»Wir trinken erst eine Kleinigkeit, Di, und dann nichts wie hin zu dem Bumsschuppen, okay? Da kommt dann dieser andere Kerl und stellt sich hin und schaut zu mir herüber, und ich lege den Pinsel hin und sage zu ihm: ›Warum, verdammt nochmal, starrst du mich so dämlich an, Kumpel?‹ frage ich. ›Hast du noch nie einen Mann bei einem Scheißstrafdienst gesehen?‹ Und da wird er richtig gemein. ›Ich hab' schon mehr

Strafdienst geschoben als du Zahltage‹, meint er. ›Na prima, dann kannst du den Strafdienst für mich übernehmen‹, sage ich zu ihm, ›wenn du so verdammt scharf darauf bist!‹ «

Ich drehte das Fenster herunter, und wir fuhren durch die Sperre am Tor, wo McGuffie seinen Passierschein vorzeigte, ohne seinen Erzählfluß zu unterbrechen. Um uns herum war Indien, so greifbar wie ein warmer Hauch auf der Wange, mit elektrischen Kräften von derartiger Intensität, daß es ständig am Himmel aufblitzte. Was für ein Mysterium! Und irgendwo vor uns, in irgendeinem schmuddeligen, stinkenden kleinen Bau befand sich ein junges Mädchen – von seinen verarmten Eltern zur Prostitution gezwungen –, das mich erkennen und sich verliebt in meine Arme werfen würde. Wenn der geschwätzige McGuffie diesen Ausflug regelmäßig unternahm, konnte ich sie regelmäßig besuchen. Wieviel von meinem mageren Sold konnte ich in der Woche wohl abzweigen?

Di stieß mich an. »Wach auf, Stubby! Jock fragt dich, ob du viel trinkst.«

»Ich denke nur daran, endlich ein paar Bibis zu sehen«, erwiderte ich.

»Tatsächlich? Jetzt schon? Nun, erst mal werden wir einen kleinen Drink nehmen, wenn es dir nichts ausmacht, denn schließlich ist das ja mein Ausflug!«

»Gut, gut.« Ich mußte mich zwingen zuzustimmen. »Ein Bier reicht mir.«

»Du hast doch wohl nicht vor, die erste Runde zu spendieren, vermute ich?«

»Ich habe nichts dagegen, die erste Runde zu schmeißen.«

»Och, vielleicht mußt du auch alle anderen Runden schmeißen, Freundchen, denn bis zum Zahltag habe ich keinen einzigen Anna mehr!« McGuffie fand das besonders lustig und schlug sich unter brüllendem Gelächter auf die Schenkel, und wir hätten beinahe am Straßenrand zwei Reisfresser erwischt. Glücklicherweise waren sie noch jung und flink. Di lachte ebenfalls, was ich eigentlich für unnötig hielt.

»Wie willst du denn dann für deine Bibi bezahlen?« erkundigte ich mich.

»Oh, sie lassen den alten McGuffie umsonst ran – er hat ja nur einen winzig Kleinen!« Er und Di Jones brüllten wieder vor Lachen.

Diesmal stimmte ich mit ein; jeder, der über die Winzigkeit seines Geräts Witze reißen konnte, mußte mit echtem Humor gesegnet sein.

»In Wirklichkeit hat dieser schreckliche Kerl ein Ding so dick wie eine Gurke«, sagte Di immer noch lachend.

»Was meinst du, was sie verlangen, Di?« fragte ich. »Mehr als fünf Zweier?«

»Willst du nicht endlich aufhören, dir Sorgen zu machen? Wenn wir drei gleichzeitig reingehen, dann berechnen sie uns sicher einen Sonderpreis!«

Weiteres Gelächter.

Durch das Fenster leuchteten uns die Lichter von Indore entgegen: gedämpfte, trübe, obszöne Lichter, genauso wie ich es erhofft hatte. Wir rollten durch die schrecklichen Randbezirke, wo ein kleiner Markt abgehalten wurde. Überall Gestalten, Erwachsene und dahinhastende junge Leute, Gesichter mit leuchtenden Augen, von einzelnen Öllampen erhellt, die man hinter den Auslagen oder Bergen von Obst ausmachen konnte. Wie immer gab es Musik und Gestank – die Grundsinne wurden in den Provinzen stets gleichzeitig angesprochen. Ich hing aus dem Fenster, von allem berauscht. Kühe schritten schwankend über die Wege oder drängten sich zwischen Verkaufsstände, altertümliche Automobile knatterten neben uns her, dazu Männer mit Tropenhelmen, obgleich wir nur vom Licht der Sterne beschienen wurden. Wir kamen an einer riesigen Fabrik vorbei – »Baumwolle«, sagte Di Jones mit dem weisen Ton eines Fremdenführers –, und ich sah Dutzende von Männern, die unter einem Wellblechdach herumwieselten und von Flutlicht übergossen wurden. Dann fuhren wir zwischen Wohnblocks und konnten sehen, wie es in jedem Stockwerk von Leben wimmelte. Welche unglaublichen Dinge konnten dort vor sich gehen? Als stellten sie sich die gleichen Fragen, starrten von einer Kinofront riesige rosige Gesichter von Filmstars auf uns herab, deren Züge grün und malvenfarbig gehalten waren. Geschockt erkannte ich, daß es sich um Alan Ladd und Veronica Lake handeln sollte.

Es war unmöglich festzustellen, wo sich das Zentrum der Stadt befand. Es gab kein Zentrum. Wir stoppten in einem Nichtzentrum und waren sofort von Bettlern umringt.

Jock McGuffie sprang auf den Boden. »Verschwindet, ihr Lumpengesindel! Macht die Fliege, ehe ich mit dem Maschinengewehr komme und euch alle erschieße!«

Wir kletterten hinunter, und ich fragte nervös: »Liefert ihr jetzt den Schreibtisch aus, Jock?«

»Den Schreibtisch ausliefern? Paß mal auf, ich liefere weder für dich noch für jemand anderen in meiner Freizeit irgendeinen beschissenen Schreibtisch, das sage ich dir! Ich höre um Punkt vier auf zu arbeiten, ob Krieg ist oder nicht, und darauf kannst du Gift nehmen –«

»Okay, okay, ich dachte nur, deshalb sind wir ja nach Indore gefahren –«

»Bist du das? Nun, ich bin jedenfalls nicht deshalb nach Indore gefahren, das kann ich dir versichern, was, Di?«

»Ich bin auf ein Bier hergekommen«, fügte Di hinzu. »Stubby ist ein harmloser Junge, er hat nur nicht begriffen, daß der Schreibtisch das war, was man einen offiziellen Vorwand nennen würde.«

»Dieser verdammte Schreibtisch bleibt in meinem Gharri, ehe ich etwas anderes verfüge«, meinte Jock wütend. Er packte einen der Inder, der in unserer Nähe herumstand, und befahl ihm, den Lastwagen zu bewachen, bis wir zurückkehrten.

Der Bursche hatte eine dunkle und glänzende Haut, dazu gelbe Augen und ein mit Geschwüren übersätes Bein. Er lächelte friedlich. »Wieviel geben Sie mir dafür, Sahib?«

»Wir geben dir zusammen fünf Rupien. Du bewachst den Wagen anständig. Wie heißt du?«

»Ali, Sahib.«

»Och, ihr heißt verdammt nochmal alle Ali! Kein verdammter Donald unter euch! Könnt ihr euch denn keinen anderen Namen ausdenken, um euch anders zu nennen als Ali? Wie lautet dein anderer Name?

»Baraf, Sahib.« Der Mann kicherte, und die Menschenmenge ringsum kicherte mit.

Jock brachte sie mit einem Blick zum Verstummen. »Ali Arschloch, paß auf meinen Gharri auf, bis ich zurückkomme! Und falls jemand sich daran vergreift, zieh' ich dir die Därme lang und mach' mir Hosenträger daraus, klar?«

Wir gingen weg und ließen Ali Baraf zurück.

Di machte ein nachdenkliches Gesicht. »Fünf sind ganz schön viel, Jock.«

Jock starrte ihn ungläubig an. »Viel? Du denkst doch nicht etwa, daß wir diesen armen Bastard bezahlen? Wenn ja, dann solltest du schnellstens umdenken!«

»Man sollte gegenüber den niederen Rassen sein Wort halten, sonst werden sie niemals Achtung vor einem haben.«

Jock warf den Kopf in den Nacken und lachte. »Du ahnungsloser walisischer Gimpel! Erzähl mir nur nicht, daß dieser armselige Bastard ernsthaft damit rechnet, die Bezahlung zu erhalten! Er bewacht den Lastwagen, weil dies ein Privileg ist, aus keinem anderen Grund. Er weiß genauso gut wie ich, daß, wenn er irgendwelchen Ärger macht, ich ihm den Arsch aus der Hose raustrete, wenn wir zurückkehren.«

Der Staat Indore war einer der Fürstenstaaten. In einigen der unabhängigeren wie Haiderabad war die Armee nahezu vollständig verboten; hier wurde sie allenfalls geduldet, und wir sahen nur wenige Soldaten. Frech wie Oskar marschierten wir in der Mitte der Straße, riefen Passanten Scherzworte zu und lachten – genauso wie die Leute um uns herum, nur waren sie weniger streitsüchtig.

Bäume wuchsen auf beiden Seiten der Straße. An vielen waren Ziegen festgebunden und knabberten derart heftig an der Baumrinde, daß es ein Wunder war, daß die Bäume noch am Leben waren. Straßenbahnen rumpelten vorüber, vollgestopft mit Menschen, und schleuderten ihren bläulichen Funkenregen zwischen das Laub der Bäume. Insekten prallten gegen die hängenden Straßenlampen, um vor unseren Füßen klatschend auf den Boden zu fallen. Bettler mit abenteuerlichen Deformierungen lagen zitternd in der Gosse, Männer pinkelten gegen Wände, Trödler riefen ihre Waren aus. Das Universum wimmelte von Leben, das aus den fruchtbaren Lenden Brahmas hervorbrach.

»Dreckiges Volk! Das ist hier noch schlimmer als die Sauchihall Street an einem sonnigen Samstagnachmittag – da kannst du kaum dein eigenes Wort verstehen!«

»In Cardiff war es aber niemals so wie hier!«

Ein Mann versuchte uns einen Teppich zu verkaufen. Jock verscheuchte ihn und bog in eine Seitenstraße ein. Dort war es dunkler und noch wilder. Ein Hotel mit einem Balkon über dem Haupteingang stand auf einer Seite.

»Dort oben setzen wir uns hin!« sagte Jock und wies hinauf.

»Das sieht ganz schön voll aus«, stellte ich fest.

Auf dem Balkon drängten sich schwarze Gesichter.

»Sie werden uns Platz machen. Ich kenne den Inhaber – ich war schon mal hier. Laßt den alten Jock die ganze Sache in die Hand nehmen!«

So platzten wir in einen überfüllten und schäbigen kleinen Speisesaal. Jock verlangte brüllend nach einer Bedienung, und der Inhaber erschien. Er war groß und unbeholfen und trug einen hellblauen Anzug im westlichen Stil. Sein zerknittertes braunes Gesicht strahlte erfreut, als er Jock entdeckte.

»Sind Sie wieder aus dem Lager geflohen, Mr. Jock?«

»Ach, du bist auch noch hier, du verdammter Ganove! Sie haben dir also doch nicht die Kehle durchgeschnitten! Hast du mittlerweile das schmutzige Mistbier verkauft, mit dem du mich beim letzten Mal fast vergiftet hast?«

»Wir haben noch ein ganz besonderes Bier, um Sie diesmal fertig zu machen.«

»Willst es wohl auch mal auf die britische Tour versuchen, nicht wahr?«

»Ha, ha, ich werde es auf meine Art den Briten heimzahlen! Ich werde mit dem schmutzigen indischen Bier noch alle Männer töten!«

»Nimm nur die Offiziere. Das ist alles, worum ich dich bitte.«

»Wir killen die Offiziere zuerst und die Schotten zuletzt.«

Jock gab ein röhrendes Lachen von sich, und er und der Inhaber stampften nach oben, schlugen sich gegenseitig auf den Rücken – ein lustiger Anblick, da Jock fast einen Meter kleiner war als der Inder. Di und ich folgten den beiden.

»Nehmen wir erst ein paar Bier, Stubby«, sagte Di. »Und dann nichts wie ran an die Bibis. Sei nicht ungeduldig. Du mußt dich erst richtig in Stimmung bringen.«

»Ich brauche eine Frau!«

Jock hörte meine Bemerkung. Zu seinem indischen Freund sagte er: »Unser junger Gefährte hier hat es sehr eilig, endlich den Schlamm von der Peitsche zu schütteln! Bietest du heute abend wieder deine Tochter an?«

»Ja, ja, ich verkaufe auch meine Tochter. Sehr zu empfehlen.«

»Du hast sie gestern abend wohl selbst ausprobiert, du alter Schweinekerl! Bring uns zuerst Bier – und diesmal pinkel verdammt nochmal nicht schon wieder in der Küche hinein, klar?«

»Nein, nein, heute abend pinkle ich nicht ins Bier! Wenn Sie das nächste Mal kommen, dann tue ich es wieder!«

»Versuch es ruhig, und du bekommst sofort etwas auf deine Kokosnuß!«

Lachend führte er uns auf den Balkon, der, wie ich schon von unten gesehen hatte, vorwiegend mit stattlichen Indern besetzt war, die einen kleinen Imbiß zu sich nahmen oder einheimischen Fusel tranken. Der Inhaber ging zu einem Tisch und brachte mit heftiger Gestik die vier dort sitzenden Männer dazu zu gehen. Sie erhoben sich widerstrebend und blickten stirnrunzelnd in unsere Richtung.

»Guckt mich nicht so blöde an!« rief Jock. »Los, Tempo, noch haben wir nicht unseren Kopf für euer Kalkutta hingehalten, merkt euch das, ihr Gesindel!«

»Scheint ein bißchen hart zu sein, da sie eigentlich nur einen angenehmen Abend verleben wollten«, sagte Di.

»Ein wenig hart? Hast du denn total den Verstand verloren, Di? Diese Bastarde hocken hier herum, werden fett und trinken ihren billigen Fusel, und wenn die Briten nicht wären, würden sie jetzt irgendeinem fetten Japaner in den Arsch kriechen. Oder etwa nicht? Sie sollten verdammt nochmal dankbar sein. Verschwindet endlich, Geschmeiß!«

Wir setzten uns. Ein Kellner brachte Flaschenbier und schenkte die Flüssigkeit sofort in drei Gläser ein.

»Ah! Mückenpisse!« rief Jock und nahm einen tiefen Schluck. »Mehr Bier, ihr lahmen Ärsche! Ihr könnt erst aufhören, wenn mir das Zeug aus den Ohren kommt.«

Eine Stunde später tranken wir noch immer. Es war angenehm auf dem Balkon. Die Moskitos stachen nicht allzu heftig, und das Bier war trotz meines starken Verdachts, daß der Inhaber ganz gewiß hineingepinkelt hatte, durchaus genießbar. Jock hatte sich beruhigt, nun, da all seine Wünsche befriedigt wurden, und erzählte uns einige unwahrscheinliche Geschichten; Di und ich taten dabei nichts anderes, als ihm die Stichworte zu liefern und ihm ansonsten zu applaudieren.

Als Jock eine neue Runde bestellte, sagte ich: »Für mich nichts mehr, Jock. Ich hätte jetzt Lust, etwas anderes zu tun.«

»Kein Bier mehr? Du kannst doch unmöglich schon voll sein. Nimm noch ein Glas wie ein Mann! Ober, drei weitere Bier, und sorge um Gottes willen dafür, daß sie nicht den ganzen Tag in der verdammten Sonne gestanden haben. Du bist genauso wie all die anderen Scheißengländer, Stubby, du kannst dein Bier nicht bei dir behalten! Nun, du rauchst ja noch nicht mal richtig!«

»Ach nein? Dann verrat mir doch mal, wohin die meisten Stäbchen aus dieser Zwanzigerpackung indischer Players verschwunden sind. Hab' ich sie mir etwa in den Arsch geschoben?«

»Das nennst du doch wohl nicht rauchen, oder? Du bist darin nur ein Amateur, stimmt's, Di? Ich sag' dir eines, ich hab' schon geraucht, ehe ich entwöhnt wurde! Meine Mutter konnte es sich nicht leisten, mich richtig zu füttern, deshalb gab sie mir die Brust, bis ich drei Jahre alt war, und in diesem

Alter habe ich schon bei meinen älteren Brüdern Zigaretten geschnorrt. Und jetzt sieh zu, daß du dein Bier trinkst, und mach keinen Ärger.«

»Ich will kein Bier mehr, verdammt nochmal! Ich will verdammt nochmal endlich ficken – hoffentlich geht das in deinen dämlichen, dicken Schädel!«

»Laß uns endlich rübergehen in den Puff, Jock – wir können ja nachher noch etwas trinken«, meinte Di.

»Habt ihr euch gegen mich verschworen? Ich hab' ja noch gar nicht richtig angefangen zu trinken!« Aber er schüttete sich das Bier jetzt doch etwas schneller in die Kehle und schob schließlich den Stuhl zurück.

Der Inhaber kam herbeigeeilt und strich sämtliche Falten von seinem blauen Anzug glatt. Das Bezahlen ging viel glatter vonstatten, als ich erwartet hatte. Es stellte sich heraus, daß Jock doch Geld bei sich hatte. Während er die Zeche beglich, rief der Manager einen Jungen zu sich und schickte ihn ins Freudenhaus, um unser Kommen anzukündigen.

»Komm doch einfach mit, Mann – dir wird schon niemand das Tischbesteck klauen!«

»Nein, nein, ich muß leider ablehnen. Gehen Sie nur und haben Sie Ihren Spaß mit den Mädchen.«

»Den Mädchen? Dort ist doch keine unter fünfzig! Ich muß nur aufpassen, daß ich ihn nicht in deine Tochter reinstecke, sonst fallen mir nach einer Woche alle Zähne aus dem Maul!« Mit solchen Nettigkeiten stolperten wir die Treppe hinunter und auf die Straße.

»Ihr Freund ist ein sehr lustiger Mann«, meinte der Inhaber und zeigte Di und mir ein goldblitzendes Grinsen. Er verzog sich in sein Hotel und schloß die Tür.

Wir waren von Aufreißern und Zuhältern umringt, die alle auf sich aufmerksam machten. Der Bengel, der zum Bordell hatte laufen sollen, hatte unsere Absichten vermutlich schon auf der Straße ausposaunt, und nun versuchte jeder Loddel der Stadt, mit uns ins Geschäft zu kommen.

»Mein Gott, ist das ein verkommenes Land!« rief Di aus und gab mißbilligende Schnalzgeräusche von sich, während uns von allen Seiten Sonderangebote gemacht wurden. »Wenn meine arme kleine Frau mich so sähe, dann würde sie sich wahrscheinlich in den nächstbesten Brunnen stürzen!«

»Wenn meine hier wäre, dann hätten wir alle eine Nummer gratis!« brüllte Jock und schlug nach den ihm zu nahe kommenden Burschen.

Das Bordell war vom Hotel nur ein paar Häuser weit entfernt. Voller Spannung und Erregung folgte ich den anderen beiden Männern durch die ramponierten Doppeltüren ins Innere. Ein mürrischer alter Mann saß in einer dunklen Nische im Foyer und zeigte nach oben. Wir folgten seinem Hinweis, Jock als erster, dann Di, dann ich, wobei unsere Stiefel auf dem nackten Treppenboden laut polterten. Obgleich mein Gesicht sich auf gleicher Höhe mit Dis Hintern befand, hatte ich Visionen von lüsternen nackten Mädchen.

Eine schwache Beleuchtung entriß der Dunkelheit einen Treppenabsatz, von dem ein Korridor abzweigte. Der Absatz war in eine Art Wäscherei verwandelt worden. Zusammengepfercht auf engstem Raum saßen dort zwei alte Frauen auf dem Boden und flickten Bettlaken. Der größte Teil des Lichtes stammte von einer Straßenlaterne, die draußen genau vor dem Fenster hing. Eine dritte alte Frau erschien und begrüßte uns mit einem Kopfnicken.

»Hallo, Oma! Wie machst du es denn? Mit dem Mund? Wo sind die Vögelchen? Wir brauchen drei, die fit genug sind, um ausgiebig aufgespießt zu werden.«

Wir wurden in ein intensives Feilschen verwickelt. Die Hausregeln schienen zu fordern, daß wir die Mädels nicht zu Gesicht bekamen, ehe wir etwas bezahlt hatten. Danach waren es je Mann zehn Rupien für eine Kurznummer. Jock wehrte sich heftig gegen dieses Arrangement. Ich verlor allmählich die Geduld mit ihm und hätte gleich bezahlt; aber am Ende setzte er sich durch, und wir traten in den Korridor. Jock stieß die erste Tür auf.

Ich trat hinter ihn, um einen Blick über seine Schulter zu werfen.

»Himmel nochmal, du geiler Bock! Komm mir nicht zu

nah! Das ist meine – versuch dein Glück an einer anderen Tür!«

Während ich weiterging, rief er: »Komm schon raus, du Schlampe, und laß den lieben Jock mal ran!«

Als meine Augen sich an das Dämmerlicht gewöhnten, bemerkte ich, daß die anderen Türen alle offen standen oder zumindest nur angelehnt waren. Augen beobachteten uns. Am Ende des Korridors drückte sich ein Mann herum. Er war sicherlich ein Kunde. Eine ungewisse Angst, erstochen zu werden, erfüllte mich plötzlich. Ausgerechnet jetzt erinnerte ich mich, daß es erst vor einem Monat in Indore zu Unruhen gekommen war.

Aber wir waren nun mal hier. Ich sah nur eine häßliche Wirklichkeit, aber ich konnte nicht zurück, und Di trat bereits durch eine andere Tür, daher ging ich ebenfalls weiter.

Es war außerordentlich dunkel. Das erste, was ich erkennen konnte, war, daß die Korridortüren alle in den gleichen langgestreckten Raum führten, der durch Vorhänge unterteilt war. Wenn ich mich etwas streckte, konnte ich über den oberen Rand der Vorhänge hinwegsehen. Das einzige Licht drang von draußen herein, ein gelblicher Schein, der sich einen Weg durch die schmierigen Fensterscheiben suchte. Vor mir stand eine Liege mit dunklem Bettzeug. Räucherstäbchen brannten und schwängerten die Luft mit einem betäubenden Duft. Ein Mädchen stand an der Tür und berührte mich fast. »Hallo, Süßer!« sagte sie.

»Hallo! Wie heißt du?«

»Hallo, Süßer. Magst du fick-fick?«

»Richtig getippt. Aber ich will dich erst mal ansehen.« Ich faßte nach ihrer Schulter und versuchte sie ins Licht zu schieben. Sie sprach so gut wie kein Englisch. Beiden war uns nur das Wort »fick-fick« bekannt.

Ich hörte Jocks Stimme brüllen: »Mädchen, werfen wir doch mal einen verdammten Blick auf deine Fassade! Steh still, okay? Ich tu' dir nicht weh, wenn du endlich aufhörst herumzuhampeln.« Er zündete ein Streichholz an. Gute Idee, dachte ich.

Als ich ebenfalls ein Streichholz anzündete, sah ich, daß eine der alten Krähen vom Treppenabsatz hinter mir hereingekommen war und nun abwartend hinter mir stand. Ich sah den Dreck an der Decke, die Risse in den Trennvorhängen, und dann wandte ich mich zu meiner Prinzessin um. Sie schlug eine Hand vors Gesicht. Das Streichholz.

Jock war noch immer zu hören. »Weg mit dir, du altes Knochengerippe, ich werd' meinen Pinsel ganz bestimmt nicht in dich reinstecken! Hau ab und hol deine Enkeltochter!... Oh, das ist schon besser... Ah, du hast ja gar keinen schlechten Körper, wenn man bedenkt, wie verflucht alt er schon ist, hundert Jahre mindestens...«

»Wie läuft's, Jock?« rief ich und zündete ein weiteres Streichholz an.

Meine Bibi stieß die Zündhölzer weg und klammerte sich an mich. Die alte Eule hinter mir murmelte Ratschläge oder eine Ermutigung. Das Mädchen begann meine Eier abzutasten und versuchte gleichzeitig, mich zum Bett zu ziehen. Ich stellte mir vor, daß es dort von Wanzen wimmelte, und widerstand ihren Bemühungen, wütend und zunehmend erregt. Sie hatte mir die Hose aufgeknöpft und zerrte nun mit einem Anflug von Begierde an meinem Gerät. Das hatte auf mich weiter keine Wirkung, da ich nun spüren konnte, wie knotig und alt ihre Hand war. Ich war überzeugt, daß sie bereits ein Jahrhundert auf dem Buckel hatte. Abscheu und Begierde kämpften in mir. Die Begierde gewann mit knappem Vorsprung, mein Gerät rührte sich in einer blinden Reaktion auf die Behandlung, als die alte Krähe an der Tür den Augenblick etwas falsch beurteilte und hereinkam, um mir für zwei Rupien einen Pariser zu verkaufen.

»Verpiß dich!« röhrte ich, und sie entfernte sich wortlos. Ich stand da, gestattete der Bibi, meinen müden Kameraden in Stimmung zu bringen, und lauschte dabei auf das, was Di trieb.

Für mich klang es, als wäre er bereits zugange, als hätte er sein Matratzentraining, wie er es nannte. Er erzeugte mit der Zunge schnalzende Laute, als mißbilligte er seine eigenen Aktionen. Was für ein Mann! Es fiel schwer, sich diese Drei-Zentimeter-Kerze vorzustellen – die nun sicher auf neun Zentimeter angewachsen war –, wie sie in einer rundum geschmierten Höhle ackerte; genauso schwer vorstellbar war der stille, gottesfürchtige Di Jones in einer Haltung, die so grundlegend anders war als die, welche er jeden Sonntag zu Hause einnahm.

So unwahrscheinlich das auch erscheinen mag, ich hatte endlich einen Ständer: achtzehn Zentimeter unternehmungslustiger Knorpel. Ich setzte mich auf das fürchterliche Bett. Die Frau ging dazu über, sich an mir zu reiben. Es war unmöglich, mit ihr irgendeine Art von Gespräch zu führen. So steif mein Schwanz auch war, so sehr ekelte sich der Rest meines Fleisches vor ihrer Berührung.

Ich war immer noch entschlossen, sie anzusehen. Ich zündete ein neues Streichholz an und packte ihr Handgelenk, ehe sie die Hand vor ihr Gesicht halten konnte – in einer Geste der Scham?

»Sieh mich an, du Luder!« Sie wandte den Kopf ab. Ich drehte ihr Handgelenk herum. Mit einem fast lautlosen Schrei blickte sie unterwürfig zu mir auf, beleuchtet von der flackernden Streichholzflamme.

Sie war nicht jung. Sie war auch nicht uralt. Sie war nicht schön. Ihr Gesicht war aufgedunsen und irgendwie formlos und erschien im Licht der Flamme gelblich. Ihr Haar hatte sie zu Zöpfen geflochten. Ihre Zähne machten einen gesunden Eindruck. Auf ihrer Oberlippe waren die ersten Spuren eines Schnurrbartes zu erkennen. Sie starrte mich mit einem undeutbaren Ausdruck an, und dann erlosch das Streichholz.

Was hatte ich vor einigen Sekunden erwartet? Horror oder Schönheit? Während ich kaum bewußt erlebte, was geschah, ließ ich mich von ihr auf das Bett hinunterdrücken; das war das beste Mittel zu verhüten, daß ich von ihr geküßt wurde. Die Laute von Di, das Gebrüll von Jock drangen zu mir, während ich mich dieser Behandlung ergab. Die alte Krähe war wieder nähergekommen und murmelte immer noch Anweisungen.

Meine Bibi, abgenutzt und mißbraucht von Hunderten von stinkenden, versoffenen und pockenverseuchten Saukerlen, stürzte sich regelrecht auf mich, wollte meine Haare streicheln und mein Hemd aufknöpfen, um meine Brust zu liebkosen und in meine Achselhöhlen zu fassen.

»Dort wirst du verflucht nochmal kein Geld finden«, erklärte ich ihr. »Jetzt komm endlich zur Sache.«

Mein Schwanz befand sich überhaupt nicht in einem Zustand der Unentschiedenheit. Er zuckte, als er ihren Atem spürte, ihren giftigen, stinkenden Atem, der ihn umfächelte. Seine Spitze schwoll noch mehr an, und er wurde von ihren Lippen umschlossen. Ihre Zähne und ihre Zunge liebkosten ihn, neckten ihn. Das mußte man dieser Schlampe lassen: Sie war in ihrem Gewerbe ausgesprochen gut. Ich lag ausgestreckt da und starrte auf ihren dunklen, gesichtslosen Kopf hinunter, während sie es mir besorgte.

Wenig später stolperten wir wieder die Straße entlang, irgendein Lied gröhlend und uns unter lautem Gelächter ausmalend, wie wir Ali Arschloch abfertigen würden, wenn wir zu Jocks Lastwagen zurückkamen.

Am nächsten Morgen nach dem Appell hatten wir eine Stunde Drill auf dem Exerzierplatz. Ich wurde ständig von Sergeant Meadows angeblafft.

Einerseits war ich verärgert und enttäuscht, daß der Kontakt mit der Bibi so rein geschäftlich, so oberflächlich gewesen war – nun, ich hatte ihre Spalte weder gesehen noch berührt; andererseits hatte ich zum ersten Mal in meinem Leben in dieser Weise mit einem Mund Bekanntschaft gemacht, war ich zum ersten Mal »gefressen« worden, was zweifellos ein entscheidender Schritt in Richtung Reife war. Einerseits war dieser Vorgang erniedrigend gewesen: Die kauernde Haltung ihres Körpers, als sie sich über meinen Bauch beugte, hatte in jeder Hinsicht Erniedrigung, Unterwürfigkeit ausgedrückt, und daher war auch ich erniedrigt worden. Andererseits, war ich dabei nicht derart intensiv mitgerissen worden, daß ich sogar mein Gesicht in der stinkenden Decke vergraben hatte?

Es war alles so materialistisch, so voll Geldgier gewesen! Ich stöhnte noch immer lustvoll, als die alte Krähe Geld von mir verlangte. Jock brach wegen des Geldes einen Streit vom Zaun und behauptete, ihm werde zu viel abverlangt. Und als ich auf den Treppenabsatz kam, trafen vier betrunkene britische Soldaten – nicht von den Mendips – Anstalten, unseren Platz einzunehmen, als wäre dies die Schlange an einem Imbißstand. Was konnte abscheulicher sein?

Kein Wunder, daß ich an diesem Morgen auf dem Exerzierplatz niemals richtig im Gleichschritt ging. Ich dachte an meinen Vater, wie er zu mir aufsah, während ich auf den Bus aufsprang. »Bleib ein anständiger Junge und besuch keine Freudenhäuser« – hatte er das tatsächlich gesagt? Und ich dachte an sein Gesicht, ängstlich, besorgt, das immer kleiner wurde, während der Bus die Straße hinunterfuhr. Vielleicht hatte er auch gesagt: »Trink nicht zu viele Flaschen leer.«

Nach dem Appell und einem letzten Anschiß von Charley Meadows wurden wir zum Arbeitsdienst eingeteilt. Ich ging zu der Stelle, wo der 1. Zug, die Füße an einer Mauer hochgestellt, es sich zum Rauchen gemütlich gemacht hatte, und hielt nach Di Ausschau.

Wir saßen nebeneinander, zogen an unseren Zigaretten, und er fragte mich leise: »Wie geht es dir heute morgen?«

»Prima! Ich habe zwar einen kleinen Kater, und mein Freund ist etwas wund, ansonsten geht's mir blendend.«

»Mal ehrlich, Horry! Es tut dir nicht leid, daß ich dich gestern abend mitgenommen habe?«

Demnach meldete sich jetzt sein walisisches Gewissen.

»Di, ganz unter uns, wie war denn deine Bibi?«

»Und deine?«

»Nun, okay.«

»Keine faltige alte Krähe?«

»Nein – nein, überhaupt nicht. Ein hübsches kleines Ding, wirklich. Es ist schwer zu sagen, aber ich würde meinen, sie war achtzehn oder neunzehn. Ich hab's ihr richtig besorgt. Ihr hat's gefallen!« Ich stöhnte selig auf, um ihm anzudeuten, welche Lust ich genossen hatte. »Ich hätte es gleich nochmal gemacht, wenn ich mehr Geld mitgehabt hätte. Bist du denn zum Zug gekommen?«

Er blickte etwas verdrossen drein. »Du hast es offenbar besser getroffen als ich. Ich hatte das verdammte Pech, durch die falsche Tür zu gehen...« Er zögerte. »Sie war eine angemalte alte Schachtel, das muß man schon sagen... Ich hatte Angst, mir bei ihr etwas einzufangen. Daher – na ja, daher setzte ich mich nur auf den Bettrand und ließ mir von ihr einen runterholen. Das erschien mir am sichersten. Aber erzähl das Jock nicht, ja? Er würde mich nur auslachen. Und sie hatte Hände wie Sandpapier, die hatte sie wirklich.«

Ein wenig beschämt durch seine Ehrlichkeit, klopfte ich ihm auf den Rücken. »Beim nächsten Mal hast du dafür mehr Glück.«

»Eigentlich müßte es ordentliche Regierungspuffs geben, das wäre was, so wie die bei der italienischen Armee.«

»Haben die Italiener denn von der Regierung kontrollierte Freudenhäuser?«

»Wie geleckt saubere Einrichtungen, sie werden jede Woche kontrolliert. Und wie ich hörte, warten dort richtig hübsche Mädchen. Aylmer erzählte, daß italienische Offiziere und Mannschaften alle in die gleichen Puffs gehen. Natürlich, sie sind römisch-katholisch...«

Diese faszinierende Unterhaltung wurde unvermittelt beendet, als Warren und Dutt sich auf uns stürzten. Di mußte in die Verpflegungsausgabe, und mir verpaßte man den Auftrag, die Eimer an den verschiedenen Brandbekämpfungsstationen im Lager aufzufüllen.

Während ich mich in diese wichtige Aufgabe vertiefte und mir dabei so viel Zeit wie möglich ließ, hörte ich einen durchdringenden Pfiff. Jock McGuffie lehnte sich aus einem Fenster des Küchenbaus. Ich winkte und bedeutete ihm mit entsprechenden Gesten, daß ich zu tun hatte. Nach einer Weile sah ich ihn auf mich zukommen, wobei sein Gesicht im hellen Sonnenschein noch farbloser wirkte als je zuvor.

Jock begann schon zu reden, als er noch einige Meter von mir entfernt war. »Was soll das, willst du unbedingt befördert werden, Stubbs, daß du hier wie ein Verrückter in der Hitze rumrennst? Du mußt richtig dienstgeil sein, oder warum bist du nicht zum Küchenzelt rübergekommen, als ich dir gewinkt habe? Ich hab' bei den dämlichen Köchen nur eine Tasse Tee geschnorrt, nachdem die Huren mir gestern abend meinen letzten Anna abgeknöpft haben – allerdings ist die Brühe, die sie ausschenken, nicht viel besser als Spülwasser.«

»Was soll man anderes erwarten, wenn eine Sau wie Rusk damit herumpanscht?«

»Och, der alte Rusty ist gar nicht so übel, wenn man bedenkt, daß er aus Carlisle kommt, dem schlimmsten von allen Löchern. Wenigstens steckt er einem schon mal ein Eigelb zu, was man von dem dicken fetten Kochsergeant nicht gerade behaupten kann. Ich hatte mal einen Kumpel, der hat es seiner Frau ein- oder zweimal besorgt, und der meinte, daß sie genauso fett und schmierig war wie er.«

Zwei Minuten später saßen wir in der Kantine, hatten zwei Glas Bier vor uns stehen, und Jock erzählte mir von einer uralten Fehde zwischen den Sergeants Gowland und Meadows, in die er selbst verwickelt gewesen war.

»Der beschissene Gowland sagt: ›Dir ist doch klar, daß du ganz schön lange in den Bau wandern kannst, wenn du auf Wache schläfst, oder?‹ Und ich antworte: ›Ich hab' nur meine Augen ausgeruht, und Ihre Taschenlampe hat mich geblendet. Fragen Sie meinen Kumpel Morris, der kann es Ihnen bestätigen.‹ Also brüllt er nach meinem Kumpel Morris –«

»Die haben es wohl immer auf dich abgesehen, was, Jock?«

Er brach mitten im Satz ab und musterte mich argwöhnisch. »Willst du dir Geld leihen? Ich hab' dir doch gesagt, du bezahlst das Bier, und ich gebe es dir zurück. Sie haben mich immer auf dem Kieker – die suchen sich verdammt nochmal immer ein Opfer, daran liegt das. Wenn du das falsche Gesicht hast, dann hängst du ständig in der Scheiße, und dann muß man sich eben wehren, so gut es geht.«

»Gestern abend war doch alles in Ordnung, nicht wahr?«

»Genauso wie an jedem anderen Abend!« Er war immer noch mißtrauisch, nahm sich eine von meinen Zigaretten und zündete sie an. Es war kühl und still in der Kantine, in der eine Fliege umhersummte und einem die Stille bewußt machte. Die Laute einer exerzierenden Truppe drangen aus der Ferne herüber.

»Wie war denn die Bibi, die du hattest?«

»Wie sie war? Was meinst du damit? Sie war gut genug für eine Nummer. Eine Frau ist doch so gut wie die nächste, wenn du mich fragst.« Indem er die Zigarette mit einer schnellen Bewegung aus dem Mund nahm, wechselte er das Thema. »Paß auf, Stubby, du weißt bestimmt schon, daß diese Scheißeinheit nicht mehr lange Nummern schieben wird.«

»Wie das?«

»Herrgott im Himmel! Du bist heute morgen aber benebelt! Ihr beschissenen Engländer, ihr führt ein so schlappes Leben, daß euch die Gehirnwindungen in euren dicken Köpfen verkleben. Wir gehen bald an die Front, und zwar mitten in den beschissenen Dschungel, um uns mit den Japsen herumzuschlagen.«

»Klar, deswegen sind wir ja hier, um Krieg zu führen, oder etwa nicht?«

Er zog heftig an seiner Zigarette. »Du vielleicht, Kumpel, ich nicht.«

Ich mußte lachen. »Na komm schon, Jock, wir dienen dem König und unserem Vaterland und so weiter!«

»Och, was hat denn dieser beschissene König jemals für mich getan? Ich habe jedenfalls nicht vor, für ihn meinen Hals zu riskieren, das kann ich dir flüstern.«

»Du kennst ja die Gerüchte – seit von Arakan nicht mehr die Rede ist, soll die 2. Division wahrscheinlich nach Assam gehen. Eine andere Möglichkeit gibt es nicht.«

»Ach, Scheiße! Hör mir gut zu!« Er beugte sich vor und sah mich starr an. »Ich sage dir, in einer Woche bewegt sich dieser ganze Haufen mit verschärftem Tempo in Richtung Osten, klar? Alle bis auf einige wenige. Und wer sind diese einigen wenigen?«

»Der Troß?«

»Genau. Die Nachhut. Und wenn du die richtigen Karten in der Hand hast, dann kannst auch du zur Nachhut gehören.«

Ich sah ihn zweifelnd an. »Ich denke, man könnte sich krankmelden und im Krankenrevier liegen, wenn die Truppe abmarschiert.«

»Krankenrevier? Bist du denn völlig meschugge? Die verlegen dich doch direkt in die Feldambulanz. Und ich kenne ein paar von diesen Sanitätern in der Feldambulanz – die könnten noch nicht mal einem Schwein einen Einlauf machen. Die schicken dich sofort wieder an die Front, selbst wenn du an Durchfall sterben mußt! Nein, du mußt zusehen, daß du zum Flankenschutz kommst. Ich will gar nicht so tun, als sei das einfach, aber es gibt da gewisse Möglichkeiten. Zuerst mußt du dir einen Offizier suchen.« Jock lebte in einer völlig anderen Welt als ich und sendete auf anderer Wellenlänge. Er ergriff meinen Arm. »Du glaubst wohl, ich verscheißer' dich? Hör zu, such dir deinen Offizier! Die sind auch nur Menschen, genauso wie du und ich, klar?«

Das war der reinste Aufstand gegen die Rangordnung in der Armee! Es war mir ständig eingebleut worden, daß Offiziere zu einer anderen Rasse gehören, und ich hatte keinerlei Grund, daran zu zweifeln.

»Ich sag's dir, die sind verdammt nochmal nichts anderes als Menschen, egal wie sie sich auch aufführen, wenn wir in ihrer Nähe sind. Einige von ihnen träumen von Tod und Ehre, und andere machen in die Hose, wenn sie nur daran denken, daß jemand auf sie schießen könnte – genau wie es bei allen anderen Menschen üblich ist. Dein Chef ist doch Gor-Blimey? Er ist einer von den Kerlen, denen es egal ist, ob sie sich weit hinter der Front zu Tode saufen.« Die ganze Zeit über, die wir in der Kantine saßen, waren Jocks kleine Frettchenaugen selten auf mich gerichtet, sondern meist auf den Eingang.

»Woher weißt du das alles, Jock?«

»Nun, ich kenne mich in Psychologie ganz gut aus. Man

muß in dieser Welt Augen und Ohren offenhalten, sonst bekommt man schnell ein Messer zwischen die Rippen.«

»Was warst du denn im zivilen Leben, Jock?«

Er sah mich kurz an. »Was hat das denn damit zu tun? Nun, ich habe euren Gor-Blimey überall herumgefahren. Er und ich, wir verstehen uns – ich kenne ihn genauso gut wie die Filzläuse an meinen Eiern. Diese Offiziere suchen sich die günstigen Posten genauso wie wir. Gor-Blimey ist genauso wenig scharf darauf, nach Burma zu gehen, wie ich. Meiner Ansicht nach ist er von allen Offizieren der A-Kompanie derjenige, mit dessen Hilfe man am ehesten einen Platz bei der Nachhut bekommen kann. Er sucht sich die Männer aus, die er dabei haben will. Und er nimmt die Männer, denen er vertrauen kann, Strategen, die genauso denken wir er. Also solltest du lieber zusehen, daß du schnellstens zur Nachhut abkommandiert wirst.«

»Und du?«

»Ich komme schon klar.«

»Und wie schaffe ich es, daß er mich auswählt?«

»Herrgott, du bist doch Funker! Zeig ihm, daß du auch noch ein raffinierter Hund bist! Ich muß jetzt weg – nach hinten raus, ich muß nämlich pinkeln.«

Er verschwand mit einem erstaunlichen Tempo, huschte hinter die Bar und durch den Hinterausgang nach draußen, ehe der indische Bursche protestieren konnte. Ich sah mich um. Wir waren um diese verhältnismäßig frühe Zeit die einzigen Gäste in der Kantine gewesen. Nun näherten sich Stiefeltritte, in zügigem Marschrhythmus. Jock hatte sie schon vor mir gehört. Ich saß in der Falle; Jock hatte sich aus dem Staub gemacht.

Die Tür ging auf, der Ruf: »Möpse frei!« ertönte, und Enoch Ford und Wally Page kamen hereinmarschiert, in vorschriftsmäßiger Haltung mit zackig schwingenden Armen, bis zu meinem Tisch. Hinter ihnen drängten sich noch einige weitere Soldaten herein.

»Kompanie, halt! Kompanie, rührt euch! Kompanie, wegtreten!«

Während sie sich im Raum verteilten, meinte ich zu ihnen, sie seien gerade rechtzeitig gekommen, um mir noch ein Bier zu spendieren.

»Du trinkst also schon allein, Stubbs?« sagte Wally. »Erzähl mir nur nicht, du bist nicht hinter deinen verdammten Streifen her!«

»Ich habe mit Jock McGuffie ein Bier getrunken.«

»Lieber Freund, laß dich mit dem am besten auf gar nichts ein, sonst zieht er dir am Ende noch die Hose aus, das sage ich dir. Der verrät einem ja noch nicht mal die richtige Uhrzeit, unser Jock McGuffie!«

Enoch kam mit den Bieren, wobei er etwas verschüttete. Wally informierte ihn: »Unser Freund Stubby hat sich mit Jock McGuffie einen genehmigt.«

»Das ist genau der Richtige für so was! Der sagt einem noch nicht mal die Tageszeit, unser lieber Jock. Der hat noch nie etwas für andere getan, und das stimmt, so wahr ich hier stehe. Wally wird es dir bestätigen.«

»Ich glaube euch Ärschen kein Wort. McGuffie ist in Ordnung – er weiß eben, wo es lang geht, und paßt auf, daß er nirgends aneckt.«

Wally setzte sich und stützte die Ellbogen auf den Tisch. »Du solltest mal deinen Schädel benutzen! Der Mistschotte ist sicher ganz schön auf Draht. Aber er zieht dir das Hemd aus, ohne daß du es merkst. Du hältst dich in letzter Zeit in ziemlich seltsamer Gesellschaft auf – dazu diese pockenverseuchten Reisfressergötter, daran liegt's. Wo warst du denn gestern abend?«

»Er war mit den Walisern unterwegs«, sagte Enoch. »Du hast einen netten Abend versäumt, Stubby, ehrlich! Dir ist Betty Grable in der Badewanne entgangen. Ich hätte nichts dagegen, ihr einen reinzuschieben, das sage ich dir!« Er vollführte eine Wichspantomime bis hoch zur Brust und schlug sich mit der anderen Hand in den Nacken.

»Ich kann mir Betty Grable jeden Tag ansehen. Und das gilt auch für ihre Scheißbadewanne – wir haben zu Hause selbst genug Bäder.«

»Dann bist du ja ein richtiges Glückskind, Kumpel, das muß ich sagen.« Enochs breites, strahlendes Gesicht hörte nicht auf zu lachen. »Wir in unserem Haus müssen nacheinander unter den Wasserhahn in der Küche und unsere Nachbarn auch. Aber bei Gott, nach dem Krieg wird sich das grundlegend ändern, das kann ich dir flüstern! Die Kommunistische Partei wird etwas für die tun müssen, die im Feld gedient haben, oder auf den Straßen fließt Blut!«

»Na schön, wir wissen alle, daß du aus dem Norden kommst«, meinte Wally. »Bei uns sind die Verhältnisse auch nicht viel besser. Wir alle haben uns in der Küche waschen müssen, genauso wie du, und dann mußten wir uns zu siebt ein einziges anständiges Bett teilen.«

»Dann ist es wohl an der Zeit, daß du aufhören solltest, Churchill und seine Bande zu wählen, oder nicht?« sagte Enoch.

»Churchill ist ganz in Ordnung – er kennt den Wert des Arbeiters.«

»Schmink dir das doch ab! Er hat während des Generalstreiks nur auf sie schießen lassen.«

»Das gute alte England wäre von den Krauts längst besiegt worden, gäbe es Churchill nicht, und das solltest du nicht vergessen.«

In diesen Diskussionen fühlte ich mich immer irgendwie fehl am Platze auf Grund meines Gefühls, daß ich einfach nicht genug erlitten hatte. Während ich ringsum Zigaretten anbot, duckte ich mich schon für den Fall, daß Enoch mich beschuldigte, wieder mal den Kapitalisten zu spielen; aber Enoch war an sich ein umgänglicher Bursche und dachte nicht daran, mich in Verlegenheit zu bringen. Er nahm meine Zigarette dankend an.

Als er bemerkte, daß ich noch immer nicht verraten hatte, wo ich den vorhergehenden Abend verbracht hatte, erzählte ich ihnen, daß ich nach Indore mitgenommen worden sei.

Wally fiel sofort über mich her. »Du bist wohl total bescheuert, Stubbs! Indore ist verdammt nochmal gesperrt! Das weißt du genau! Nur für Offiziere!«

»Ich sage euch, ich war in Indore. Ihr solltet euch mal die Ohren waschen!«

»Red nicht so 'nen Scheiß, Mann! Du warst doch niemals in deinen normalen Klamotten in Indore!«

»Dann muß es wohl das beschissene Blackpool gewesen sein, wo ich gestern abend gelandet bin.«

»Heilige Möpse!« rief Enoch. »Ich wünschte, Blackpool läge hier. Dann würdet ihr von mir nur noch 'ne Staubwolke sehen.«

»Was hast du denn in Indore getrieben? Hast wahrscheinlich furchtbar auf den Putz gehauen?«

»Wir sind mit Jocks Lastwagen hingefahren, um ein Bier zu trinken.«

»Säufst du schon mit den Fahrern, Stubbs? Du Schluckspecht, deine eigenen Kameraden sind wohl nicht mehr gut genug für dich! Das ist doch so, oder? Wie war denn das Bier?«

»Sehr gut.«

»Quatsch! ›Gutes Bier‹, sagt er. Du kriegst in ganz Indien kein gutes Bier. Nicht wie die Scheißglückspilze, die Italien befreien und das ganze Bier von den Krauts saufen können!«

»Und dabei auch noch die Itakermädels flachlegen dürfen!« sagte Enoch. Das war ein todsicheres Thema. Und ich stimmte in den Chor mit ein, den wir schon nach wenigen Wochen in Indien auswendig konnten.

»Die kriegen die Zigaretten aus England runtergeflogen und die Rationen und das Bier von den Yankees. Kein Wunder, daß sie dort festhängen, wo sie gerade sind – die sind doch viel zu besoffen, um zu kämpfen!«

»Und wenn du in Italien verwundet wirst, dann fliegen sie dich zurück in die Heimat – nicht in diesem beschissenen Burma. Du kannst in Burma abkratzen, aber glaubst du, daß jemand sich zu Hause darüber den Kopf zerbricht? Nee, und nochmal nee!«

Page lehnte sich imposant über den Tisch. »Da sagst du was. Wißt ihr, was Lady Astor im Parlament von sich gegeben hat? Daß jeder Kerl, der im Osten gedient hat, ein gelbes

Abzeichen tragen sollte, wenn er wieder in die Heimat zurückgekehrt ist.«

»Was, auch die Offiziere?« fragte Enoch.

»Nein, du Bauerntrampel, keine Offiziere – die Soldaten! Für den Fall, daß sie die Pocken hatten.«

»Und Churchill hat sicherlich in die gleiche Kerbe gehauen, da möchte ich fast wetten. Die beiden hängen doch zusammen, als hätten sie ein dickes Ding gedreht. Sie geht doch in Chequers ein und aus, als wäre es ihre eigene Hütte! Meint ihr denn, Churchill macht sich wegen der 14. Armee in die Hose?«

Zum erstenmal machte Wally ein besorgtes Gesicht. »Ich schätze, die haben uns zu Hause längst abgeschrieben, darauf könnt ihr Gift nehmen.«

»Natürlich haben sie das – das kann dir jeder sagen! Frag doch mal einen von den Typen, die aus Mandalay rausgekommen sind – die werden's dir schon erklären. Deshalb haben sie ja auch unsere ganzen Landefahrzeuge eingezogen! Wir sind eine vergessene Armee!«

Das war der magische Ausdruck, der durch ständige Wiederholung immer überzeugender wirkte und so viel Bitterkeit enthielt: eine vergessene Armee. Indem wir unser hartes Leben bejammerten, blieb meine abendliche Unternehmung weiterhin meine Privatangelegenheit.

Die Kantine füllte sich jetzt. Weitere Männer von unserer Gruppe versammelten sich an unserem Tisch, balancierten die Biergläser durchs Gedränge und zündeten sich Zigaretten an. Bald redeten wir nur noch von der Art und Weise, wie man uns die Landefahrzeuge weggenommen hatte; es wurde allgemein als persönliche Beleidigung angesehen. Nur Carter äußerte dazu eine andere Meinung.

»Es hat überhaupt nichts mit Indien oder Burma zu tun, wenn sie die gesamte Marine von diesem Kriegsschauplatz abziehen. Ihr Kerle begreift einfach nicht, daß wir mitten in einem Imperialistenkrieg stecken. Sie sammeln so viele Schiffe wie möglich rund um Europa, und dann, wenn Hitler geschlagen ist, greifen die Alliierten Rußland an!«

Nur Enoch meinte, daß das durchaus möglich sei. Der Rest blieb bei seiner Auffassung, daß wir geopfert wurden. Irgendwie war Indien an allem schuld; Indien mußte für alles herhalten. Und so landeten wir wieder bei den vertrauten Themen wie Ameisen, Schlangen, Geier, Hitzepickel und Dreck.

»So schlimm ist es doch gar nicht«, meinte ich.

»Du spinnst ja, Stubbs! Wir wissen alle, daß du mit den Eingeborenen rummachst!« schimpfte Wally. »Du wärst doch lieber in Kanchapur stationiert als in London!«

»Stimmt, ich wäre lieber in Kanchapur als auf der verdammten Ebene um Salisbury!«

Das Gelächter deckte mich regelrecht zu. Ich sah mich nach Unterstützung um. Bamber stand friedlich hinter uns, nukkelte an seinem Bier und sagte gar nichts. Seine Ärmel waren hochgekrempelt und entblößten das Durcheinander von Tätowierungen auf seinen Armen.

»Es gibt doch schlimmere Orte als Kanchapur, Bamber, oder meinst du nicht?«

»Alle Länder sind gleich«, sagte er. »Es gibt überhaupt keine Unterschiede zwischen ihnen, wenn man sie erst einmal richtig kennengelernt hat. Ist doch völlig egal, wo man ist. Ein Ort ist genauso gut wie der andere.«

Aber für die meisten von uns, die Bambers Erfahrungen nicht hatten, war es schon äußerst wichtig, wo wir uns aufhielten.

Die Gerüchte und Ängste machten sich wie der allgemeine Staub in unserem Lager breit. »Sie werden schon bald abziehen, Sahib«, erklärte Ali mir, als ich mir meine morgendliche Tasse Tee von ihm holte. »Sechs Tage noch, sieben vielleicht, und alle Männer gehen, und neue kommen nach Kanchapur.«

»Ich dachte, wir sollten hier draußen was vom Krieg mitbekommen. Wo geht's denn hin, Ali?«

»Japaner schlimme Leute, Sahib, fressen immer viel Land, töten gute Männer mit dem Gewehr und dem Bajonett. Das Mendip-Regiment muß sie aufhalten; wenn sie nach Indien kommen, bringen alle Leute um.«

»Nach Burma? Bist du sicher?«

»Ja, Sahib. Alle Mendip gehen nach Burma, erschießen japanische Soldaten. Sie schulden Ali eine Rupie sechs, Sahib.«

»Ich zahle am Freitag, Ali.«

»Ja, Sahib, danke, Sahib – dann keinen Kredit mehr. Kredit aus.«

Ich machte mich auf die Suche nach Captain Gore-Blakeley und meldete mich für einen Auffrischungskurs für Funker. Ich erwischte ihn in einem ungünstigen Augenblick, als er gerade das Kompaniebüro verließ.

»Bißchen spät für einen Auffrischungskurs, Stubbs, meinen Sie nicht? Wahrscheinlich sind wir schon bald im Einsatz, und das ist Ihnen doch klar? Sie wollen doch wohl nicht etwa zurückbleiben?«

»Natürlich nicht, Sir.« Mit dem Brustton der Aufrichtigkeit.

»Es wird sowieso niemand zurückgelassen.« Ganz beiläufig.

Er trat ins grelle Sonnenlicht und ließ mich einfach stehen, aber ich blieb am Ball.

»Ihre Personalakte ist nicht gerade die beste, Stubbs.« Sehr entmutigend.

»Das ist es ja, Sir!« Reinste Improvisation.

»Wie meinen Sie das?« Uninteressiert.

»Na ja, Sir, ich meine, ich hatte eben eine Pechsträhne, hab' ja meine Streifen verloren. Und jetzt, wo wir doch richtig im Einsatz sind, da will ich mich endlich mal zusammenreißen und es zu etwas bringen. Ich bin schließlich Berufssoldat, Sir. Ich dachte mir, wenn es in Neu-Delhi einen schnellen Nachhilfekurs gäbe...?« Bescheiden und dienstbeflissen.

»Sie sind doch nicht blöde, Stubbs, oder?« Ziemlich beleidigend.

»Sir?« Beleidigt.

»Sie haben doch gar nicht vor, ein anständiger Funker zu werden, nicht wahr?« Sehr kühl.

Wir gingen über den Exerzierplatz; ich blickte mit hochgerecktem Kinn stur geradeaus. Es schien auf seine Frage keine passende Antwort zu geben, als erneut »Sir?« zu sagen. Ich legte einen Hauch gespanntes Interesse hinein, um ganz auf Nummer sicher zu gehen.

»Ich werde sehen, was ich für Sie tun kann, Stubbs, aber Sie verstehen, daß ich Ihnen nichts versprechen kann.« Das war eine Überraschung.

»Danke, Sir!« Verblüfft.

»Wegtreten.« Unergründlich.

»Jawohl, Sir.« Ich trat angemessen schnell weg.

Ich sah mich schon in Neu-Delhi, wo ich tagsüber an meinem Kurs teilnahm und die Abende mit einem wunderschönen und reichen indischen Mädchen verbrachte, die Sprache lernte und die ganze Lebensart annahm – und ihn natürlich jeden Tag hineinschob. Indien war so riesig und kompliziert – vielleicht war es sogar möglich, auch für einen Angehörigen der Armee, im lebensprallen Gewimmel der Städte unterzutauchen und den tödlichen Gefahren zu entgehen.

Davon träumte ich.

Ich kam gerade mit Geordie aus der Kantine, wo er mir von seinen und seines Vaters Abenteuern in den Vickers-Maschinenfabriken in Newcastle erzählt hatte, als er plötzlich sagte: »Sieh an, es gibt mal wieder Ärger. Ich verschwinde lieber, Kumpel – du wirst mich sowieso nicht mehr brauchen. Da ist unser Sergeant mit den unsichtbaren Streifen, dein und mein Freund – Jock McGuffie!«

Das sagte er laut genug, so daß Jock, der auf uns zukam, wenigstens einen Teil davon mitbekam.

»Nun, warum sind die jungen Soldaten denn nicht beim Exerzieren oder damit beschäftigt, ihre Ledersachen zu weißen? So schaffen Sie bestimmt keine Beförderung, Geordie, wenn Sie den ganzen Tag in der Kantine herumsaufen, das kann ich Ihnen versichern. Haben Sie etwas dagegen, wenn ich mit unserem Stubbs ein paar persönliche Worte wechsle?«

»Willst du ihn wieder zu einer deiner Puffparaden mitnehmen, Jock?«

»Marsch an die Mutterbrust, Freundchen!«

Geordie nickte mir traurig zu und verzog sich in Richtung Kaserne.

Jock ergriff meinen Arm und sah mir ins Gesicht. »Diese Bastarde, diese abgewichste Bande von Arschlöchern! Die denken nur an ihre eigene miese Haut und an verdammt nichts anderes! Ich mach' sie fertig, das schwöre ich dir!«

»Was ist denn los, Jock?«

»Was los ist? Die haben dein Gesuch abgelehnt, das ist passiert!«

»Welches Gesuch?«

»Himmel, Arsch und Zwirn!« Er schlug sich mit der Hand vor den Kopf. »Welches Scheißgesuch? fragt er. *Dein* Gesuch, Mann! Dein Gesuch um Teilnahme an einem Funkerkurs in Neu-Delhi.«

»Ach das! Ich hatte sowieso nie angenommen, daß ich damit durchkomme. Gor-Blimey hat mir gesagt –«

»Dieser beschissene Gor-Fatzke! Paß mal auf, Kumpel, er hätte das Gesuch durchbringen können, wenn er es nur versucht hätte, das kannst du mir glauben! Dieser miese Bastard! Ich mach' ihn wegen dieser Sache fertig! Du wirst sehen, daß ich's tue!«

Ich lachte. »Laß nur, Jock! Ich spendier' dir ein Bier.« Ich wies auf die Kantine.

»Nein, da gehe ich nicht rein, da ist jemand drin, der mich nicht ausstehen kann. Wir gehen lieber rüber zum Magazin, wo mein alter Freund Norman arbeitet – der hat für uns ganz bestimmt was zu trinken. Aber diesem Gore-Blakeley zahle ich's heim, den mach' ich fertig, und wie –«

Während wir zum Magazin des Quartiermeisters gingen – ich eher widerstrebend, weil ich Corporal Norman mit seinen runden Schultern seit unserer ersten Begegnung nicht leiden konnte –, sagte ich: »Ich habe gar nicht erwartet, daß ich mit meinem Gesuch durchkomme. Gor-Blimey hat mich vorsorglich darauf hingewiesen, daß ich kein Glück haben würde. Burma ruft, Jock, und es ist wohl zu spät, um noch auszusteigen – daran hätten wir in England denken sollen.«

Seine Augen verengten sich. Er wurde sehr gefährlich. »Verlaß dich nur auf Jock McGuffie... Verlaß dich auf Jock McGuffie... Das ist alles, was ich sage! Bleib auf seiner Seite, und er paßt auf dich auf. Wir werden es schon schaffen, aus dieser Sache rauszukommen. Aber bei Gott, wenn ich dich nach Neu-Delhi gebracht hätte, dann hätten sie uns niemals mehr in den Dreck schicken können.«

»Du hattest es alles genau geplant, nicht wahr?«

»Natürlich hatte ich alles geplant – wofür hältst du mich eigentlich? Für einen totalen Idioten?« Wir hatten mittlerweile das Magazin erreicht, und er führte mich hinten hinein. »Aber ich habe andere Pläne, weißt du das? Ja, andere Pläne... Oben bei der Division arbeitet ein alter Kumpel von mir, den besuche ich heute abend. Er wird mir bei der Ausführung der kleinen Idee helfen. Keine Angst, Kamerad – wir revanchieren uns noch gründlich für diesen ganzen elenden Scheiß...«

Seine Stimme sank zu einem ordinären Knurren ab. Wir betraten das Gebäude. Das Magazin war ein kleines Lagerhaus, vollgestopft mit Regalen und Schränken, wo alles von Stacheldrahtrollen bis zu dicken wollenen Winterunterhosen, die für den Gebrauch in den Tropen völlig ungeeignet waren, aufgestapelt war, und zwar nach der in der Armee üblichen Ordnung, das heißt alphabetisch, so daß unter dem jeweiligen Anfangsbuchstaben alle möglichen Dinge beieinanderlagen, die der Verwendung nach um Welten voneinander getrennt waren, so zum Beispiel Rasierpinsel neben Reithosen, Klopapier neben Kochgeschirren, Waschschüsseln neben Winterstiefeln und so weiter.

Inmitten dieses dreidimensionalen Ausrüstungsalphabets lebte Corporal Phil Norman; der Geruch seiner ständig brennenden Zigaretten konnte bis zu einem Unterschlupf verfolgt werden, wo er zwischen Gasmasken, Bastmatten, Regenplanen, Uniformhemden aller Größen das Lager verwaltete, schlief und seine Freunde bewirtete.

Während Jock und ich zum vorderen Teil des Magazins schlenderten, wo ein indischer Helfer gerade Ausrüstungsgegenstände in Schränke stapelte, trafen wir Norman an. Er stand in Habtachtstellung da, und seine blassen Augen blickten furchtsam auf zu niemand anderem als Captain Gore-Blakeley persönlich.

»Jawohl, Sir! Jawohl, Sir!« sagte er eifrig und brüllte zwischendurch seinen Helfer an: »Ali, schlaf nicht ein, sieh zu, daß du die Westen ordentlich zusammenfaltest, ehe du sie hineinlegst!« Und wieder: »Jawohl, Sir! In Ordnung, Sir!«

Von der Anwesenheit unseres Kompanieführers in Unruhe versetzt, wandte ich den Kopf, um Jocks Reaktion festzustellen. Er suchte schnellstens das Weite, gab mir Zeichen, gab auch Norman über Gore-Blakeley hinweg Zeichen, verzerrte sein Gesicht zur Karikatur einer Warnung (für mich), absoluten Offiziershasses (für Norman) und totaler Unterwürfigkeit (für den Rücken des Captain). In diesem Augenblick wandte Gor-Blimey sich um und gewahrte uns; der Unterwürfigkeits- und Gehorsamsausdruck fror auf Jocks Gesicht ein, während er sich von einem Flüchtigen, der im Begriff war, durch die Hintertür zu verschwinden, in einen ordentlichen Soldaten verwandelte, der vortrat, um seinen Vorgesetzten vorschriftsmäßig zu grüßen.

»Tut mir leid, hier hereinzuplatzen, Sir, aber ich wollte gerade Corporal Norman wegen eines Transportproblems sprechen.« Jock marschierte an mir vorbei und baute sich vor Gor-Blimey auf, der ihn freudlos musterte.

Ich nahm hinter Jock ebenfalls Habtachtstellung ein, wobei ich bemerkte, daß seine linke Hand mir hinter seinem Rücken Zeichen gab.

»Ich wollte Sie sprechen, McGuffie.«

»Da bin ich, Sir.« Jock schaffte es, seinen Körper zu einer diensteifrigen Haltung zu krümmen, während er seine Habtachtstellung beibehielt.

»Das sehe ich sehr wohl. Es geht um die Auslieferung eines Schreibtisches an den Posten in Indore. Ich glaube, das war Ihre Aufgabe.«

»Schreibtisch? Ach ja, Sir, der Schreibtisch! Nun, Sir, Sie haben völlig recht, sich darüber zu beschweren – tatsächlich habe ich selbst mich schon deshalb beschwert, und zwar heute morgen, wie es der Zufall will –«

Gor-Blimeys Gesicht war ausdruckslos. »Nun, ich erfuhr davon nach dem Frühstück, McGuffie. Melden Sie sich noch vor dem Appell in meinem Büro. Jetzt muß ich Corporal Norman noch einige Anweisungen geben.«

»Ich verstehe, Sir. Nichts für ungut, Sir, aber ich habe im Augenblick selbst eine Menge zu erledigen –«

»Wegtreten!«

McGuffie salutierte stramm, machte kehrt und schnitt mir wilde Grimassen, während er an mir vorbeiging. Ich faßte sie als Aufforderung an mich auf, ebenfalls abzuziehen.

Während ich mich also ebenfalls zum Gehen wandte, sagte Gore-Blakeley: »Stubbs, ich brauche Sie.«

»Sir!«

»Stehen Sie bequem.«

Ich stand da, während er sein Gespräch mit Norman fortsetzte. Es war ein technischer Disput, der mit Überschußmengen zu tun hatte, mich aber nicht weiter interessierte. Norman hatte sich soweit entspannt, daß eine brennende Zigarette in seiner Hand auftauchte, während er und der Captain sich über ihre Listen beugten. Das Wort Nachhutabteilung ließ mich etwas genauer hinhören. Norman gehörte zur festen Besatzung in Kanchapur; er hatte dafür zu sorgen, daß unsere Kompanie mit gesichertem Nachschub ausrückte.

»Diese Angelegenheit können wir Sergeant McGuffie überlassen«, sagte Gor-Blimey. »Und ich möchte, daß Stubbs bei der Nachhut ist. Der Ortskommandant meint, man solle ihm die Chance geben, sich seine Streifen zurückzuholen.« Er wandte sich unvermittelt zu mir um: »Stubbs, da wir schon in Kürze aufbrechen werden, wurde Ihr Gesuch um Teilnahme an einem Wiederholungskurs vom Stab der Brigade abgelehnt. Alle Kurse sind ab jetzt gestrichen, und zwar im Bereich der ganzen Division!«

»Sir!«

»Werden Sie gleich zum Einsatz kommen, Sir? Wissen Sie etwas darüber?« wollte Norman wissen.

»Es ist allgemein bekannt, daß die 2. Division, die zur Zeit über den ganzen Subkontinent verteilt ist, nach Osten marschiert.«

»Ich glaube, die 2. Division wird in Arakan einziehen, Sir.« Norman sagte das in einem Ton, als wolle er damit darauf hinweisen, daß Gor-Blimey längst einen meisterhaften Plan entwickelt hatte.

»Das unterliegt nicht meiner Entscheidung.«

»Natürlich nicht, Sir. Es ist ein furchtbares Land. Das Grab des Weißen Mannes.«

»Die 14. Armee ist dafür ausgebildet, überall zu kämpfen.«

»Natürlich ist sie das. Unglücklicherweise gilt das aber auch für die Japaner.«

Gore-Blakeley sagte jetzt zu mir: »Wenn wir alle heil aus Burma herauskommen, dann sollten Sie sich für einen Wiederholungskurs melden.«

»Jawohl, Sir.«

»Lassen Sie sich nicht mehr in Streitigkeiten verwickeln, Stubbs. Sie werden Ihren Kampfgeist jetzt in Burma beweisen können.«

»Sir, ich glaube nicht, daß ich einen besonders ausgeprägten Kampfgeist besitze.«

»Unsinn, Mann, keine Widerrede! In Ihnen flackert gelegentlich ein Funke von Nonkonformismus auf, Stubbs, stimmt's? Ich habe die Bilder über Ihrem Bett gesehen, diese widerwärtigen Hindugötter.«

Dazu konnte ich nicht viel sagen. Die meisten von uns hatten Bilder über ihren Betten hängen, vorwiegend Mädchen, die aus dem »Daily Mirror« oder aus »Liliput« ausgeschnitten waren; sie gehörten zur üblichen Wichsausstattung, wie scherzhaft gesagt wurde. Zwischen meinen nackten Schönheiten lauerten der Affengott und andere böse Gottheiten, die ich trotz allem Spott nicht heruntergenommen hatte.

»Interessieren Sie sich für Hindugötter, Stubbs?«

»Ich denke schon, Sir, man könnte so sagen.« Ich war auf meine Art so flexibel wie McGuffie, wenn es darum ging, mich einer der Situation angemessenen Sprache zu bedienen.

Gor-Blimey sah mich nur an, dann meinte er: »Ich werde die Nachhut führen, wenn wir aus Kanchapur abrücken. Dabei wird ein Funker gebraucht. Sie werden Corporal Dutt unterstellt. Okay? Ihren Befehl erhalten Sie in ein oder zwei Tagen.«

»Sehr wohl, Sir.« Himmel nochmal!

Er schickte sich an zu gehen. Norman tauchte wieder aus dem Halbdunkel auf und drückte einen Zigarettenstummel aus, während er sich näherte.

»Wenn ich noch einen Vorschlag machen dürfte, Sir, da ich schon viele Nachhutabteilungen von hier habe abrücken sehen und manchmal miterleben mußte, daß Ausrüstungsgegenstände gestohlen wurden – Sie wissen ja, wie das so geht, Sir. Es wäre vielleicht von Nutzen, einen zuverlässigen Fahrer zu bekommen. Ich könnte Ihnen da McGuffie empfehlen, der sich gerade in solchen Fällen bewährt hat.«

»Wie zuverlässig ist er denn?«

»Nun, er ist ausgesprochen zuverlässig, Sir, und außerdem kennt er so gut wie jeden hier.«

»Schön, ich rede heute nachmittag mit ihm.«

»Danke, Sir! Dann überlasse ich das Ihnen.«

Gor-Blimey verschwand nach den üblichen Ehrenbezeugungen.

Norman nickte mir herablassend zu. »Das ist noch mal gut gegangen!« Indem er den Kopf abwandte, schaffte er es, seine Zigarette noch einmal anzuzünden, ohne sich die Nase zu versengen.

»Wie meinst du das?«

»Wie ich es gesagt habe – eine Minute lang stand alles auf der Kippe. Ich dachte schon, der Scheißer wolle dir an den Kragen. Dem würde ich nicht weiter trauen als bis ans Ende meiner Nase.«

»Du kannst mich mal!«

»Sag mir nicht, was ich dich kann, Freundchen! Du hast schließlich eins auf den Deckel gekriegt, und das solltest du nicht vergessen.«

»Ich verpass' dir gleich eins in die Fresse!«

Er wies mit einem nikotingelben Finger auf seine Balken am Ärmel. »Was meinst du denn, was das ist? Eine Verzierung, daß ich den Mädels gefalle? Paß mal auf, Kumpel, ich habe nichts gegen dich, aber du willst doch 'ne ruhige Kugel schieben? Ich dachte, Jock ist ein Freund von dir.«

»Und wenn er es ist?«

»Nun, dann solltest du für deine Kumpels auch mal ein Wort einlegen, oder? So wie ich das getan habe. Wenn du in dieser Armee weiterkommen willst, dann solltest du ganz schnell erkennen, wer deine echten Kumpels sind, und dich mit ihnen gut stellen und dich um die anderen Jungs in der Truppe einen feuchten Schmutz scheren.«

»Ich werd' dran denken.«

Er hatte sich mittlerweile hinter seine Theke verzogen, stützte sich mit beiden Händen darauf und inhalierte den Rauch seiner Zigaretten. »Und ich sag' dir noch eins. Benimm dich ja anständig, wenn ich in der Nähe bin, sonst bekommst du ganz großen Ärger, klar?«

In diesem Augenblick dachte ich nur noch daran, schnellstens aus dem Magazin zu verschwinden und eine Lunge voll frischer Luft zu genießen, die nicht nach muffigen Uniformen stank. »Ich habe nicht vor, Ärger anzufangen. Ich bin mit Jock total friedlich hergekommen, oder nicht? Warum regst du dich plötzlich so auf? Du hast dich doch vor nicht mal zwei Minuten einem Offizier an den Hals geworfen.«

»Dieses Magazin ist tabu für jeden, bis auf meine Freunde. Und noch eine Sache, du redest mich mit Corporal an, verstanden? Nimm dich bei mir ja in acht, Freundchen, denn ich kann manchmal richtig gemein werden. Ich hab' hier im Lager eine ganze Menge Freunde, mehr, als du vielleicht glaubst, klar? Was wollte Jock überhaupt?«

»Etwas wegen eines Kerls beim Divisionsstab, glaube ich.«

»Welcher Kerl bei der Division?«

»Das hat er mir nicht verraten. Kann ich jetzt gehen?«

Er nahm die Kippe aus dem Mund und massierte sich die Nase. »Worauf wartest du noch?«

Man konnte die echten Berufssoldaten sofort erkennen, dachte ich. Sie bildeten eine eigene Armee innerhalb der Armee. Leute wie McGuffie, der abscheuliche Norman und Rusk im Küchenzelt waren Berufssoldaten aus Neigung. Wehrdienstpflichtige wie Wally Page und Enoch und Geordie waren im Vergleich mit ihnen unschuldige Kinder. Es war genauso wie bei den alten Knastbrüdern und den erstmals Verurteilten im Gefängnis.

Unser Gefängnis spuckte uns aus in Richtung Burma und in den Krieg, für den wir ausgebildet worden waren. Ali bestätigte es. »Zuerst gehen Sie nach Kalkutta, Sahib, dann über den Bramaputrafluß und weiter nach Burma.« Aber ähnliche Geschichten erzählte Ali schon seit ein paar Wochen.

Die Atmosphäre in der Kaserne veränderte sich allmählich. Wir konnten die Geräusche des Dschungels hören. Sie ließen unsere letzten Tage in Kanchapur unwirklich erscheinen.

Ich schaffte es, einen Brief nach Hause zu schreiben. Ich machte einen Spaziergang vor den Toren von Kanchapur, fertigte eine oder zwei grobe Zeichnungen von der Landschaft auf der Rückseite eines Funktelegramms an – die letzten Reste einer Kunst, die ich hauptsächlich wegen Veronika erlernt hatte. Ich spielte Fußball, ich trank, lachte, fluchte und war entschlossen, ein letztes Mal mit einer Frau zusammenzusein, ehe wir an die Front zogen und in Stücke gerissen wurden.

Die abendlichen Besäufnisse wurden immer zügelloser, die Morgenläufe immer anstrengender. Am vorletzten Abend, bevor der Hauptteil der Truppe Kanchapur verließ, war ich fast vollständig pleite und ging mit Aylmer und Geordie runter ins »Vaudette«, wo wir uns in die Sitze für vier Annas zwängten und uns Humphrey Bogart in »Casablanca« ansahen.

Als wir anschließend wieder rauskamen und in der anbrechenden Abenddämmerung standen, pfiff Geordie reichlich falsch den Titelsong des Films, wozu einige heftige Aktionen seines Adamsapfels notwendig waren. Ich versuchte gerade herauszubekommen, ob wir genug Geld zusammenkratzen konnten, um uns drei Bier zu genehmigen. Und was summte Aylmer da vor sich hin, halblaut und kaum zu erkennen? »Könnt' ich dich vor mir stehen sehen…«

»Was ist das denn für ein Scheiß, den du da singst?« fragte Geordie.

»Ein Song, den ich und meine Frau mal sehr gern gehabt haben«, sagte Aylmer ausweichend.

»Du hast uns nie erzählt, daß du verheiratet warst«, meinte ich.

»Sie starb vor zweieinhalb Jahren bei einem Bombenangriff. Ihr könnt mich ja irgendwann mal abends besoffen machen, dann erzähle ich euch alles.«

Wir gingen in unser Stammcafé und setzten uns an einen Tisch in einer Nische. Ich staunte innerlich bei der Vorstellung, daß Aylmer verheiratet gewesen war. Die Ehe war damals etwas, worüber ich nicht im entferntesten nachdachte. Obgleich ich – wie weit lag das schon zurück! – Virginia die Ehe angetragen hatte, konnte ich mir überhaupt nicht vorstellen, wie es war, mie einer Frau eine derart lange Beziehung einzugehen. Würde ich jemals zu so etwas bereit sein?

»Die Bombenangriffe waren eine ganz schöne Scheiße«, meinte Geordie, nachdem wir dank seiner letzten Rupie drei Bier hatten bestellen können. »Ich glaube, wir sollten von den Deutschen nicht eher ablassen, als bis wir jede ihrer Städte dem Erdboden gleichgemacht haben, so wie sie es mit London taten. Das ist natürlich nur meine persönliche Meinung.«

»Eines hat Burma ja trotz allem für sich – wenigstens haben weder die Japaner noch wir genügend Flugzeuge.«

»Da hast du ganz recht. Was haben wir denn schon? Eine lausige Staffel Spitfires.«

»Sind es mittlerweile nicht schon zwei?«

»Du bist in der vergessenen Armee, mein Freund, und das solltest du nicht vergessen!«

»Stimmt genau, die vergessene Armee – Großbritanniens beschissene Fremdenlegion.«

»Genauso ist es! Komm zur Armee und lerne die Welt kennen!«

»Ich habe aber nicht vorgehabt, das zu Fuß zu machen.«

Während Geordie und ich uns auf diese Weise den Ball zuwarfen, tranken wir, Aylmer redete nicht viel. Wir qualmten wie die Landsknechte, die Kellner wieselten durch den Saal, ein Ventilator wedelte uns warme Luft um die Ohren, und es war insgesamt ein angenehmer Abend. Wir waren weit weg von Indien, aber mittlerweile hielt ich das für eine Selbstverständlichkeit.

»Ihr wißt ja gar nicht, wie das mit den Bombenangriffen wirklich war«, sagte Aylmer. »Ich war am Hyde Park stationiert – ich habe alles gesehen. Ich könnte euch furchtbare Geschichten erzählen ... Es ist schon erstaunlich, was Menschen einander antun können. Wie die Wilden im Urwald!«

Geordie meinte: »Sergeant Meadows' Haus wurde auch getroffen und flog in die Luft. Zu schade, daß er gerade nicht daheim war.«

»Das ist doch gar nichts! Ich kannte einen Kerl, der wurde von einer Bombe beschnitten.«

Geordie und ich brachen in schallendes Gelächter aus. Wir hätten beinahe unser Bier verschüttet und liefen im Gesicht rot an. Dann beruhigten wir uns, sahen einander an und platzten wieder los. Es geschah nicht oft, daß Geordie so viel lachte.

»Jetzt reagiert doch nicht so beschissen! Ich sage euch die Wahrheit«, bekräftigte Aylmer. »Er wurde von einer verdammten Bombe beschnitten. Es geschah in einem Pub in Bermondsey. Er hielt sich mit seinen Freunden in der Bar auf und soff, und dann wollte er wohl mal einen Strahl lassen. Es war kurz vor eins, Polizeistunde. Er geht also ins Herrenklo, steht da und macht seinen Bach, und plötzlich, rums, kippt die ganze Wand vor ihm um, und er sieht nichts als ein großes schwarzes Loch – dabei pinkelt er noch immer!«

Als wir uns die Situation vorstellten, ging unser Gelächter wieder los, bis Aylmer fortfuhr: »Natürlich war er ziemlich fertig, weil er noch nicht mal die Bombe hatte runterkommen hören. Er guckt auf seinen Schwanz und stellt fest, daß er blutet und zugleich pinkelt. Also, da hatte ein Stück herumfliegendes Glas ihm die Vorhaut fein säuberlich abgeschnitten – ansonsten war der Bursche völlig in Ordnung, keinen Kratzer hat er abbekommen.«

Wir lachten, aber ich fühlte mich nicht besonders wohl; zu diesem Zeitpunkt hatte ich noch immer nicht den Abscheu vor meiner eigenen Beschneidung überwunden. Immer wenn ich auf die verräterische runde Spitze sah, hatte ich das Gefühl, daß mir etwas ganz Besonderes fehlte. »Ich habe eigentlich nie verstanden, warum einer beschnitten wird«, sagte ich.

»Christus war beschnitten«, erzählte Geordie. »Sie bewahren seine Vorhaut noch immer im Vatikan auf. Ein Kerl in der Fabrik hat es mir einmal erzählt.«

»Red keinen Scheiß! Immer noch nach so vielen Jahren? Die ist doch längst weggemodert.«

»Die Vorhaut Christi vermodert nicht. Sie ist ewig, genauso wie er selbst. Wie dem auch sei, die Leute im Vatikan bewahren sie in einem Silberkelch auf. So hat der Knabe in der Fabrik es mir erzählt. Ich bin jedenfalls sicher, daß er es so gesagt hat. Pilger unternehmen spezielle Reisen, um sie anzusehen – ihr könnt ja mal die Katholiken fragen. Wenn man Christ ist, muß man beschnitten werden, genauso wie die Juden.«

»Juden sind keine Christen.«

»Sie sind eine bestimmte Art von Christen. Sind sie nicht irgendwie auch christlich, Jack? So genau weiß ich es nicht.«

»Aber sogar die Afrikaner werden beschnitten, und die sind keine Christen«, sagte Aylmer. Er fing mit einer seiner geschichtlichen Lektionen an und schilderte, wie die Jungen bei den afrikanischen Stämmen an besonderen Orten mehrere Monate eingesperrt waren bis zum Tag der großen Zeremonie, wenn der Medizinmann sie aus dem Gefängnis herausholte und die Operation an ihnen vornahm. »Bis dahin sind sie schon recht große Burschen – fünfzehn oder sechzehn Jahre alt, und ihre Schwänze bluten wie Schweine, denen man die Gurgel aufgeschlitzt hat. Einige sterben sogar nach ein oder zwei Tagen.«

»Verdammte Hölle!« sagten wir, bestellten noch ein paar Bier und warfen den Rest unseres Geldes auf den Tisch.

»Das einzige Gegenmittel ist, sofort mit einer Frau aus dem Stamm den Geschlechtsverkehr zu vollziehen. Die Säfte der Vagina haben eine heilende Wirkung, und wenn man Glück hat, dann ist man anschließend wieder völlig in Ordnung. Oder man verblutet.«

»Verdammte Scheißkerle!« schimpfte Geordie. »Die Menschen tun einander verdammt schlimme Sachen an, wenn man es sich einmal genau überlegt...«

Am nächsten Morgen begann der letzte Tag, bevor die Hauptmacht aus Kanchapur abzog. Das Vorauskommando unter Captain Hale war bereits abgerückt.

Als wir von unserem Dauerlauf vor dem Frühstück zurückkamen, sagte Geordie: »Ich dachte, wir bekämen Aylmers Geschichte zu hören, wie seine Frau von der Bombe weggeputzt wurde. Du hast dich ein bißchen blöd angestellt. Ich dachte wirklich, gleich legt er los.«

»Ich hab' die Geschichte noch nie gehört. Was ist denn überhaupt mit seiner Frau passiert?«

Geordie sah sich um, vielleicht sammelte er so seine Energien für eine besonders farbige Schilderung.

Während wir unser Drillichzeug auszogen, erzählte er: »Ach, er und seine Alte waren in ihre Bude zurückgekehrt – oder eine Wohnung, hat er, glaube ich, gesagt. Wie dem auch sei, sie waren jedenfalls ein bißchen betrunken an dem Abend, als es passierte – er hatte wohl Urlaub. Sie gingen jedenfalls ins Bett und schliefen sofort ein, und als er aufwachte, stürzte die Decke ein – sie kam richtig runter, glaube ich –, und er schlief wieder ein, weil er so besoffen war, und als er am Morgen wieder wach wurde, da war ein Riesenbalken schräg übers Bett gefallen, und seine Alte lag tot darunter, völlig zerquetscht von einem Eisenträger.« Er lachte. »Ein armes Schwein. Das reicht wirklich aus, um jeden total fertigzumachen.«

Wir schnappten uns unser Eßgeschirr und das Besteck – in

Kanchapur durften wir zum Frühstück halbbekleidet in die Messe kommen.

»Er bekam den verdammten Träger nicht von ihrer Brust runter, wie sehr er auch dran zerrte, daher versuchte er, durch die Tür hinauszukommen, aber die wollte sich nicht öffnen lassen, denn die Bombe hatte die ganze Treppe weggerissen und die Tür versperrt. Deshalb ging sie nicht auf. Er geht also zum Fenster und fängt an zu rufen, aber draußen ist nur ein Riesenkrater. Man versucht eine Leiter heranzuschaffen, die Nachbarn oder wer auch immer, aber der Krater ist im Weg, und die Feuerwehr kann wegen der Trümmer auch nicht durchkommen. – Hau ab, Page!«

Das sagte er zu Wally, der herangelaufen kam, als wir die Treppe hinuntergingen und uns beiden je einen saftigen Hammer auf den Oberarm verpaßte.

»Erzählt er dir wieder einen großen Scheiß, Stubby? Du solltest dir diesen Bastard mal zur Brust nehmen – der klaut sich ständig unsere Rasierklingen.«

»Er hat mir von Aylmer und seiner Alten erzählt, als sie von der Bombe getötet wurde.«

»Ach das! Diese Scheißnummer! Das reicht einem bald! – Meinst du denn, unser alter Jack wäre der einzige Bursche, dem seine Alte weggestorben ist?«

»Nun erzähl schon weiter, Geordie! Was ist denn nun mit ihm in seinem Schlafzimmer passiert?« fragte ich.

»Nicht viel«, sagte Geordie, während wir in die Messe marschierten und uns an der Schlange Männer anstellten, die darauf warteten, daß Rusk endlich seine Kelle schwang. Er sah sich um und versuchte, den Faden der Geschichte wiederzufinden. »Er hing den ganzen Tag in dem Schlafzimmer fest, mit seiner toten Alten im Bett, das voller Blut war. Er drehte fast durch. Es fing an zu regnen, und es war mittlerweile Mittag geworden, und der Regen rauschte durch die Decke, denn das Dach war von dieser dicken Bombe weggerissen worden, und so verbrachte er die ganze Zeit, und als sie ihn schließlich befreiten, versuchte er den Regen von seiner Alten abzuhalten.«

»Himmel, ich wette, er hat mit ihr noch eine letzte Nummer geschoben, ehe sie sie weggekarrt haben«, sagte Page. »Dieser dreckige Bastard...«

Nach dem Klumpen Haferbrei gab es Speck und Sojawürstchen, die Diät der vergessenen Armee.

Liebe und Tod – wie wir doch darüber lachten! Dennoch ließen sie alles andere ziemlich verblassen. Alle Vorgänge dieses Tages, der mit Packen und Aussortieren ausgefüllt war, wurden davon weggeblendet, wie von grellem Sonnenschein.

Während wir alte Ausgaben von Zeitschriften wegwarfen, die mir meine Schwester geschickt hatte, dachte ich daran, daß wir Indien verlassen würden. Waren wir überhaupt jemals in Indien gewesen? Es war unglaublich! Da war die Bühne für eine heiße Liebesaffäre, komplett mit üppiger Vegetation und unheimlichen Schatten – ein Land, in dem Liebe eine Intensität erreichen konnte, die im trüben englischen Klima völlig unmöglich erschien; doch keine Geliebte bot sich an. Die Frauen hier liefen in schrecklichen Verkleidungen herum, zurechtgemacht als Huren in Lumpen oder, in plissierten Tennisröckchen, als Memsahibs von Offizieren. Und alle waren verboten!

In Burma oder Assam gäbe es all das überhaupt nicht mehr. Nur Krieg. Sogar die Träume von Liebe, die Gedanken daran mußten verdrängt werden. Nicht einmal Jock McGuffie mit seinem Wahnsinnsplan, aus der aktiven Truppe auszusteigen, konnte mich retten.

Es gibt Zeiten im Leben eines Mannes, da beschäftigt er sich fast ausschließlich mit den Ansprüchen seines Schwanzes. Dies sind die Zeiten, in denen er in der Lage sein sollte, seinen Wünschen zu folgen, in die Richtung zu gehen, in die der Schwanz zeigt, und herauszufinden, wo und wie das Herz der Welt schlägt.

Was hatte es statt dessen gegeben? Zwei kurze Abstecher in schmierige Puffs und verdammt viel Herumgewedele. Ich war im Begriff, mich selbst zu zerfleischen, wie der Affengott.

Der Ortskommandant von Kanchapur hielt uns beim Abschiedsappell eine Rede, adrett, massig, unbeweglich im Schatten stehend, während wir unbeweglich in der Sonne schwitzten, um ihm zuzuhören.

»Ihr habt euch gut gehalten. Ihr müßt stolz sein zu wissen, daß ihr nun vollständig ausgebildete Kampfmaschinen seid. Eure Ausbildung in kombinierten Operationen war nicht umsonst. Ihr habt unter praktisch allen Einsatzbedingungen, die ihr mit ziemlicher Sicherheit in Burma oder Assam antreffen werdet, Erfahrungen gesammelt. Ihr seid eine ganz tolle Truppe, eine Zierde der Division, der ihr angehört, und bereit für die Aufgabe, für die ihr ausgebildet wurdet: die Befreiung Burmas von den Japanern. Ich wünschte, ich könnte mit euch gehen...«

»Meinen verdammten Platz können Sie sofort haben.« Das war Dusty Miller.

»Keine Gespräche im Glied«, warnte Charley Meadows.

Vielleicht hoffte ich, daß McGuffies Gift ein Mittel gegen das Gift der Armee war. Jetzt, Jahre später, kann ich mich nicht erinnern, was ich geglaubt habe. Ich kann auf diesen jungen Horatio mit der gleichen Verwunderung zurückblicken, die ich damals meinen Mitmenschen gegenüber verspürt habe.

Daher war es McGuffie in der Transportabteilung, zu dem ich ging, als der Tag vorüber war. Er schien immer noch zu glauben, daß ein besonders raffinierter Trick uns von der Nachhut davor bewahren könnte, weiter als bis Kalkutta nach Osten vorzudringen; er war sich dessen so sicher, daß ich ihm zeitweise sogar glaubte. Aber zuerst war da noch unser letzter Abend in Kanchapur.

»Ach, warum willst du unbedingt nach Indore, du dreckiger, lüsterner Weiberheld? Diese Dreckshuren in euerm Bumsladen verpassen dir einen Tripper, wenn du sie nur ansiehst; es gibt keine, die nicht völlig versifft ist. Aber es ist nicht meine Aufgabe, einen jungen Burschen wie dich in Versuchung zu führen, Stubby! Außerdem würden die beschissenen Rotmützen mir die Eingeweide rausreißen und Hosenträger draus machen.«

»Hör auf, Jock! Am Ende rätst du mir noch, ich soll mich an meine gute alte Witwe mit den fünf Fingern halten, so wie die anderen alten Soldaten es tun.«

»Nee. Weißt du, die tut dir in diesem heißen Klima auch keinen Gefallen. Das ist hier keine Gegend für einen Weißen. Wir können uns bei Churchill bedanken, der uns in dieses beschissene Dreckloch geschickt hat... Warum fahren wir nicht nach Indore, solange wir uns noch in der beschissenen Welt der Lebenden befinden? Wenigstens können wir uns dort vollaufen lassen.«

»Ich hab' dem jungen Jackie Tertis versprochen, ich würde ihn irgendwann mal in ein Hurenhaus mitnehmen. Ist es dir recht, wenn er mitkommt?«

»Mein Gott, Mann, wir nehmen doch keine Kinder mit! Tertis ist genauso schlimm wie dieser Geordie, dein seltsamer Kumpel. Wenn du unbedingt nach Indore willst, dann gehen wir eben nach Indore – aber dann machen wir keinen Sonntagsausflug. Außerdem habe ich noch immer einen Büroschreibtisch auszuliefern... Gore-Blakeley hat mich deswegen richtig zur Sau gemacht.«

Also fuhren wir nach Indore, rumpelten durch die dampfende schwarze Nacht, und am Ende stieg ich mit wild klopfendem Herzen die Stufen zu dem nur schlecht beleuchteten Treppenabsatz in dem Bumsladen hoch. Das Leben ging hier weiter wie zuvor. Tag und Nacht wurde in den Kabinen gevögelt und draußen stinknormale Konversation gemacht. Die beiden alten Krähen hatten immer noch ihre Arbeit; eine, über eine Nähmaschine gebeugt, blickte kaum auf, als Jock und ich ziemlich betrunken den Treppenabsatz erreichten. Wir hatten seinen Freund im Hotel an der Straße getroffen.

»Vielleicht besorge ich es heute abend mal der alten Großmutter«, sagte Jock und zeigte auf die Vettel, die an der Nähmaschine arbeitete.

Neben der alten Frau stand ein Mädchen von etwa acht Jahren, schüchtern, still, hübsch und ständig zu uns herüberblickend. Die Hexe vom Dienst erschien, und wir fingen an, um den Preis zu feilschen, während das kleine Mädchen uns beobachtete.

Ich war verwirrt und wütend. Ich erhob die Stimme und begann mit den Fäusten herumzufuchteln. Die Hexe sagte etwas, was ich nicht verstehen konnte, und berührte meinen Arm, um mich zu beruhigen. Diese Geste brachte mich nur noch mehr in Rage. Ich brüllte sie an, sie solle mich nicht betatschen. Ein Mann in zerknautschter weißer Hose kam die Treppe herauf und stand unauffällig herum.

Am Ende konnte Jock sie und mich etwas beruhigen. Wir gingen durch den Raum, den wir vorher schon mal gesehen hatten. Er erschien wie immer, ein langer stickiger Saal, unaufgeräumt und ziemlich dunkel, nur etwas erleuchtet durch den gelben Schein einer Laterne auf der Straße, die wenig mehr erreichte, als die Fensterscheiben wie Wolken leuchten zu lassen.

Eine Frau erhob sich von einem Bett; sie war nur eine dunkle Silhouette. »Hallo, Süßer.«

»Hallo, wer bist du?«

»Hallo, Süßer. Du willst ficky-ficky?«

»Ich will dich erst mal ansehen.« Ich packte sie – wenigstens hatte ich jetzt eine Frau an der Hand, wie abstoßend sie auch sein mochte. War es die gleiche, mit der ich es schon mal zu tun gehabt hatte? Ich war sauer und nicht in der Stimmung, abgekocht zu werden. Ich knallte ihr eine, damit sie den Mund hielt.

Sie trug ein knöchellanges Gewand, vermutlich ein Nachthemd. Ich schob meine Hand darunter und ertastete einen drahtigen Busch Schamhaare. Mein Schwanz kämpfte sich zu einer Erektion hoch. Ich legte die Frau auf das Bett – diesmal ohne Hemmungen davor, daß sie schmutzig sein mochte – und kniete halb neben ihr, tastete in meiner Tasche mit einer Hand nach Streichhölzern herum, während ich sie mit der anderen festhielt. Ich fischte die Streichhölzer aus der Tasche, ließ die Bibi los und zündete ein Hölzchen an.

Sie schrie auf und schlug nach dem Licht. Fluchend versuchte ich ein zweites Hölzchen zu entzünden. Es waren miese indische Streichhölzer – jedes dritte war eine taube Nuß. Jemand tauchte hinter mir auf und versuchte mich daran zu hindern, ein Streichholz anzuzünden.

»Nein, Sir, Sie stören andere Kunden bei ficky-ficky.«

»Ich will verdammt noch mal etwas sehen! Laß mich in Ruhe!« Es gelang mir, ein Streichholz anzuzünden, und ich starrte auf die Frau, für die ich bezahlt hatte. Sie hörte auf, sich hin und her zu werfen, als Licht auf sie fiel, und hob nur noch abwehrend die Hände.

Sie war jung, ihre Zähne strahlten weiß, ihre Haut war glatt! Ich ließ das Streichholz ausgehen und legte mich neben sie, atmete ihren Geruch ein, während ich meine Hose auszog. Meine Hände glitten über ihre Arme, ihren Körper. Ich konnte mich selbst stöhnen hören, während die Hexe neben dem Bett versuchte, mir zwei Rupien für einen Pariser aus der Tasche zu holen. Fluchend gab ich ihr zwei halbe Rupien und sagte, sie solle sich verpissen.

Der Körper des Mädchens war leicht eingeölt. Sie reagierte jetzt. Ich atmete ihre Gerüche ein, die natürlichen und die künstlichen, und ließ den moschushaften Duft seine Wirkung bis tief in meine ausgetrockneten Wurzeln tun, während meine Finger ihre heiße, borstige kleine Spalte erforschten. Sie zog den Pariser in einer prosaisch hausfraulichen Art über mein Gerät, während ich – In was für eine tierhafte Vergangenheit war ich zurückgesunken, als ich mich triumphierend durch ein vertrautes, dichtes Element wühlte?

Das Mädchen schlang die Beine um mich und bearbeitete meinen Hintern mit ihren Fersen, während ich meine Ladung in einen vermutlich gebrauchten Pariser schoß.

Sie stand sofort auf und fing an, mit einem Handtuch herumzufummeln. Ihre Aufgabe war beendet, sie hatte nichts empfunden. Das Geschäft war getätigt.

Sie war wirklich sehr jung und hübsch. Plötzlich erinnerte ich mich an den letzten Abend vor meinem Aufbruch aus England, als ich im Luftschutzraum beinahe eine Stehnummer mit Syl zustande brachte.

»Verdammt, ich will dich nochmal haben!« sagte ich. Ich riß ihr das Handtuch weg und schob ihr das Hemd bis unter die Achselhöhlen. Dann konnte ich ihren Körper im wolkigen Licht sehen, wie er milchweiß leuchtete, ihre Brüste und die schlanken Oberschenkel. Ich küßte sie auf den Mund. Sie wehrte sich, aber ich hielt ihren Kopf mit den Händen fest, schob meine Zunge in ihren Mund und preßte meinen Körper gegen ihren.

Mein Ständer ragte wieder hoch, rotleuchtend wie ein Raubtier, feucht und einsatzfreudig in seinem Pariser. Ich schob ihn rein und rammte sie gegen die Wand, deckte mit ihr die Kakerlakenflecken zu. Sie protestierte nicht, als ich immer wieder zustieß, und wich auch nicht mehr vor meinem Mund zurück. Ich kam fast genauso schnell zum Höhepunkt wie beim ersten Mal und war nahezu trunken vor Freude. Es war eine erschöpfende Übung, und ich sank auf das Bett. »Du bist ein braves Mädchen – ein liebes Ding...« Ich konnte nur noch keuchen.

Sie stand still da und sagte nichts. Sie zog ihr Hemd herunter und wartete.

»Hab keine Angst...«

Sie streckte eine Hand aus: »Fünf Rupien. Gib mir fünf Rupien.«

Der Pariser fühlte sich widerlich an. Ich zog ihn herunter und schleuderte ihn unters Bett. Meinen Schwanz wischte ich mit meinem Taschentuch ab.

Während ich meine Hose anzog, hörte ich, wie Jock nach mir rief.

»Gib mir fünf Rupien!« bettelte das Mädchen.

»Tut mir leid, Süße. Ich bin pleite.«

»Gib mir fünf Rupien, Süßer! Zwei Rupien!«

Auf dem Treppenabsatz beobachtete uns das kleine Mädchen, während wir vorbeigingen. Die alte Krähe nähte unermüdlich weiter.

»Gute Nacht!« rief ich ihnen großzügig zu. Ich fühlte mich etwas benommen, zweifellos deshalb, weil ich so viel Schlamm von meiner Peitsche losgeworden war.

Während wir die Holztreppe hinunterstolperten, sagte ich zu Jock: »Himmelherrgott, ich hätte diese verdammte Bibi beinahe vergewaltigt!«

»Quatsch, Mann, du kannst keine Frau vergewaltigen, die du in einem Bumsladen antriffst! Das verstößt gegen die Gesetze der Natur. Benimm dich deinem Alter gemäß!«

Sobald ich am nächsten Morgen erwachte, war die Angst vor der Syphilis da. Allein wenn ich daran dachte, daß ich meine Zunge in ihren schmutzigen Mund gesteckt hatte! Das war es, was mich am meisten anekelte. »Küßt niemals eine Hure!« Ich hatte oft gehört, wie der alte Dave Feather das sagte. »Macht mit ihnen, was ihr wollt, aber küßt sie niemals auf den Mund!«

Ich wußte, daß ich nun dazu verdammt war, jeden Morgen meinen Schwanz zu betrachten, ihn eingehend zu untersuchen, wenn er schlaff in meiner Hand lag, Ausschau zu halten nach Flecken, Pickeln, Eiterbläschen und mir vorzustellen, daß das ganze Ding genauso krank war wie die widerlichen Pimmel auf den Plakaten, die die Behörden in Scheißhäusern aufhängten.

Unterdessen luden sich meine unschuldigen Kumpel ihre Sachen auf. Es war der 17. März, und die Mendips sollten endlich Kanchapur verlassen.

»Auf in den Kampf! Mir reicht das Kasernenhofgehopse! Man reiche mir einen Japaner!« rief Enoch.

»Hoffentlich sehen wir dich bald wieder, Freund«, sagte Geordie.

»Keine Sorge, Stubby, altes Arschloch! Du wirst uns schon einholen«, meinte Wally und verpaßte mir einen letzten freundschaftlichen Schlag auf den Bizeps. »Mein Schützengraben ist der erste auf der rechten Seite, gleich neben dem Küchenzelt. Mach's gut, Ali, alter Gauner!«

»Auf Wiedersehen, Sahib! Kommen zurück nach Kanchapur, wenn alle japanischen Soldaten getötet, dann wieder Tee für Sie zum Trinken!« Ali schaffte es tatsächlich, aufrichtig traurig auszusehen, als er uns abziehen sah.

Bamber, der alte Knastbruder, schlug mir auf die Schulter. »Kopf hoch, Stubbs! Vergiß nicht – wer marschiert, sündigt nicht!« Das war eine Art Motto von ihm, das wir stets fröhlich wiederholten.

Was für prima Jungs sie doch alle waren! Wir steckten alle gemeinsam in dieser Scheiße, und es war der reine Wahnsinn zu versuchen, ihr zu entkommen.

Charley Cox näherte sich zusammen mit Dusty Miller. Sie würden schon bald das Maschinengewehr bedienen.

»Wir schicken dir 'ne Ansichtskarte, wenn wir angekommen sind, Stubby!«

»Haut ab, wir sind doch nur vier Tage hinter euch und müssen wie immer die ganze Dreckarbeit erledigen.«

»Das mag für dich stimmen«, sagte Dusty, »aber wir wissen nicht einmal, wo wir hin müssen, nicht wahr, Charley?«

»Wir gehen wohl zuerst nach Kalkutta, aber bei unserem Pech haben wir kaum Gelegenheit, uns dort häuslich einzurichten. Vielleicht werden wir nach Chittagong geschickt – ein Teil der 2. Division liegt da. Oder wir gehen weiter nach Norden. Hängt davon ab, wo sie uns in Burma brauchen – in Arakan oder woanders. Wenn die Japse jetzt auf Imphal vorrücken, werden wir vielleicht auch dorthin geschickt, oder nach Kohima, früher, während des Friedens, ein richtig gemütlicher kleiner Ort.«

Das war das erste Mal, daß ich von Kohima als einem möglichen Bestimmungsort hörte.

Dusty Miller schwang sich seinen Seesack auf die Schulter und sagte: »Paß gut auf, Stubby, hier ist etwas ganz Wertvolles für dich – das Kompanieexemplar von ›Horatio Heißsporn‹. Das beste Buch nach der Bibel, das je geschrieben wurde! Ich krieg's nicht mehr in meinen Seesack rein, deshalb nimm lieber du es mit.«

»Der Bastard wird es bestimmt verlieren«, meinte Carter.

»O nein, ganz bestimmt nicht! Darauf könnt ihr euch verlassen!«

Der Umfang unseres Gepäcks war verringert worden. Ohne Wehmut hatte ich einen ganzen Seesack voll Ausrüstung und persönlicher Dinge zurückgelassen, darunter auch meine Ausgehmütze in den Mendip-Farben, die ich Ali schenkte. Wahrscheinlich wird sie immer noch in irgendeinem winzigen indischen Dorf getragen. Aber die »Nächte des Horatio Heißsporn« waren viel zu wertvoll, um zurückgelassen zu werden.

Keine Kapelle spielte auf. Das 1. Bataillon der Mendips kletterte in die Flotte von Lkws, die es zum Bahnhof in Indore transportieren sollte. Ich stand in meinem Drillichzeug mit Aylmer in der Nähe und schaute ihnen nach, wie sie durch das Haupttor fuhren.

»Es ist ein stolzer Anblick«, sagte er. »Jetzt, wo wir dieses miese Loch verlassen, kommt es einem vor, als wären wir erst gestern angekommen.«

Schon bald war der Platz leer. Wir fingen an, in dieser unerwarteten Ruhe und Einsamkeit Ausrüstungsgegenstände zu verladen. Die Nachhut würde der Hauptmacht unter dem Kommando von Gor-Blimey folgen. Dies geschah vier Tage später.

Wieder war da der Verschiebebahnhof von Indore, geduckt unter den rollenden Wogen der Mittagshitze. Wir stiegen von den LKWs, und der Anblick war uns vertraut. Hier waren wir vor Wochen auf LKWs gestiegen, frisch aus Bombay und vom Schiff kommend, um uns in die unbekannten Schrecken von Kanchapur zu stürzen. Damals waren wir mit unseren Tropenhelmen nicht mehr als Knetgummi in den Händen unserer raubgierigen Gepäckträger gewesen; nun, mit unseren Buschhüten, konnten wir den hartnäckigsten Bettler mit einem Schwall von Flüchen in gebrochenem Urdu verjagen.

Wir waren akklimatisiert. Wir hatten jetzt Indien in unseren Adern, mit all seinem Durcheinander, seiner Hektik, seinem Lärm und seinem Alter, seiner Armseligkeit, Schönheit und Fäulnis – so gründlich, daß es den Kreislauf behinderte wie ein Stein in den Nieren und mich von Zeit zu Zeit durchdrehen ließ.

Wir verbrachten zwei Tage auf dem Bahnhof, beaufsichtigten das Verladen der Vorräte in die Güterwagen und dirigierten das Gewimmel der Lastträger, die sich um die Ehre stritten, unsere Lasten zu schleppen. Der Zug stand auf einem verlassenen Nebengleis, über hundert Meter von der Straße entfernt, wo die Lastwagen geparkt waren. Wir stolperten hin und zurück über die Gleise, die zu den unglaublichsten Orten mit den bizarrsten Namen führten. Wie mochte das Leben wohl aussehen in Quetta, Amritsar, Kuttack, Seringapatam, Chittagong, Vizagapatnam und Barrackpore? Der letztere Ort zumindest konnte schon bald mehr als nur ein Name für uns sein, denn es war Barrackpore, wohin unsere Hauptmacht transportiert worden war, ehe sie endgültig an die Front ging. Barrackpore war Hunderte von Kilometern entfernt, noch hinter Kalkutta. Es sah so aus, als wären Alis Informationen richtig gewesen.

Kleine gepanzerte Lokomotiven rollten auf den Nebengleisen langsam hin und her, sorgsam darauf bedacht, unserer Trägerkette nicht zu nahe zu kommen. Die Fahrer winkten uns fröhlich zu.

Abend. Die Sonne ging hinter einem in der Nähe gelegenen Lokschuppen unter. Die große schmuddelige Stadt regte sich, Lichter flammten auf, junge Burschen tauchten auf und spuckten Betelsaft in den Staub. Die Freudenhäuser öffneten ihre Tore – aber schlossen sie sie denn jemals? Wir stellten Wachtposten mit aufgepflanzten Bajonetten auf; als wir wachfrei hatten, kampierten wir auf einem der Bahnsteige unter unseren Moskitonetzen.

Ich schlief tatsächlich auf einem Bahnsteig! Wenn meine armen Eltern mich so hätten sehen können, inmitten von Teehändlern und den dreibeinigen streunenden Hunden, die uns umschlichen! Ich hatte die Wache von zehn bis Mitternacht und von vier bis sechs und sicherte mir so die Möglichkeit mitzuerleben, wie der Himmel sich aufhellte und wie die ersten Vögel sich in die Luft schwangen.

Unter den etwa ein Dutzend Männern, die zu unserer Nachhut gehörten, waren Corporal Ernie Dutt, Jock McGuffie, Carter, Feather, Harding, Gillespie und der junge Jackie Tertis. Die Bahnhofskantine öffnete um acht Uhr morgens, und wir drängten uns alle hinein, zu einem Frühstück aus Eiern mit Bratkartoffeln, Brot und Marmelade, Kuchen und Tee.

»Wenn dies das ganze Frühstück sein sollte, dann können sie gleich das Mittagessen anrollen lassen«, sagte Jock und kippte seinen letzten Schluck Tee hinunter. »Ich sehe, daß sie uns schon auf halbe Rationen gesetzt haben.«

»Jock, ich hör' dich die ganze Zeit nur meckern«, meinte Ernie Dutt.

Jock setzte seine gequälte, aber zugleich auch verständnisvolle Miene auf. »Irgend jemand muß doch den Mund aufmachen, Ernie. Darf ich dich daran erinnern, daß sie uns den letzten Penny aus der Nase ziehen, wenn man ihnen freie Hand läßt?« Er fing mit einer seiner Geschichten von den Schikanen in Glasgow an, aus denen er, wie ich wußte, am Ende als Sieger hervorgegangen war.

Während ich mir eine Zigarette anzündete, spazierte ich auf den Bahnsteig hinaus.

Tertis folgte mir. »Ich bin richtig froh, wenn es losgeht, Stubby, du etwa nicht? Das ist doch besser, als nur herumzuhängen. Vor den paar Japsen habe ich keine Angst. Vielleicht geht bei unserem Einsatz endlich mein Schwanz runter – ich wichs' mich noch dumm und dämlich. Ich brauche mich nur im Schlaf zu rühren, und schon steht das Ding. Das liegt nur an dieser verdammten Hitze, die macht einen völlig fertig.«

»Die Japse haben wahrscheinlich das gleiche Problem. Wenn wir nach Burma kommen, wirst du sehen, daß im Dschungel der gelbe Same kniehoch steht.«

»So daß man drin ausrutscht, meinst du?« Er brach in schallendes Gelächter aus. »Da kann einem ja jedes burmesische Mädchen nur leidtun, das da hineingerät – die sind ja in nullkommanichts schwanger!« Nach einer Pause sagte er: »Jock McGuffie, der alte Stratege, meint, wir gingen überhaupt nicht nach Burma. Ich glaube, er hat was gegen Gor-Blimey. Hast du eine Ahnung, was das ist?«

»Was dem alten Jock durch den Kopf geht, weiß man nie so genau. Jock ist ganz schön durchtrieben.«

»Das bist du doch auch, Stubby, oder etwa nicht? Ich meine, du hast es doch auch faustdick hinter den Ohren, nicht wahr? Ich denke, du weißt auch so einiges – das habe ich schon immer gesagt.«

»Sieh zu, daß du erst mal so viel Dienst schiebst wie ich, Tertis.«

»Will ich ja, und noch mehr, und du hast doch versprochen, du wolltest mich mal eines Tages in einen Puff mitnehmen, weißt du noch? Erinnerst du dich, was du neulich abend gesagt hast? Du weißt, daß ich für eine richtige Nummer sterben würde. Du hast mich aber nie mitgenommen!«

»Was ist denn mit deinem Mädchen zu Hause?«

»Ach, hör doch mit diesem Scheiß auf. Wenn wir nach Kalkutta kommen... Die Burschen erzählen, in Kalkutta gebe es mehr Puffs als Scheißhäuser. Wie wär' das, Stubby, nur du und ich? Ich will deinen Kumpel Jock nicht dabei haben, denn der würde mich nur auslachen, oder etwa nicht?«

Drei Jungen standen in der Nähe und sahen zu uns herüber. Einer kam ein paar Schritte näher und sagte schüchtern zu uns: »Sie gerne gelutscht werden? Hab' schönen weichen Mund, nur fünf Rupien...« Er blickte zu uns auf.

Wir sahen auf ihn hinab. Ein hübscher kleiner Teufel, grinsend, ein ganz annehmbarer Kerl, richtig zum Gernhaben. Er konnte es tun, ohne sich bücken zu müssen.

»Jackie«, sagte ich, »das ist unsere Chance! Soll dieser Kerl uns doch einen lutschen!«

Jackie war sich nicht ganz sicher. Soll ich? Soll ich nicht? Ich schäme mich zu sehr! Es war eine widerwärtige Sache, aber er mußte irgend etwas tun.

»Vier Rupien – Sie beide nur sieben Rupien. Sie mich zuerst bezahlen, ich gehe nicht, ehe Job ordentlich erledigt, wird Ihnen gut gefallen.« Der Junge reckte seine Finger in die Luft, um seine Rechnung zu veranschaulichen.

»Dieser kleine Kerl ist richtig scharf, Jackie – gönn dir das Vergnügen, es ist dein Geburtstag!«

»Himmel, ich kann doch nicht... Paß auf, du machst auch mit, du tust es zusammen mit mir. Ich spendier' dir eine Lutschnummer.«

»Vergiß es. Ich würde ihn ersticken. Handle ihn auf drei Rupien runter, und dann komm zur Sache.«

»Paß auf, du dreckiger kleiner Bastard, ich geb' dir zweieinhalb Rupien, nicht mehr... O Gott, so etwas sollte ich nicht tun. Wenn mein alter Herr mich jetzt sehen könnte! Wo gehen wir überhaupt hin? Angenommen, die Rotmützen lesen uns auf? Was ist denn, wenn jemand uns dabei erwischt, wie wir gerade zugange sind?«

»Erklär ihnen, du wolltest gerade mal pinkeln, und da sei dieser Kerl gekommen und habe versucht, dir den Schwanz abzubeißen, weil er die Briten nicht ausstehen kann!«

Der Junge erkannte sofort, daß er gewonnenes Spiel hatte; mittlerweile gehört ihm sicherlich der größte Puff östlich von Bombay. Er schnappte sich Tertis' Hand, zog ihn zum Hinterausgang des Bahnhofs und murmelte dabei aufmunternde und beruhigende Worte.

Tertis sah mich verzweifelt an. »Komm wenigstens ein Stück mit und steh Schmiere, Stubbs, du verdammter Scheißkerl!«

Es fiel mir schwer, kein Mitleid mit ihm zu haben. Er war so verletzbar, an der Front das reinste Japsenfutter! Dann sollte er sich wenigstens eine anständige Lutschnummer gönnen, ehe er erschossen wurde.

Der Junge brachte ihn zu einer Nische zwischen zwei Schuppen, knöpfte ihm die Hose auf und steckte, ohne lange zu zögern, seine Hand hinein.

Tertis stöhnte. »Sieh nicht hin!« bat er. Sein Gesicht hatte einen verlorenen Ausdruck und erschien mir wie ein formloser heller Fleck, als er es mir zuwandte.

Ich hatte mich umgedreht. Ich stand Wache, während der Junge an die Arbeit ging und die beiden Freunde des Jungen dastanden, mich beobachteten und miteinander tuschelten und kicherten. Eine Wellblechwand schirmte uns vor dem größten Teil des Verschiebebahnhofs ab.

Die Laute, die Tertis von sich gab, lieferten einen genauen Kommentar zum Stand der Dinge, von seiner anfänglichen Schwierigkeit, einen Ständer zu bekommen, bis zu dem Augenblick, als er seine Ladung abfeuerte, und der darauf geäußerten Forderung des Jungen nach Geld und einem Bakschisch. Ich bekam allein vom Zuhören eine Erektion. Von ihr wurde ich aber durch ein geradezu beängstigendes Würgen und Spucken des Jungen kuriert, der seinen Mund in den Aschestaub entleerte und dabei Geräusche verursachte, in denen der nackte Haß mitschwang.

»Du kannst von Glück sagen, daß er dir nicht die Spitze abgebissen hat«, meinte ich, als Tertis blaß und schwitzend zu mir zurückkam.

Er erwiderte nichts darauf. Wir kehrten schweigend zu den anderen zurück.

Den ganzen Tag hindurch kamen und verschwanden die Lastwagen, und wir überwachten das Umladen ihrer Last in unseren Zug, der sich auf dem Nebengleis aufheizte wie ein Backofen.

Das letzte, was wir einluden, war ein Sack voll Lebensmitteln, unsere Verpflegung für die Reise – Dosen mit Ochsenfleisch, Marmelade und amerikanischer Kunstbutter, Obst und Kondensmilch sowie Tee, Zucker und Brot. Wir ließen eine Wache am Zug zurück und machten einen kurzen Abstecher in die Stadt, um uns noch einmal umzusehen und einen schnellen Drink zu nehmen. Um sechs kamen wir wieder zum Zug, gutgelaunt und locker, völlig unbelastet von dem, was als nächstes geschehen konnte.

Lange Zeit geschah gar nichts. Wir unterhielten uns über Fußball. Harding hatte eine Mundharmonika bei sich, auf der er spielte. Wir erholten uns von der Verblüffung darüber, daß Captain Gore-Blakeley, der im nächsten Wagen saß, ein Abteil für sich allein hatte, während wir uns in unserem Abteil zu zwölft drängten. Dutt meinte dazu in einem Anflug von Feingefühl: »Wir hätten ihn sicher nicht bei uns haben wollen.«

Die Sonne ging unter. Sogar die Bettler hatten uns verlassen. Die Bahnhofsbeleuchtung wurde eingeschaltet. Die Makaken, die in den Schuppen in der Nähe hausten und unsere Verladeaktion voller Interesse beobachtet hatten, richteten sich für die Nacht ein; es waren stämmige Tiere, lebhaft, überhaupt nicht erbärmlich anzusehen.

Der Captain steckte den Kopf durch unser Fenster. »Ich habe eben gehört, daß die Abfahrt um einige Stunden verschoben worden ist.«

Allgemeines Stöhnen von uns.

»Der Zug fährt morgen so früh wie möglich los. Das heißt, daß Sie hier schlafen müssen. Corporal Dutt, organisieren Sie für die letzte Nacht eine Wache am Zug, von zwei bis vier, okay?«

»Jawohl, Sir. Können die, die dienstfrei haben, wieder auf dem Bahnsteig schlafen wie gestern nacht?«

»Ich glaube, es ist besser, wenn Sie alle hier bleiben. Es tut mir wirklich leid, daß der Waggon kein Licht hat. Ich bin drüben im Bahnhof, falls Sie mich brauchen sollten. Ich habe für zehn Uhr Tee bestellt. Alles klar?«

»Jawohl, Sir!«

»Dann sehen Sie zu, daß Sie so viel Schlaf wie möglich bekommen.«

Wir fluchten und schimpften, nachdem er gegangen war. So wütend wir auch waren, wir waren kaum überrascht. Unser einstimmiges Urteil ging dahin, daß eine derartige Verzögerung mal wieder typisch war für die Armee.

Ehe der Morgen richtig angebrochen war, standen wir schon auf, hüpften herum, streckten und reckten uns, pinkelten gegen den Waggon, rauchten eine erste Zigarette und begrüßten die Affen mit lauten Rufen. Wir stolperten über die Bahngleise zu den Bahnsteigen hinüber, um uns zu rasieren und zu frühstücken. Eine halbe Stunde, nachdem sie aufgegangen war, versengte die Sonne uns den Nacken mit ihrer Hitze.

Das Frühstück, das uns auf dem Bahnhof vorgesetzt wurde, bedeutete für uns, daß wir die Rationen in unserem

Vorratssack sparten. Dieser Sack stand auf der Holzbank in unserem Abteil gleich neben dem offenen Fenster. Feather, Carter und ich schlenderten nach dem Frühstück zum Zug zurück.

Jock McGuffie war im Abteil. Er gab einen gequälten Schrei von sich, während wir uns näherten. »Diese verdammten, verfressenen Scheißaffen!« Er erschien am Fenster und fuchtelte mit einer schweren Machete herum.

Wir sahen, was passiert war. Die Makaken waren über das Dach des Zuges herbeigekommen. Jock hatte versucht, einen mit einer Zigarette ins Abteil zu locken, vielleicht in der Absicht, ihn zu fangen. Die Affen waren heruntergekommen, und einer hatte sich zwei Laibe Brot von unseren wertvollen Vorräten geschnappt.

Ich warf Carter mein Gewehr zu und jagte los. Der räuberische Affe flüchtete über das Dach des Zuges, wobei er mit je einem Brotlaib unter den Armen nicht sonderlich schnell vorwärtskam. Ich sprang in die offene Tür, stellte einen Fuß auf den Fenstersims und schwang mich aufs Dach.

Mehrere Affen hasteten daher. Sie erstarrten und sahen mich mißbilligend an. Vielleicht hatten sie dort oben, wo sie lebten, ihre eigene schlimme Gesellschaft, ein Spiegelbild derjenigen, die unten existierte. Gleichzeitig rannten wir los.

Es war anstrengend, über die Waggons zu poltern, von einem zum anderen zu springen, angefeuert von den Schreien von unten. Einige Makaken sprangen vom Zug hinunter und jagten in eleganten Sprüngen zu den in der Nähe stehenden Schuppen hinüber. Mein Freund rannte weiter in Richtung Lokomotive. Er verausgabte sich nicht gerade und sah sogar gelegentlich über die Schulter, um mich anzufeuern. Er ließ einen der Brotlaibe fallen, würde gleich vom Zug springen und war dann nicht mehr zu fangen.

Brüllend machte ich einen großen Satz vorwärts. Die Stahlnägel meiner Stiefel ließen mich ausrutschen. Ich stolperte. Der Makake betrachtete mich erstaunt, während er, mit dem Brotlaib unterm Arm, über eine Steinmauer sprang. Ich stürzte mit dem Kopf voraus vom Dach.

Meine Kameraden halfen mir, in den Waggon zurückzuklettern. Jemand brachte das Brot an, das der Affe hatte fallen lassen. Feather besorgte mir eine Tasse Tee. Der Corporal spendierte mir eine Zigarette. Carter kam mit einem Baumwollappen, den er in Wasser getaucht hatte und mit dem ich mir das Gesicht und die Hände abwischen konnte. Es schien mir, als hätte ich mir einen Arm und beide Kniescheiben gebrochen.

»Seht zu, daß er richtig Luft bekommt!« befahl Jock. »Der arme Kerl ist ja völlig fertig. Legt ihn auf die Sitzbank! Ich kenne das, ist mir schon oft passiert. Man will dann nichts anderes als frische Luft in die Lungen und einfach daliegen, und dann ist man gleich wieder okay. Ich bring' diese verdammten Affen um, und reiß' ihnen die Gedärme raus und beiße ihnen die Eier ab. Du bist in nullkommanichts wieder einsatzfähig, Stubbs, mach dir keine Sorgen. Geben Sie uns mal 'ne Zigarette, Corporal, und dann sollten wir ihm auf der Bank ein bißchen Platz machen.«

»Ich hole lieber den Captain«, sagte Corporal Dutt.

»Ach, es ist doch gar nicht nötig, diesen Heini zu holen«, sagte Jock mit einem Ausdruck des Unbehagens. »Vielleicht genehmige ich mir in der Kantine mal ein Bier und erkundige mich, ob sie uns ein oder zwei Brote abtreten können...«

»Was für ein Land ist das«, sagte Carter, »wo die Affen sich deine Rationen klauen und damit abhauen wie eine Bande Nigger!«

»Da kommen die Nigger doch her, nicht wahr?« sagte der Corporal. »Das steht doch so bei Darwin – die eine Bande ging aus der anderen hervor.« Er sah anklagend aus dem Fenster, als würde, dank der Hitze, der Evolutionsprozeß jeden Augenblick wieder stattfinden.

So sehr ich ihre Fürsorge zu schätzen wußte, ich befand mich nicht in dem Zustand, um sie richtig auszukosten. Ich lag auf der Sitzbank, wie sie es gewünscht hatten, den Kopf auf einem Seesack und den nassen Lappen auf der Stirn, während Schmerzwellen durch meine Beine und meinen Arm wogten. Was für ein Mist!

Gegen Mittag begann unser Zug schließlich seine lange Reise in Richtung Kalkutta. Der Fahrtwind war hochwillkommen. Draußen glitt eine riesige Tiefebene vorbei, vom Sonnenschein von Millionen Jahren ausgebrannt. Ich fragte mich, wie man von jemand, der in einer solchen Umgebung lebte, erwarten konnte, so etwas wie Charakter zu haben. Die Einöde und die Sonne darüber verhinderten, daß ein einzelnes Leben eine Bedeutung, einen Sinn hatte.

Gelegentlich erhaschten wir einen Blick auf skelettmagere Bauern, die die Ebene mit Pflügen, die von spindeldürren Ochsen gezogen wurden, aufkratzten. Wie konnte man erwarten, daß solche Bauern einen Charakter hatten? »Die Umstände sind mehr als der Charakter« – wo hatte ich das gehört? Ich hatte schon genug Probleme, meinen eigenen Charakter in den Griff zu bekommen und zu entwickeln. Selbst wenn ich es schaffte, dieses entsetzliche Land hinter mir zu lassen, konnte es sich durchaus als unmöglich herausstellen, diese weite Ebene, die Sonne und die seelischen Wüsten zu vergessen, die es darstellte. Was für ein Wahnsinn das alles war!

Jock McGuffie stieß mich an. »He, Stubby, du kriegst es auf dieser verdammten Holzbank noch im Kreuz! Was hältst du davon, dich jetzt wieder mal hinzusetzen, damit deine Kameraden auch mal ihre müden Hintern ausruhen können?«

Worüber hatte ich nachgedacht? Der Tagtraum war verflogen. Ich rutschte ein Stück beiseite, während die anderen sich zusammenhockten und ein paar Runden Pontoon spielten.

Es übersteigt meine Fähigkeiten zu beschreiben, wie Kalkutta war. Ich hatte damals keinen Begriff, der gepaßt hätte, und ich bin mir gar nicht sicher, ob ich jetzt, über ein Vierteljahrhundert später, einen kenne. Zeitspannen, die verstreichen, sind nicht immer hilfreich. Alles, was ich sehe, wenn ich nicht nur auf Kalkutta, sondern auch auf die Kriegszeiten der vierziger Jahre zurückblicke, sind Szenen, die verkleinert erscheinen – immer noch deutlich erkennbar, aber auf Grund der zahlreichen Veränderungen seit damals irgendwie eingeschrumpft. Trotzdem schreibe ich diese Geschichte nieder. Die simple Wahrheit ist, daß ich mich nicht daran erinnern kann, wie es war, Soldat Stubbs zu sein, obwohl ich mich an Dinge entsinne, die er getan hat. Es sind nicht nur die Zeiten, die sich ändern; der menschliche Charakter ist noch weniger stabil, als wir annehmen, und kann sich bis zur Unkenntlichkeit verändern unter dem Einfluß der Jahre.

Daher ist alles, was man über Kalkutta sagen kann, daß es die Hauptstadt der verarmten Welt war. Innerhalb ihrer vagen Grenzen waren die Armut, das Leid und die Erniedrigung so weit verbreitet und lebhaft am Werk, daß das viktorianische London einem wie das Paradies vorkommen mochte. Die Flüchtlinge aus den umliegenden Landstrichen, die damals von einer Hungersnot heimgesucht wurden, breiteten ihre Armut auf den heruntergekommenen Straßen aus. Ich hatte voller Stolz in mein Soldbuch eine Zeile von Cicero geschrieben, an die ich mich aus meiner Schulzeit erinnerte: »Omnia mea porto mecum – Alles, was ich habe, trage ich bei mir«, aber diese Prahlerei verblaßte zu nichts vor der indischen Armut, der Unterernährung und allen damit einhergehenden Krankheiten. Die Cholera wurde in dieser Stadt niemals ausgerottet, ja, Kalkutta war ihre Hauptstadt.

Ehe unser Zug durch die traurigen Außenbezirke rollte und in den Howrah-Bahnhof einfuhr, befand ich mich in einem Zustand totaler Faszination. Nirgendwo konnte es so viele Möglichkeiten geben, war man freier von aller Unterdrükkung! Dieses aufregende Gefühl verließ mich niemals in der ganzen Zeit, die ich in Kalkutta zubrachte. Es war phantastisch. Obwohl ich die Stadt als eine Festung des Leids betrachtete, war ihre Wirkung erregend. Die tapferen Inder überlebten und blühten in Situationen geradezu auf, die einen Europäer umgebracht hätten.

Sie lächeln, während sie vor einer Mauer stehen, von der die Farbe abblättert, und versuchen, armselige militärische Abzeichen und Orden an den Mann zu bringen. Sie erwachen mit fröhlichem Herzen, nachdem sie die Nacht zusammengerollt in der Rikscha verbracht haben, die sie den ganzen vorhergehenden Tag durch die Straßen gezogen haben. Dies ist auch die Hauptstadt des Menschen als Lasttier – man braucht eine Lizenz, um eine Rikscha zu ziehen, und der Kampf um eine solche ist phantastisch.

Wie kann eine so große Maschine nur funktionieren? Die Menschenkraft reicht als Antwort nicht aus. Wo der Mann leidet, dort sieht er zu, daß seine Frau mindestens genauso sehr leidet. Im Westen haben wir vergessen, daß viele Frauen der Welt immer noch in einem Zustand der Sklaverei leben, in dem ihre Körper ausgebeutet werden. Kalkutta ist außerdem die Hauptstadt der Prostitution.

In den vierziger Jahren war die Stadt gezwungen, Soldaten aller Farben, vor allem Briten und Amerikaner, zu beherbergen. Viele dieser Soldaten mochten nach den Maßstäben ihrer Heimatländer pleite sein, nach den Maßstäben von Kalkutta besaßen sie eine ungeheure Kaufkraft. Ich verdiente den Gegenwert von fünfundzwanzig Shilling in der Woche; das machte mich zu einem Radschah in dieser riesigen, verkommenen Metropole.

Ich wußte, was ich kaufen wollte.

Unser Nachhutkommando bezog ein Transitlager in Howrah, und jeder von uns bereitete sich auf seine Art darauf vor, aus diesem Abend das Beste zu machen. McGuffie dachte daran, den ganzen Abend trinkend und Pontoon spielend zu verbringen, desgleichen eine ganze Reihe der anderen. Er stellte eine richtige Tischbesatzung auf die Beine, zusammen mit einem Schotten aus einer anderen Einheit, einem ungeschlachten Kerl namens Chambers mit der Tätowierung einer riesigen Distel auf der Brust.

Ich sagte zu Tertis: »Hast du Lust, heute abend auszugehen, Jackie?«

Er schüttelte den Kopf. »Ich mache beim Kartenspiel mit und sehe zu, daß ich frühzeitig in die Falle komme.«

»Du solltest lieber nicht mit diesen abgebrühten Schotten spielen, sonst holen sie dir auch noch den letzten Anna aus der Tasche und machen dich vollständig pleite!«

»Ach, geht's schon wieder in die Puffs, Mann?« brüllte McGuffie. »Dort wurdest du geboren, und dort wirst du nochmal sterben.«

Kalkutta war einfach zu groß. Allein wollte ich mich nicht ins Zentrum wagen. Nach einer Weile erklärte Feather sich bereit, mich zu begleiten. Wir machten uns richtig landfein, zogen frische Hemden an und spazierten aus dem Lager hinaus – und zu diesem Zeitpunkt waren unsere Hemden bereits völlig durchgeschwitzt. Es war heiß. Mein rechtes Bein und meine Hand schmerzten heftig.

Der Wachtposten am Tor erklärte uns den Weg ins Zentrum, und wir machten uns erwartungsvoll auf die Socken. Überall waren Kinder zu sehen. In jedem der blind endenden Bogen unter der Eisenbahnbrücke hausten ganze Familien. Zwischen auf Dauer errichteten Gebäuden waren vorübergehend Hütten aufgestellt worden. Jedes Haus schien vor Bewohnern aus den Nähten zu platzen. In den Straßen wimmelte es von Bettlern, die in den Gossen herumschlurften oder auf dem Erdboden hockten, den Rücken an eine Mauer gelehnt.

In einem solchen Sumpf hatte sogar Scheiße ihren Wert. Frauen sammelten Tiermist, formten ihn zu ordentlichen runden Fladen und klebten diese an Wände, damit sie trockneten. Wenn die Fladen von der Sonne trocken gebacken waren, fielen sie herunter. Sie wurden in Flechtkörben gesammelt, die Körbe kamen auf die Köpfe der Frauen, und die Frauen zogen los, um ihre Ware zu verkaufen. Und die meisten dieser Menschen hatten heitere Gesichter.

Überall wurde eifrig gefeilscht. Als Feather und ich uns dem Stadtzentrum näherten, schien die Hektik ringsum noch zuzunehmen. Die Menschen erschienen wohlhabender. Die Gebäude machten einen etwas besseren Eindruck, ihre gußeisernen Balkone wirkten nicht mehr so brüchig, doch alle schienen mit noch mehr Menschen vollgestopft zu sein, die sich auf den Balkonen aufhalten mußten, da die Zimmer dahinter von stickiger Hitze und Kindern erfüllt waren – das Ganze hatte starke Ähnlichkeit mit einer Schubladenkommode, die derart mit Kleidern vollgestopft war, daß einzelne Schubladen einfach offenstanden und überquollen.

All dies gewahrten wir in jener schmeichelnden indischen Dämmerung, die von zahllosen Laternen und den ratternden Straßenbahnen erhellt wurde, die unter ihren durchhängenden Oberleitungen dahinkrochen und an jeder Kreuzung einen Regen grüner Funken herabrieseln ließen.

Ein schmarotzerhaftes Auftreten kennzeichnete den gesamten Handel, die gesamte Wirtschaft der Stadt. Jeder, der etwas zu verkaufen hatte, von einem Armreif bis zu seiner leibhaftigen Schwester, verfolgte seine potentiellen Kunden etwa einen halben Kilometer weit und bettelte und feilschte den ganzen Weg. Viele Läden und die meisten Restaurants beschäftigten ihre eigenen Blutegel, die aufgrund ihres Atems ausgewählt worden waren, der stinkend genug war, so daß man schnellstens zwischen wohlfeilen Teppichstapeln oder in Reisküchen Zuflucht suchte. Diese Blutegel waren eine Plage. Es war nutzlos, mit seinem Verhalten auszudrücken, daß man wirklich keinen Teppich kaufen wolle; der lästige Vogel wußte ganz genau, daß man es am Ende doch tat, und bearbeitete einen die ganze Chowringhee Street entlang!

Huren waren in der ganzen Stadt anzutreffen. Sie blieben in ihren stinkenden kleinen Zellen, während ihre Zuhälter hinausgingen und auf den Gehwegen Kunden suchten; das unterschied sich grundlegend von den Gepflogenheiten in den anderen hurenreichen Städten des Ostens, Singapur, Hongkong und Macao, wo man sieht, was man bekommt. Die indische Hure jedoch bleibt in ihrem Bett und erwartet dich.

Dieses Eingesperrtsein verlieh der Hure das Brandmal des Minderwertigen. Man betrachtete sie unwillkürlich als nichts anderes denn als eine Handelsware, etwas Käufliches, ein Loch mit Fleisch darum, dessen Preis sich nicht nach Gewicht, sondern nach Alter berechnete, wobei die Höchstpreise bei sechzehn Jahren lagen; nach zwanzig sanken sie stetig. Und nicht nur die Preise sanken, auch die Räume wurden kleiner und die Betten schmuddeliger.

All das erfuhr Horatio Stubbs, zwanzig Jahre alt, jung und voll Hoffnung auf eine schöne Zukunft, durch persönliches Erleben während der nächsten paar Tage – denn das war die Zeitspanne, die er in der schlimmsten und unerschöpflichsten Stadt der Welt verbrachte. Sich mit kleinen Huren in enge Kabinen zu zwängen, das war ja schon ziemlich verrückt. Aber zu hoffen (wie ich es insgeheim tat), dort auch Liebe zu finden, nun, das war der reinste Wahnsinn!

Einige Mädchen erzählten traurige Lebensgeschichten mit ihren wenigen englischen Worten. Ich gab mich eigentlich nie damit zufrieden, nur zu vögeln; ich wollte immer auch etwas über sie erfahren. Wie ähnlich sich ihre Geschichten doch waren! Sie stammten alle aus anständigen Familien; die meisten waren Töchter von Maharadschahs. Eines Tages, als sie noch sehr klein waren und auf den Stufen des Palastes oder des großen Hauses spielten, war ein böser Mann vorbeigekommen (zu Pferde oder auf dem Fahrrad) und hatte sie entführt. Sie waren in Armut und versteckt vor anderen Menschen aufgewachsen, und erst gestern – oder vergangene Woche oder gerade an diesem Abend, Sir – waren sie an den furchtbaren Kerl verkauft worden, dem dieses Freudenhaus gehörte und zwei Kinos dazu.

Mein Puffbesuch am ersten Abend in Kalkutta zusammen mit Dave Feather war kein Erfolg, vor allem weil wir dem Ansturm von Zuhältern nicht widerstehen konnten, deren Reihen immer dichter wurden, als wir ins Zentrum von Kalkutta wanderten. Es war unmöglich, zehn Schritte weit zu gehen, ohne daß einem ein besonders liebes und geschätztes Familienmitglied angeboten wurde.

Wir gaben schließlich einem Kerl, der humpelte und einen Turban trug, nach und vergeudeten unser Geld und unseren Samen in einer abstoßenden Seitenstraße, in einem zweiten Stockwerk, wo die Huren sich zu fünft ein Zimmer teilten. Ich bekam ein Mädchen verpaßt, dessen Lotterbett tatsächlich draußen auf einem Balkon stand, und mußte meinen Hintern für die Moskitos frei machen. Während ich vor mich hin ackerte, färbte sich ihr Gesicht grün, wenn eine Straßenbahn funkensprühend vorbeiratterte. Wir vögelten praktisch mitten auf der Straße.

Feather und ich ließen uns danach vollaufen. »Auf den Dschungelkrieg!« sagte er bei jedem Glas.

Wir kehrten zu einer ziemlich unzivilisierten Zeit ins Transitlager in Howrah zurück und weckten mit unseren wilden Flüchen im Zelt jeden, als wir zwischen den Pritschen herumstolperten. Schließlich kroch ich unter mein Moskitonetz und versank in den Schlaf des Besoffenen.

Ich erwachte mit furchtbaren Kopfschmerzen. Es dauerte ziemlich lange, ehe ich es wagte, mich zu rühren. Das Klappern von Besteck gegen Eßgeschirre, als Kameraden zum Frühstück gingen, machte mich vollends wach. Ich stützte mich vorsichtig auf den rechten Arm. Eine Schmerzwoge schoß in meinen Muskeln hoch und zerlegte meinen Kopf in kleine Stücke. Ich schrie gequält auf.

»Schwing dich aus deiner beschissenen Wichskuhle, du besoffenes Schwein!« rief McGuffie fröhlich. »Sojawürstchen zum Frühstück, genau wie bei Muttern.«

Ich stand tatsächlich auf, obgleich die Schmerzen in meinem Arm und meiner Hand nicht abklangen. Mein rechtes Bein war auch nicht ganz in Ordnung. Ich humpelte ins Kantinenzelt und kam gerade noch rechtzeitig, um die letzte kalte Kelle voll Haferbrei zu bekommen. Nach dem Essen mußte ich mich wieder auf mein Charpoy legen. Alle anderen machten sich fertig für den Morgenappell. Schließlich, unterstützt von Carter und Aylmer, quälte ich mich hoch und suchte meine Siebensachen zusammen.

Glücklicherweise war der Appell eine Farce. Wir durften wegtreten, und ich humpelte mit meinen Kumpels zur Kantine, wo ich mich bald etwas besser fühlte.

Carter und ich trugen unsere Namen für ein Fußballspiel am Nachmittag ein, obgleich wir nicht wußten, ob wir um diese Zeit überhaupt noch da waren. Doch hörten wir über Dutt von Gor-Blimey, daß irgendeine Verzögerung eingetreten sei und daß wir deshalb für eine weitere Nacht im Lager festsäßen. So kamen wir zu unserem Fußballspiel.

Als wir das Spielfeld betraten, hatte ich meinen Kater überwunden, obwohl ich noch ein wenig humpelte. Meine Hand schmerzte, doch auf dem Flügel sollte ich eigentlich in der Lage sein, dafür zu sorgen, daß sie unbehelligt blieb.

Es war betäubend heiß, und wir spielten gerade fünf Minuten, als der Mann auf der halbrechten Position den Ball nach außen spielte. Ich lief mit dem Ball am Fuß das Feld hinunter. Der Mittelfeldspieler, der mich zu bewachen hatte, war nirgendwo zu sehen. Als der Verteidiger mich angriff, gab ich den Ball an den halbrechten Stürmer zurück. Der Verteidiger prallte hart mit mir zusammen und traf meine rechte Seite. Ein grauenvoller Schmerz durchzuckte mein Handgelenk. Die einzige Linderung würde ich finden, wenn ich im Kreis herumlief, was ich auch tat. Oder ich dachte zumindest, daß ich es tat.

Gesichter drängten sich um mich. Sie schienen alle zu fordern, daß man mich vom Platz tragen solle. Obgleich ich ihnen fluchend widersprach, nützte es nichts. Sie schafften mich weg, und nach kurzer Zeit wurde ich von einem Sanitäter untersucht.

»Bist du in Ordnung, Kumpel?«

»Laß mich zurück aufs Spielfeld – dieser verdammte Sack von einem Verteidiger hat mich gefoult!«

»Was hast du gemacht? Du hast einen gebrochenen Knochen in deiner Hand.«

»Allzu gut fühlt sie sich nicht an.«

»Sie ist ganz geschwollen! Irgendein Knochen ist gebrochen. Du mußt den Bruch behandeln lassen! Du wirst zur Ambulanzeinheit Nummer fünf auf den Rennplatz müssen. Pack deine Sachen zusammen.«

»Wozu brauche ich meine Sachen?«

»Vielleicht behalten sie dich zur Beobachtung da – wahrscheinlich nur für die Nacht. Pack deine Sachen zusammen und halte dich bereit, während ich eine Transportmöglichkeit organisiere.«

»Ausgerechnet mir passiert so eine Scheiße!«

»Es hat keinen Zweck, wenn du dich jetzt aufregst.«

So fand ich mich auf dem Rennplatz mitten in Kalkutta wieder, wo sie eine Sanitätsstation eingerichtet hatten. Als ich die Aufnahmeformalitäten hinter mir hatte, wurde ich von einem Mann mit Glatze untersucht, dessen Gesicht einen skeptischen Ausdruck hatte, wie er bei den Armeeärzten allgemein verbreitet ist. Während ich von meinem Sturz vom Waggondach erzählte, vertiefte sich sein Skeptizismus noch.

»Das kann ja alles sein, aber Sie haben sich einen oder zwei Finger und wahrscheinlich einen Mittelhandknochen gebrochen. Vermutlich haben Sie auch noch einen Muskelfaserriß erlitten.«

»Und was tue ich jetzt?«

»Zuerst einmal hören Sie auf, dauernd von Zügen herunterzufallen.«

»Ja, aber was tue ich?«

»Sie tun gar nichts, Soldat Stubbs! Wir haben hier ein Röntgengerät, und Sie werden morgen früh geröntgt. Ihr Bein scheint nur eine Schramme abbekommen zu haben.«

»Ich bin auf ein paar alten Schienen gelandet.«

»Das ist sehr wahrscheinlich.«

Ich kam in ein großes Zelt mit Vordach, das als Krankenstation diente. Ein paar ramponierte Überreste der vergessenen Armee lagen herum und tauschten lange Horrorgeschichten von Maungdaw und Razabil aus, oder sie erzählten sich, wie ihre Maultiere während des letzten Monsuns in Arakan im Schlamm versunken waren. Diese alten Kämpen wollten wissen, wie lange ich schon in Übersee sei, und ob ich irgendwo mal einen in feindlicher Absicht abgefeuerten Schuß gehört hätte. Als ich sie enttäuschen mußte, wandten sie sich wieder ihrer Diskussion darüber zu, wie unzuverlässig die Chinesen im Kampfgeschehen waren.

Ich verbrachte die Zeit damit, mich krank zu fühlen und zu fiebern und den Schmeißfliegen zuzusehen, die sich über meinem Kopf versammelt hatten.

Freude erfüllte mich, als eine Flut wüster Beschimpfungen von draußen an meine Ohren drang. Jock McGuffie betrat das Zelt, blieb stehen und betrachtete die Szenerie. Die vergessene Armee musterte ihn dafür. Augenblicklich flackerte auf beiden Seiten Feindseligkeit auf.

»Jock!« rief ich. »Hier bin ich!«

»Herrgott, Mann, in Gesellschaft dieser Bande hast du doch überhaupt keine Chance!« rief McGuffie, während er an mein Bett kam. Hier zog er eine Flasche Bier unter seiner Buschjacke hervor und reichte sie mir. Ich bedankte mich bei ihm, und er öffnete sie mir mit dem Haken an seinem Messer, das er immer bei sich trug. Wir tranken abwechselnd.

»Ich bin verdammt froh, dich zu sehen, Jock! Ich hatte schon Angst, ihr würdet abziehen und ich bliebe allein in Kalkutta zurück.«

»Diese armen Säcke wollten heute abend nicht Pontoon spielen – nur weil ich sie gestern ein bißchen ausgenommen habe –, daher dachte ich, ich sollte mal nach dir sehen.« Er zwinkerte mir zu. »Bis wir abrücken, dauert es noch eine Weile!« Er beugte sich etwas vor und sah sich mißtrauisch um, wie er es getan hatte, als er drohte, es dem alten Gor-Fatzke zu besorgen. Er hatte sein Wort gehalten. Gor-Fatzke steckte bis zum Hals in der Scheiße, auch wenn er es noch gar nicht gewahr geworden war. McGuffie hatte ihm ein ganz ordentliches Ei ins Nest gelegt.

»Ich hab' dir doch erzählt, daß ich einen Kumpel bei der Division habe, nicht wahr? Nun, es ist ein guter Kumpel – er hat mir geholfen, das Ding zu drehen! Ich hab' dem alten Gor-Fatzke voll einen reingewichst.«

Seine Geschichte hörte sich an wie ein Roman. Sein Kumpel beim Divisionsstab hatte McGuffie einen Satz Schablonen und gelbe Farbe besorgt. Als wir auf dem Nebengleis in Indore standen, war Jock in einen der mit Sachen aus dem Magazin beladenen Waggons gestiegen, während wir schliefen und er eigentlich Wache halten sollte. Er hatte die Zeichen der 2. Division auf den Kisten übermalt und diese an die 36. Division adressiert, die sich zu dem Zeitpunkt irgendwo im Norden Burmas mit den Japanern herumschlug. Mittlerweile mußten diese Kisten längst den Bahnhof von Howrah verlassen haben und ins Blaue unterwegs sein!

»Du verarschst mich, Jock! Das hast du niemals getan!«

Er reichte mir die Flasche. »Ich hab's verdammt nochmal getan, Stubby, genau wie ich's sage – für was hältst du mich denn? Und ich hab' auch daran gedacht, die Schablonen anschließend verschwinden zu lassen. Jetzt hängen sie Gor-Fatzke die Sache an, das ist mal sicher.«

Ich nahm einen Schluck von dem warmen Bier und war bei dem Gedanken an diese Sabotage wie benommen. »Aber warum hast du das getan, Jock?«

Er nahm mir die Flasche aus der Hand und genehmigte sich einen kräftigen Schluck. »Weder du noch ich haben das richtige Talent für aktiven Dienst in Burma. Es war doch eine ganz einfache Sache. Solange diese Ladung Nachschub in Indien, Burma, Assam und China spazieren gefahren wird, sind die Chancen der Nachhut, in Kalkutta zu bleiben, sehr gut. Der Krieg in Burma flackert wieder heftiger auf, und dort haben richtige Gentlemen eigentlich nichts zu suchen. Norman und ich haben uns diesen Trick ausgedacht, bevor wir Kanchapur verließen. Und jetzt mußt du mir schwören, daß du niemals auch nur ein Sterbenswörtchen über diese Angelegenheit verlierst, verstanden? Es gibt eine ganze Menge hinterlistige Bastarde in dieser Armee, die den guten alten Jock McGuffie am liebsten im Bau sähen.«

Ich legte den Schwur ab.

»Nicht ein Wort, merk dir das! Und jetzt brüllt dieser verdammte Sergeant da draußen schon wieder herum!«

Wir konnten den Sergeant vor dem Zelt irgend etwas rufen hören. Alle Besucher müßten sofort gehen. Die Besuchszeit sei vorüber.

»Ich mache mich lieber auf den Weg«, sagte Jock, erhob sich und leerte die Flasche Bier. »Nimm dich hier nur in acht und guck den Kerlen auf die Finger, sonst schneiden sie dir deine Hand am Ende noch bis hoch zum Ellbogen ab. Da, ich hab' dir noch was mitgebracht – Jock kümmert sich wirklich um seine Kameraden!« Er wühlte in seiner geräumigen Hosentasche herum und zog ein zerknautschtes, in Zeitungspapier eingewickeltes Buch heraus, das ich sofort erkannte, als er es mir in die Hand drückte. Es war unser wertvolles Exemplar der »Nächte des Horatio Heißsporn«.

»Ich hab' sorgfältig darauf geachtet, daß dies nicht auch noch nach China geschickt wird!« sagte Jock.

McGuffies Neuigkeiten bescherten mir reichlich gemischte Gefühle. Ich wollte nicht Mitwisser seines schlimmsten Geheimnisses sein. Er war nach dem Buchstaben des Militärgesetzes der Sabotage schuldig, und ich war nun ein Mitwisser, der durchaus mit ihm bestraft werden konnte. Und ob uns seine Aktion vor der prophezeiten Hölle von Burma und Assam bewahrte, war eine ganz andere Sache.

Den nächsten Tag verbrachte ich vor allem in der Röntgenabteilung. Meine Hand und mein Arm schmerzten immer heftiger. Obgleich meine Temperatur etwas gesunken war, fühlte ich mich sogar zu schwach, um mir die Abenteuer von Horatio Heißsporn zu Gemüte zu führen. Tatsächlich hatte ich dem Sex abgeschworen. Ich untersuchte mein Gerät einoder zweimal, um mich zu vergewissern, daß es nicht die Pokken waren, die ich mir irgendwo gefangen hatte. Um drei Uhr nachmittags kam ein Sanitäter vorbei und wies mich an, mich auszuziehen und ins Bett zu legen. Um halb sechs hatte ich einen Besucher. Diesmal war es Captain Eric Gore-Blakeley.

Ich versuchte, im Bett Habtachtstellung einzunehmen. Hatte er die Sache mit den Schablonen etwa herausbekommen?

»Das mit Ihren gebrochenen Knochen tut mir leid, Stubbs. Man sagte mir, Sie hätten achtunddreißig Grad Fieber. Das ist bei dieser Hitze natürlich nichts. Viele total gesunde und einsatzfähige Männer haben noch mehr. Sie prügeln sich einfach zu gern.«

»Verzeihung, Sir, aber es war keine Schlägerei. Ich bin in Indore von einem Waggon gestürzt.«

Er sah mich an. »Der Arzt hat mir berichtet, Sie hätten ihm das erzählt... Nun, Stubbs, Sie haben sich da einen ganz schönen Schaden zugefügt. Ich empfehle Ihnen, ein paar Tage hier zu bleiben und sich völlig auszukurieren.«

Was für eine Fürsorge! Ich wußte, daß irgend etwas dahintersteckte, und seine nächsten Worte bestätigten meinen Verdacht.

»Zufälligerweise hat es ein Mißverständnis mit unserer Ausrüstung am Bahnhof in Howrah gegeben, deshalb ist es besser, wenn Sie nicht auch noch dort herumhängen.«

»Jawohl, Sir.«

»Haben Sie noch immer vor, an einem Funkerkurs teilzunehmen, Stubbs?«

»Ich denke schon, Sir.«

»Schön. Ich kann Ihnen natürlich nichts versprechen, aber es ist möglich, daß hier am Ort in Kürze einer anfängt.«

»Und was ist mit Burma, Sir? Zieht die Kompanie ohne uns an die Front? Ich wäre lieber bei der Kompanie, Sir, als zurückzubleiben.«

Darauf gab er keine direkte Antwort. »General Slim, der Befehlshaber der 14. Armee, befindet sich zur Zeit in dieser Gegend. Die verschiedenen Abteilungen der 2. Division versammeln sich ebenfalls. Es kann sein, daß der Befehl zum Vorrücken schon in ein paar Tagen kommt – unter Umständen sogar in wenigen Stunden.«

»Was ist denn mit unserer fehlenden Ausrüstung, Sir?«

Er stand auf. »Da draußen ist ein Krieg im Gang. Vielleicht vergißt das Armeekommando, der Sache auf den Grund zu gehen und eine Untersuchung durchzuführen.« Er hielt inne, während er sich zum Gehen wandte. »Die Nachhut wird vom Transitlager in ein besseres Lager in der Nähe verlegt. Wir werden Sie nicht im Stich lassen. Sie werden uns nicht verlorengehen, wie unsere Ausrüstung in Howrah!«

Was hatte das alles zu bedeuten? fragte ich mich, als er gegangen war. Hatte er irgendeinen Verdacht gegen mich? Plante er, mich auf elegante Art und Weise loszuwerden?

Wußte er, daß Jock mich am vorhergehenden Tag besucht hatte? Was sollte dieser neue Quatsch über einen Kurs?

Alles, was ich tun konnte, war, das zu tun, was die meisten Angehörigen der Armee tun: abwarten. Aber es wurde eine lange Warterei.

Am nächsten Tag ging es mir bedeutend besser. Die vergessene Armee schimpfte und redete von Simulanten, die erst mal richtigen Dienst schieben sollten, als verkündet wurde, daß meine Temperatur auf einen normalen Wert gesunken sei. Der skeptische Militärarzt informierte mich, daß ich zwei gebrochene Knochen und eine gerissene Sehne habe. Meine rechte Hand wurde verbunden und mein rechter Arm in eine Schlinge gelegt. Ich wurde vom Dienst befreit und angewiesen, mich im Lager aufzuhalten.

Der Sergeant der Ambulanz erwies sich als richtig freundlich. Er kam zu mir mit einem Rat. »Hier gibt es den ganzen Tag nichts zu tun – also geh in die Stadt und hab deinen Spaß. Solange du immer vor halb elf durch das Haupttor reinkommst, wird niemand sich dafür interessieren, was du treibst.«

»Danke, Sergeant, aber ich habe keine einzige Rupie zum Ausgeben.«

»Das geht aber nicht. Melde dich bei Corporal Harrison im Sanitätszimmer und bestell ihm, ich hätte dich geschickt. Er ist ein wahres Genie, wenn es darum geht, Geld in Umlauf zu bringen.«

Corporal Harrison war ein rundlicher Mann mit Brille und einem Schnurrbart. Er polierte das eine und zupfte sich am anderen und holte fünfzehn Rupien, die er in mein Soldbuch eintrug, aus einer Schublade. Es war der Sold für eine Woche.

Zwei Tage später war ich wieder pleite – mit fünfzehn Rupien kam man in Kalkutta nicht weit. Der zuverlässige Harrison händigte mir einen weiteren Wochensold aus.

»Es macht ihm gar nichts aus«, meinte einer der Typen von der vergessenen Armee. »Er hat eine ganze Menge Tote auf seiner Lohnliste, die in diesem beschissenen Lager abgekratzt und niemals als gestorben gemeldet worden sind. Du lebst vom Sold eines Toten, Kamerad.«

So hatte ich eine Woche Zeit, Kalkutta allein zu erkunden.

Ich versuchte, Kontakt mit meinen Kameraden bei den Mendips aufzunehmen. Um Geld zu sparen, ging ich zu Fuß zum Transitlager in Howrah. Unser Nachhutkommando hatte zusammengepackt, war abgezogen und hatte nichts zurückgelassen. Niemand wußte etwas von ihnen, bis auf die Tatsache, daß sie auf einem Fünfzehntonner schon früh am Morgen weggebracht worden waren. Ein Sergeant, den ich bedrängte, gab mir schließlich eine Liste mit drei oder vier anderen Transitlagern im Gebiet von Kalkutta; aber zu dieser Zeit herrschte in der Stadt ein ständiges Kommen und Gehen von Truppeneinheiten, weshalb zusätzliche Lagerplätze geschaffen wurden, und in dem ganzen Durcheinander schien niemand so richtig zu wissen, was überhaupt los war.

Abends erwachte die unwiderstehliche Versuchung in Gestalt der Freudenhäuser. Tagsüber spazierte ich durch die Stadt, die bis zum Überlaufen mit Menschen gefüllt war, ging zum kitschigen Jain-Tempel, betrachtete die Lastwagen, die von den Sikhs gelenkten Taxis und die Ochsenkarren, die über die Howrah-Brücke polterten, machte einen Abstecher zu den Docks und fuhr mit einem Boot den Hooghly hinunter zum Botanischen Garten, wo ich mich unter dem größten Banyanbaum der Welt ausruhte.

Es war eine aufregende Erfahrung, wieder einmal allein zu sein, getrennt von allen anderen Menschen. Gegen Ende der Woche, als mein Arm nicht mehr von der Schlinge gehalten werden mußte, fing ich ein wenig zu zeichnen an und schämte mich fast dieser Demonstration meines künstlerischen Temperaments.

Als ich eines Mittags wieder ins Lager zurückkam – trotz Harrisons Zahlungen war ich schon wieder pleite –, rief mich der Sergeant zu sich. »Für dich ist eine Nachricht über den Draht gekommen, kaum daß du heute morgen das Lager verlassen hast.«

»Von der A-Kompanie?« Ich stand in der Türöffnung und lehnte mich gegen einen Pfosten.

»Sehr wahrscheinlich. Gegen sechzehn Uhr kommt ein Gharri vorbei und nimmt dich mit. Du mußt dich im 26. Verstärkungslager melden.«

»Wo ist das, Sergeant?«

»Ich sag's dir nur ungern, Kamerad, aber es liegt in Dimapur. Du bekommst endlich deine Chance, die Japse von ihrem Einmarsch in Indien abzuhalten. Endlich kannst du an die Front.«

Es war stickig in seinem kleinen Büro, fast so heiß wie draußen. Zwischen all den Dienstplänen und den Listen der verschiedenen Einheiten hingen auch Pin-ups an der Wand.

Der März des Jahres 1944 war beinahe zu Ende. In Europa wurden die Nazis an jeder Front geschlagen, und der Sieg schien eine sichere Sache zu sein. In Indien waren wir gegen die Japaner noch gar nicht richtig aktiv geworden, und die Gebiete, die bereits zurückerobert werden mußten, waren in ihrer Ausdehnung atemraubend groß. Britische Truppen hatten in Arakan zwar Geländegewinne zu verzeichnen, aber die Japaner bewegten sich in westlicher Richtung auf die Tore Indiens zu und marschierten von den Hochebenen Zentral-Burmas herunter – wie ich sogar aus der Lektüre der Zeitung wußte.

Zum Abschied dem Sergeant zunickend, ging ich zum großen Zelt hinüber, ein wenig blaß um die Nase. Dimapur war die Hauptstadt des gleichnamigen Staates, gleich neben Assam, direkt an Burma angrenzend und sehr weit entfernt vom falschen Glanz Kalkuttas.

Die Reste der 14. Armee spürten, daß irgend etwas im Busch war, und zogen mir schon bald die Neuigkeit aus der Nase.

»Du glücklicher Scheißer! Jetzt bekommst du endlich deine verdammte Chance, richtigen Dienst zu machen. Es wurde auch Zeit, daß ihr armseligen Etappenjünglinge euren Anteil leistet!«

»Ich hoffe nur, daß ich zu meinen Kameraden komme, das ist alles, was ich will.«

Ich brauchte nicht lange, um meine wenigen Habseligkeiten zusammenzupacken. Ich wuchtete mir den Sack auf die Schulter und ging zum Ausgang.

»Viel Glück, alter Junge!« sagte der Sergeant. »Alles Gute.

Du wirst es schon schaffen. Mach dir keine Sorgen!« Er klopfte mir auf die Schulter.

Ich rannte zu den Latrinen, schloß mich in einer der Kabinen ein und brach in Tränen aus. Ich konnte überhaupt nicht aufhören. Ich saß nur da und weinte; ich konnte es einfach nicht ertragen, daß man so nett mit mir redete.

Nach einiger Zeit riß ich mich zusammen und zündete mir eine Zigarette an. Die anderen Geräusche des Scheißhauses – das Schlagen von Türen, Fürze, rauschender Urin – drangen von weither zu mir, während ich versuchte, mir einen Überblick über mein Leben zu verschaffen. Burma. Meine Hand war wieder in Ordnung. Aber kein Vögeln mehr... Wann hatte ich endlich eine lange, aufregend erotische Liebesaffäre mit einem Mädchen? Einem weißen Mädchen aus England. Oder mit einer Chinesin, einer dieser Schönheiten, die ich auf der Chowringhee Street neulich gesehen hatte, aufregende Gesichter, prachtvolle Beine. Mein Gott, was für ein Dummkopf ich doch gestern gewesen war, mich nicht an ein Chinesenmädchen heranzumachen! Kein Geld. Diese Chinesinnen waren teurer als die Bibis. Man konnte deutlich sehen, warum. Man brauchte sich nur ihre süßen kleinen Titten und die wundervollen kleinen Mösen vorzustellen...

Nun, man konnte ständig träumen und gleichzeitig wichsen. Indem ich mich auf dem Sitz nach hinten lehnte, gelang es mir in nullkommanichts, ein paar Spritzer Samen auf meinen Bauch zu plazieren, was mir einige Erleichterung verschaffte. Es war nicht gerade die grandioseste aller Wichsnummern, denn ich bekam ständig den Rauch meiner Zigarette in die Augen.

Während ich aufstand, hörte ich jemand zum Pinkeln in das Scheißhaus kommen, und dabei hörte ich das Lied, das der Betreffende summte: »Könnt' ich dich vor mir stehen sehen...«

Es war sechzehn Uhr. Der Gharri war gekommen, um mich abzuholen. Gott sei Dank, ich würde mit jemand, den ich kannte, nach Burma fahren!

3
Gottes eigenes Land

Gottes eigenes Land war der ironische Name, den die 14. Armee Burma verlieh. Vielleicht wurde es so genannt, weil es so schwierig war, dorthin zu gelangen. Die Entfernung von Kalkutta nach Kohima in Assam mußte anders als nur in Kilometern gemessen werden. Die Nachhut des 1. Bataillons bewegte sich per Eisenbahnzug nach Norden, auf einer Strecke, die von den Amerikanern übernommen worden war und betrieben wurde. Vom Zug stiegen wir auf eine Fähre um, und die Fähre brachte uns in langsamer Fahrt über den breiten Bramaputra. Auf dem Ostufer des Flusses befanden wir uns schon in Assam, und die Folgen der japanischen Besetzung waren bereits sichtbar. Das Chaos und die Pracht Indiens, das fröhliche und sorglose Treiben seines Volkes waren der unnatürlichen Stille eines Invasionsgebietes gewichen. Die noch vorhandenen Bewohner bewegten sich wie Menschen, die in Kriegsgebieten leben – sie hielten sich immer im Schutz von Mauern. Wir waren weit weg von zu Hause.

Wir bestiegen einen anderen Zug – diesmal mit geringerer Spurbreite. Dieser Zug begann seine Reise mit einer größeren als der indischen Pünktlichkeit und brachte uns nach Dimapur.

Jedes Umsteigen, jeder Wechsel des Transportmittels führte zu Verzögerungen. Es bedeutete auch, daß die Lagerbestände entladen werden mußten – McGuffie verlor wahrscheinlich Unmengen aus unserem Lager, doch es gab zahlreiche andere Vorratslager, die ausgeplündert werden konnten. Dieser Versorgungsstrom, auf unterschiedlichen Gleisen,

Flüssen und über zahlreiche Berge hinweg, war die einzige Route zur Hauptfront in Burma, abgesehen vom Luftweg.

Das Land wurde immer größer, während wir vorrückten. Jeden Morgen erwachten wir in eisiger Luft, und obgleich die Sonne sehr schnell so glühendheiß wie immer schien, wußten wir, daß wir uns höheren Bergregionen näherten. Ich weiß nicht, wie es die anderen empfanden, aber für mich waren diese Tage eine aufregende Zeit. Ich hätte ewig so weiterfahren können.

Während wir in Dimapur einfuhren, stand jeder am Fenster und blickte staunend nach draußen.

»He, ich glaub', die verdammten Japse haben hier bereits zugeschlagen!« sagte Tertis.

Die armselige Stadt war voll von Soldaten, Flüchtlingen und Tausenden von Kulis. Es war der Flaschenhals zwischen Indien und Burma, und für jeden Mann, der vorwärts, also nach Osten, ging, versuchten zehn, zurück, nach Westen, zu gelangen. Lehmstraßen erstreckten sich in alle Richtungen. Auf ihnen waren Lastwagen in Tarnfarben unterwegs, einer hinter dem anderen, Stoßstange an Stoßstange, und das mit geradezu mörderischem Tempo. Daneben sah man die langen Schlangen der Kulis, die oft in Staubwolken eingehüllt waren. Im Tal und auf den Berghängen wurden improvisierte Lager aufgeschlagen. Überall wurde gegraben. Der Eindruck war der eines totalen Chaos. Eine Invasion hatte stattgefunden, wie Jackie Tertis angedeutet hatte.

Im Zentrum der Stadt stand ein Wegweiser mit drei Pfeilen, von denen jeder in eine andere Richtung wies und eine andere Aufschrift besaß: New York 17000 Kilometer, Tokio 8300 Kilometer, London 13 500 Kilometer. Die Amerikaner waren in der Stadt. Wie üblich wirkten die amerikanischen Soldaten entspannter, demokratischer, zahlreicher und sehr viel besser genährt als unsere Einheiten; sie unterschieden sich von uns in der gleichen Weise, wie wir uns von den indischen Sepoys unterschieden.

Die Rassenvielfalt war verwirrend. Fast schien es, als wären diese Tausende von fremden Männern eingetroffen, um an diesem bisher unbekannten und unbedeutenden Ort einen neuen Turmbau zu Babel zu beginnen. Wir sahen chinesische Soldaten, die sehr bescheiden auftraten, Gurkhas, die fröhlich winkten (»Sie sind die verdammt besten Kämpfer der Welt, nach unseren Glasgowern«, sagte McGuffie) und eine Gruppe von Westafrikanern – von einer verwirrenden Mischung indischer und assamesischer Truppen ganz zu schweigen. Jedermann schien auf den Beinen und aufbruchsbereit zu sein.

Trotz dieses Menschenüberflusses rückte unser kleiner Trupp in ein sauberes und fast leeres Durchgangslager ein. Es war von der 2. Division errichtet worden. Wir waren praktisch die ersten der Division, die im Zentrum des Kriegsgeschehens eintrafen. Der Rest kam schubweise, Zugladung um Zugladung, in dieses enge und gefährliche Tal, das in Richtung der vordringenden Japaner wies.

Unser Trupp besorgte sich etwas zu essen und sah sich dann einen Film an: Tom Conway in »The Falcon of Danger«. Der Film wurde auf eine weiße Zeltplane projiziert, so daß die Zuschauer auf beiden Seiten der Leinwand auf dem Erdboden sitzen und das Geschehen verfolgen konnten.

Aus Gesprächen mit anderen Soldaten erhielten wir einen allgemeinen Eindruck von dem, was um uns herum geschah. Die japanischen Einheiten rückten wieder vor, bedrohten Kohima und besetzten die Straßen zwischen Dimapur und Kohima und zwischen Kohima und Imphal. Niemand wußte genau, wo sie zur Zeit standen. Die Straße von Dimapur nach Kohima wurde von Bergen überragt, und jeder Berg war bis zu seiner Spitze mit dichtem Urwald bewachsen; einige unserer Kameraden hatten auf den Gipfeln vereinzelt Japaner gesichtet. Das 33. Korps sollte dieses lebenswichtige Stück der Straße sichern – »und die haben ganz schön geblutet«, bemerkte jemand traurig.

»Die Mendips werden die Japaner schon aus dem Wald verjagen«, sagte Carter. Er lachte.

Wir gingen die Straße hinunter, die durch das Tal führte, rauchten, unterhielten uns und gelangten zu einer Kantine in einem Zelt, wo Hühnerschenkel und Bier verkauft wurden. Über den Naga-Bergen stand ein Halbmond. London 13 500 Kilometer. Im Zelt stritten sich einige Cockneys betrunken über die genaue Strecke, die die Buslinie 15 nahm.

Ich stand draußen, leerte mein Glas und rauchte. Ich wollte mit niemand reden. Sämtliche Erwartungen der jüngsten Vergangenheit waren wie weggewischt. Es reichte schon völlig aus, in diesem grandiosen Tal zu sein.

Meine Kameraden hatten mir ihre Neuigkeiten berichtet: wie sie nach Barrackpore verlegt wurden, kurz nachdem ich zur Feldsanitätseinheit gegangen war, wie Gore-Blakeley wegen der fehlenden Ausrüstung verrückt gespielt hatte und wie alles plötzlich zweitrangig geworden war, weil die Japaner wieder vorrückten und jeder einsatzfähige Mann in Indien gegen sie aufgeboten wurde. Welche Intrigen und Pläne McGuffie, Gore-Blakeley oder sonst jemand auch verfolgt haben mochten, alles war unwesentlich geworden. Die Listen waren eingetroffen, die Befehle wurden verteilt, wir taten, was von uns verlangt wurde.

Gelegentlich brandete in der Ferne heftiges Schießen auf.

»Wahrscheinlich japanische Geschütze – die verlassen sich nur auf ihre Mörsersalven«, sagte Ernie.

»Wahrscheinlich bekommen einige arme Teufel mal wieder die Hucke voll«, meinte Aylmer. Er und ich schlenderten zu unserer Basha zurück und überließen die anderen ihren Gesprächen. Es war das erste schwere Feuer, das wir hörten. Konvois waren in beiden Richtungen unterwegs. Sepoys standen entlang der Straße Wache.

»Wenigstens sollten wir den Vormarsch mit Lee-Grant-Panzern der Yankees durchführen«, meinte Aylmer nachdenklich. »Die alten Valentines, die sie in Arakan hatten, waren kaum von Nutzen – die hätten sie schon vor langer Zeit stillegen sollen, die waren überflüssig. Wie ich kürzlich hörte, wurden sie den Chinesen überlassen.«

Ich lachte. »Für die verdammten Chinesen reichen sie völlig aus!«

»Die Chinesen sind ganz hervorragende Soldaten. Die

Amerikaner sind nichts wert, wenn sie nicht mindestens Steckdosen für ihre Elektrorasierer in ihren Landefahrzeugen haben, doch der Chinese wird dazu erzogen, mit einer Handvoll Reis jeden Tag im Kampf seinen Mann zu stehen. Mit einer Handvoll Reis hält ein Chink tagelang durch. Wenn man ihnen die Gelegenheit gibt, dann sind sie wie die Japaner. Ich hätte nichts dagegen, wenn sie uns bei unserem Kampf unterstützten.«

Es war nun schon das zweite Mal, daß er sich ausdrückte, als stünde unser Einsatz dicht bevor. Das schien ihm zu gefallen.

»Himmelherrgott, ist das ein wundervoller Abend«, sagte ich.

Wir hörten Gewehrfeuer, gefolgt vom Wummern der Mörser.

Der nächste Tag wurde von der Nachhut mit Warten verbracht. Die meisten wurden zum Schanzen abkommandiert; McGuffie und ich verließen mit Captain Gore-Blakeley das Lager, wobei Jock seinen Jeep lenkte und ich mein Funkgerät mitschleppte und gelegentlich Meldungen mit »Weißer Riese« austauschte, bei dem es sich um jemand im Truppenhauptquartier handelte. In Gore-Blakeleys Begleitung befand sich ein Major Bedford, der für die Nachschubverteilung verantwortlich war. Sie schienen ihren Spaß zu haben, sich überall herumfahren zu lassen und kilometerweit zu laufen.

Jock konnte dabei oft im Jeep warten, während ich zu Fuß hinter ihnen herhetzte, unter meinem Funkgerät schwitzte und mit halbem Ohr ihrer Unterhaltung lauschte.

Sie drückten sich beide sehr kühl und allgemein zu den Aussichten des bevorstehenden Kampfes aus, als besprächen sie die Chancen für die Beschaffung von Fußballausrüstungen.

»Je eher die 8. Brigade eingreift, desto besser«, sagte Bedford. »Wir haben eine ziemlich schwierige Aufgabe mit der Verteidigung Kohimas, obgleich es dort gute Verteidigungsstellungen gibt. Die Japaner treten mit ihrer Infanterie weitaus zahlreicher auf, als wir erwartet haben. Mutaguchi und Sato sind erstklassige Anführer, und falls es ihnen gelingt, Kohima zu überrennen, dürfte es unmöglich sein, Dimapur wirkungsvoll zu verteidigen. Ich brauche wohl nicht eigens zu betonen, wie katastrophal die Folgen für Indien und Großbritannien sind, wenn sie Dimapur einnehmen.«

»Und angenommen, sie passieren Kohima, wie sie es mit Imphal getan haben?«

»Wir müsen unser Bestes versuchen.«

»Natürlich.« Vielleicht fühlte Gor-Blimey sich im Nachteil. Er fügte schnell hinzu: »Die 2. Division rückt schnellstens in die Zonen der größten Feindkonzentration vor. Wie Sie wissen, müssen die Einheiten von weither, zum Beispiel aus Chittagong und Ahmednagar, zusammengezogen werden.«

»Es liegt nur an dieser verdammten Verbindung nach Indien! Glücklicherweise haben die Japaner sich mit noch größeren Entfernungen herumzuschlagen.«

»Der Monsun wird sowieso alles zum Stillstand bringen. Ich wage gar nicht an die Wassermassen zu denken, die sich in der Regenzeit die Berghänge herunter ergießen.«

Bedford hatte die Angewohnheit, sich über den Schnurrbart zu streichen. Diese Geste erfolgte nun mit einer gewissen Regelmäßigkeit. »Wir müssen es lernen, auf jedem Boden zu kämpfen und unter allen Bedingungen.«

»Das ist auch meine Meinung. Aber es wäre besser, wenn wir Sato noch vor der Regenzeit in die zentrale burmesische Ebene zurückdrängen könnten. Der britische Soldat ist doch mehr daran gewöhnt, in offenem Gelände zu kämpfen.«

Indem er seine Stimme in der Hoffnung senkte, daß ich, der ich hinter ihnen hertrottete, ihn nicht verstand, sagte Bedford: »Die meisten Soldaten hier kennen sich in überhaupt keiner Kampfweise aus – mit einigen Ausnahmen haben sie im ernsten Einsatz noch nie ein Gewehr abgefeuert.«

»Die 8. Brigade ist genauso hervorragend ausgebildet wie jede andere Einheit.«

»Dafür kann man Gott danken, aber Ihre Leute sind doch

für kombinierte Operationen ausgebildet worden. Sie werden feststellen, daß der Dschungel im Bergland eine völlig andere Umgebung mit ganz eigenen Gesetzen ist.«

»Sie werden in den nächsten Tagen sicherlich eine angenehme Überraschung erleben.«

»Natürlich erwarte ich das. Es ist von höchster Dringlichkeit, die Brigade auf der Straße in den Bereitstellungsraum bei Zubza vorrücken zu lassen und sie aus diesem verdammten Loch hier herauszuholen.«

Bedford wies auf das Durcheinander von Schützenlöchern und Stacheldrahthindernissen, durch das wir wanderten. Hunderte von untätigen Soldaten standen herum oder lümmelten auf Stapeln von Ausrüstung. Kulis irrten ziellos umher. Man mußte lange suchen – und wir legten einen wirklich weiten Weg zurück –, ehe wir jemand mit einem Gewehr sahen. Nur in den Lagern herrschte so etwas wie Ordnung und eine gewisse militärische Atmosphäre. Wir schritten die Verteidigungslinien mit wachsendem Ärger ab und gelangten am Ende zu einer Start- und Landebahn, wo Bedford und Gore-Blakeley in einer Offiziersmesse verschwanden und wo Jock und ich uns ein Spiegelei, zwei Rindfleischsandwiches, eine Dose Pflaumen und Tee aus einer Kantine der Luftwaffe besorgten. Dieses Festmahl nahmen wir am Rand der Start- und Landebahn ein und sahen zu, wie die Maschinen im Sonnenschein landeten oder starteten.

»Wenn wir nur einen Weg wüßten, wie man in eins dieser schönen Flugzeuge reinkäme, dann könnten wir noch vor Sonnenuntergang in Kalkutta und stockbesoffen sein«, sagte Jock sehnsüchtig. »Vielleicht gehe ich mal rüber und rede mit einem der Piloten. Ich wette, es gibt auch hier einen Kerl aus Glasgow. Komm mit!«

»Ich bleibe beim Jeep. Versuch mal dein Glück allein, Jock.«

»Okay, du ungeselliger Arsch – sieh nur zu, daß niemand das Fahrzeug klaut.« Er nickte und marschierte los.

Die Kanonen donnerten in den Bergen, als meine beiden Offiziere wieder auftauchten.

»Es klingt, als würden wir es den Japsen zeigen, Sir«, sagte ich zu Gor-Blimey.

»Haben Sie denn keine Lust, denen selbst ein paar aufs Haupt zu geben, Soldat Stubbs?« fragte Bedford. Zweifellos wollte er meine Kampfmoral testen.

Ich nickte und grinste idiotenhaft. »Ich, Sir? Natürlich, Sir!«

Er erwiderte mein Lächeln. »Je eher Sie die Chance dazu bekommen, desto besser. Wenn die Japse bis hierher vordringen, dann dürfte ihnen bald ganz Indien gehören. Das sind ziemlich düstere Aussichten.«

»Wir werden es ihnen zeigen, Sir!«

»Ich bin überzeugt, daß Sie das werden.«

Drei Hurricane-Bomber dröhnten über uns hinweg und verschwanden talaufwärts in Richtung Kohima.

Zu Bedford gewandt meinte Gor-Blimey: »So wie es aussieht, ist gerade jemand dabei, es ihnen zu zeigen.«

»Auch gut. Aber zur Zeit sind wir ziemlich schwach in Kohima. Das Assam-Regiment, praktisch unerprobt, plus die Assam-Schützen, die die Rolle der örtlichen Polizei spielen, ein paar kleinere Teile des Burma-Regiments und unsere Freunde und Alliierten der nepalesischen Armee, das ist wohl kaum die widerstandsfähigste Verteidigung gegen eine schlagkräftige japanische Division wie die 31.«

»Eine ziemlich schräge Mischung.«

Die Offiziere zündeten sich Zigaretten an. Gor-Blimey lehnte am Jeep und blickte mit der nonchalanten Art eines Entenjägers zu den Berggipfeln hoch.

»Eine verdammt schräge Mischung!« bekräftigte Bedford. »Das ist ja auch ein Teil des Charmes der 14. Armee. Ein Hauptmann von den Funkern verglich uns neulich mit den Armeen von Österreich-Ungarn zu Beginn des Ersten Weltkriegs. Ich brachte ihn zum Schweigen! Ich meinte nämlich, daß diese Ähnlichkeit nicht so lautstark hervorgehoben werden sollte.«

»Kaum! Die Briten haben schon immer eingeborene Einheiten eingesetzt – wahrscheinlich wegen unserer vergleichsweise geringen Bevölkerungszahl. Wie ich hörte, benutzen die Japaner die Koreaner in ähnlicher Weise.« Gor-Blimey drehte sich unvermittelt zu mir um. »Wir sollten uns auf den Weg machen. Stubbs, wo ist McGuffie?«

»Er ist nur kurz zur Latrine, Sir. Da kommt er schon!«

Wir sahen McGuffie mit den Armen rudern, als er über den staubigen Platz auf uns zumarschierte, jeder Zentimeter ein unbesungener Held. »Ich hab' nur Zigaretten geholt, Sir!« meldete er und salutierte zackig.

Wir wurden am nächsten Morgen um fünf geweckt, noch bevor die Dämmerung angebrochen war. Die Welt war still, eingehüllt in frostige Luft. Wir wuschen uns mit kaltem Wasser, zogen uns an, packten unsere Sachen und schleppten sie zur Messe, wo mürrische Köche die erste Mahlzeit des Tages austeilten. Andere Soldaten saßen bereits an den Messetischen, ein Meldereiter in staubbedecktem Ledermantel, drei Australier, die nicht redeten, verschiedene wild aussehende Typen. Marmelade stand in großen Schüsseln auf den Klapptischen. Wie immer hatte ich einen Bärenhunger.

»Wohin geht's, Corporal?«

»Wir stoßen zum Rest der A-Kompanie. Wohin sonst?«

Corporal Dutt marschierte mit uns zu einem Vorratslager, wo uns ein anderer Corporal Rationen in einen Fünftonner laden ließ. Es wurde allmählich hell.

Während ich mich zunehmend wie ein kämpfender Soldat fühlte, fragte ich den Corporal vom Dienst, warum wir Rationen laden mußten.

»Dieser Proviant muß nach Kohima. Ihr habt das Glück, gemütlich auf dem Wagen mitfahren zu können. Wenn es nach mir ginge, dann würdet ihr diese verdammte Straße raufmarschieren, und wir hätten auf dem Wagen mehr Platz für Proviant, aber die Straße ist schon hinreichend verstopft mit euren haarigen Teufeln von der 8. Brigade, die auf ihr herumbummeln.«

»Pech, daß sie damals keine breitere Straße gebaut haben«, meinte ich.

Er erstarrte und funkelte mich wütend an. »Was für eine Unverschämtheit!« Seine Verachtung ließ ihn nach Worten ringen. »Bist wohl ein ganz besonderer Witzbold, was? Kommst geradewegs aus Mamis Schoß und hast die Muttermilch noch hinter den Ohren kleben! Sieh dir die Straße nur gut an, wenn du heute morgen drauf fährst, und denk daran, daß jeder Zentimeter mit Unmengen von Schweiß und Entbehrung gebaut wurde, und das schon vor Urzeiten!«

Es war begründet, sich an das zu erinnern, was er sagte, und er war dazu da, uns die Augen zu öffnen. Als der Lastwagen beladen war, kletterten wir hinein, und er rollte los.

Was für eine Fahrt war das, als wir endlich richtig unterwegs waren! Wir hatten indische Fahrer, die, obgleich sich alles an äußeren Umständen gegen sie verschworen zu haben schien, dafür sorgten, daß wir auf der Straße blieben.

Der Corporal hielt uns einen Vortrag zu allen Sehenswürdigkeiten und machte uns auf alles Mögliche aufmerksam, während die frühe Morgensonne zuerst hinter und später vor unserem Gharri am Himmel stand.

»Seht euch das mal an! Vor zwei Tagen ist ein Gharri an dieser Stelle über den Straßenrand gegangen und hat eine mittlere Steinlawine ausgelöst. Sie sind noch immer damit beschäftigt, die Schäden auszubessern.«

Scharen von eingeborenen Arbeitern arbeiteten mit Weidenkörben an der Straße, und andere waren unterhalb der Abbruchkante tätig, wo sie wie Insekten am steilen Abgrund zu kleben schienen.

»Das sind die Burschen, die dieses grandiose technische Werk vollbracht haben – Scharen von Indern und Assamesen und Nagas und wie sie alle heißen, die ihr keines zweiten Blikkes würdigen würdet. Sie haben das alles mit ihren nackten Händen gebaut und mit ein bißchen Hilfe von unseren Pionieren. Kommen euch nicht die Tränen, wenn ihr das seht? Jetzt wißt ihr, warum unser britisches Empire so großartig ist!«

»Sie wollen sagen, daß wir die besten Straßenbauer für uns schuften lassen!« rief Carter.

»Ich werf' dich gleich in den Abgrund, wenn du weiter so redest, Kerl! – Was für eine Leistung das doch war! Ich komme fast jeden Tag herauf und wundere mich immer wieder aufs neue.«

Auf Stapeln von Rindfleischkonserven sitzend, blickten wir mit ihm hinaus. Es war wirklich eine herrliche Straße. Unten im Tal, einige hundert Meter unter uns, sahen wir gelegentlich einen ausgebrannten Lastwagen, wo ein unglücklicher Fahrer nicht schnell genug gebremst hatte. Die Szenerie war wild und grandios.

Ein ganzes Stück hinter dem Nichugard-Paß machten wir länger als eine Stunde halt. Eine japanische Vorhut hatte einige Kilometer vor uns in der vergangenen Nacht eine Brücke gesprengt. Wir warteten ohne Murren, bis der Verkehr wieder rollte, und standen dabei auf der Straße herum, während die Sonne auf unsere Arme und Gesichter herunterbrannte. Soweit das Auge reichte, waren Lastwagen zu sehen, und weit voraus schoben sie sich bereits um die Bergschultern, lange bevor wir an die Reihe kamen, wieder aufzuspringen und die Fahrt fortzusetzen.

Das Gefühl, daß die Würfel gefallen waren, machte sich in uns breit. Kalkutta war hinter uns versunken. Was vor uns lag, konnten wir nur vermuten. Selbst McGuffie war an diesem Morgen sehr schweigsam, abgesehen von der gelegentlichen gefluchten Aufforderung an den Fahrer, er solle die Kurven etwas eleganter nehmen. Sein Versuch am Tag vorher, einen Flug zurück nach Kalkutta zu organisieren, hatte nichts gebracht – die Piloten waren ausnahmslos Kanadier –, und er mußte sich damit zufriedengeben, dem Vortrag des Corporals zu lauschen.

Wir erreichten Kilometerstein 52, wo sich die Befehlszentrale des Bataillons befand. Ein rohes Straßenschild wies uns den Weg zu unserer Sammelzone.

»Alles aussteigen!« brüllte der Corporal. »Willkommen in Zubza! Kinos oder schicke Restaurants mit Klimaanlage gibt es hier nicht!«

Wir warfen unser Gepäck in den Staub hinunter.

Der Corporal blickte mich herausfordernd an, während ich über die Heckklappe stieg.

»Na, Freundchen, ich denke, du hast heute morgen was gelernt.«

»Das ist schon eine tolle Straße, das gebe ich zu.«

»Eine tolle Straße? Ich spinne wohl. Natürlich ist sie das! Sie ist das achte Weltwunder nach Stonehenge und Edisons Leuchtturm!« Er schlug mit der geballten Faust gegen die Seitenwand des Lastwagens und gab so dem Fahrer das Zeichen zur Abfahrt. Zum Zeichen des Abschieds streckte er den Daumen nach oben, während der Lkw in einer Staubwolke verschwand.

Die Tageshitze war drückend, während wir uns zur Stelle meldeten, bergauf stiegen und unsere neuen Stellungen bezogen.

»Da kommt ja der alte Affengott persönlich!« Es war Wally mit dem Rest unserer Kameraden, die wir seit Kanchapur nicht mehr gesehen hatten. Er kam heran und schlug mir fast zärtlich auf den Oberarm. »Wie geht's Wischnu und den anderen Göttern?«

»Die sind in meinem Rucksack, zusammen mit Horatio Heißsporn. Wie geht's dir denn, du Weltmeister?«

Wally, Dusty Miller, Di Jones, Enoch und die anderen sahen wilder aus als in Kanchapur, härter und erfahrener. Wir standen eine Weile herum, scherzten und palaverten, bis Payne auftauchte und uns weiter begleitete.

»Hier ist es prima, Meister«, sagte Wally und ging neben mir her. »Nicht wie in dem beschissenen Kanchapur oder in Vadikhasundi. Wir waren gerade zwei Tage hier – da ging es schon zur Sache, als wir noch dabei waren, uns einzugraben. Die Posten lieferten sich ein kurzes Feuergefecht mit einer Gruppe von Japsen. In den Bergen wimmelt es von Vips.«

»Hast dir sicher die Hosen vollgeschissen, Page!« rief Carter lachend. »Hier wird dein Churchill dir nicht helfen, du Scheiß-Tory.«

»Ich sehe aber auch nirgendwo Joe Stalin herumhängen und dir das Händchen halten«, entgegnete Wally gutgelaunt.

»Wie geht's denn Geordie Wilkinson?« erkundigte ich mich.

Wally nahm seinen Buschhut ab und wischte sich über die Stirn. »Der braucht dringend seine Mami.«

Wir waren nervös und aufgeregt. Als Charley Meadows zu uns stieß, um Carter und mir die Stelle zu zeigen, wo wir unsere Splittergräben graben konnten, war auch er von der allgemeinen Erregung erfüllt.

Nur Geordie schien weniger begeistert zu sein, als er auftauchte. »Ich fürchte, hier wirst du keine Bumspaläste finden, Kamerad. Und von Fußball ist hier auch keine Rede.«

»Hast du denn schon irgendwelche Japse gesehen, Geordie?«

Geordies Adamsapfel begann zu tanzen. Er machte seltsame Gesten und versuchte mich dazu zu bringen, mit ihm ein Stück abseits zu gehen, wo Carter, ein allgemein bekannter Spötter, nicht hören konnte, was er mir erzählte. Ich tat ihm den Gefallen und ging mit.

»Wir sind erst seit zwei Tagen hier – zwar kommt es einem viel länger vor, aber es ist wirklich nicht länger, zwei ganze Tage, mehr nicht. Und die Japse haben das Feuer auf uns eröffnet, kaum daß wir hier eintrafen.«

»Ich habe gehört, daß die Posten ein paar Salven abgefeuert haben.«

»Weißt du, Kamerad...« Er ergriff meinen Arm. »Diese Scheiß-Kugeln, also wirklich! Ich schwöre dir, die haben auf mich gezielt – nun ja, die haben nicht nur auf mich gezielt, aber ich gehörte zu den Scheiß-Posten, und ehrlich, Freund, mich hätte es beinahe erwischt, kaum daß ich hier angekommen war. Weißt du, vielleicht bin ich ja ein besonderer Pechvogel oder eine Art Jonas, wenn du weißt, was ich meine. Dieser Kerl, der von einem Wal verschlungen wurde...«

»Um Himmels willen, Geordie, hör auf mit dem Scheiß! Auf uns alle wird geschossen, oder etwa nicht? Deshalb sind wir doch hier, nicht wahr?«

Seine Miene verdüsterte sich. »Für dich ist das ja durchaus in Ordnung, Kumpel, dir ist das alles egal. Du bist genauso schlimm wie Wally, du scherst dich um gar nichts, aber irgendein Kerl in der Fabrik sagte mal zu mir, ich sei ein Jonas.«

»Du meinst wohl eher, daß du der große Jammerlappen vor dem Herrn bist.«

»Was hältst du davon, wenn du mal bei diesem verdammten Graben mithilfst, Stubbs?« rief Carter. »Das ist ja fast so, als müßte man sich durch Mühlsteine hindurchwühlen.«

»Mach schon weiter, Carter! Ich denke doch, du bist Kommunist und arbeitest für das Allgemeinwohl?« Ich wandte mich wieder zu Geordie um. »Reiß dich zusammen, Geordie, um Gottes willen, darum bitte ich dich! Du bist doch völlig okay. Die Japaner haben dich doch nicht erwischt, oder?«

Ich entfernte mich und ging zu Carter, um ihm zu helfen. Ein Gutteil unserer anfänglichen Erregung war verflogen, als wir endlich unseren Splittergraben ausgehoben hatten. Der Erdboden war hart und steinig, und die Arbeit war mühselig. Wir bauten darüber unser Zweimannzelt auf und atmeten dann tief durch, während uns der Schweiß am Körper herablief.

»Das ist genau die richtige Art und Weise, den Urlaub in Assam zu beginnen«, stellte ich fest.

Carter tätschelte das Zelt liebevoll. »Zum Teufel, es ist schließlich ein richtiges Heim!« Und wir begannen gemeinsam ein Lied zu singen.

Wir sangen noch immer, als Sergeant Chota Morris, mein alter Kumpel aus dem 1. Zug, auf uns zukam. Auch er sah wilder und erfahrener aus als in Kanchapur. »Wie fühlt man sich, wenn man weiß, daß irgendwo dort draußen an die zwanzigtausend mordlustige kleine japanische Sauhunde herumschleichen und immer näher auf einen zugekrochen kommen, Horry?«

»Herrgott, sie wissen doch nicht, daß ich schon hier bin, oder?«

»Natürlich wissen sie das, Junge – die Nachricht dürfte längst bis nach Tokio gelangt sein.«

»Wann werden wir uns endlich mit ihnen befassen?«

»Das mußt du mich nicht fragen. Niemand scheint genau

zu wissen, wo die Japse sich aufhalten oder wie viele Divisionen sie in dieser Gegend stehen haben. Sie greifen Imphal massiert an – das liegt hundert Kilometer südlich von Kohima, aber sie haben vielleicht auch zwei Divisionen zwischen uns und Imphal.«

»Und wie weit ist es von hier bis nach Kohima? Doch nur fünfzehn Kilometer, nicht wahr?«

»Das ist nicht der springende Punkt. Wir müssen hier bleiben, bis die gesamte Division zusammen ist, und dann können wir auch nicht einfach die Straße hochmarschieren.«

»Und warum zum Teufel nicht?«

»Weil das für diese verdammte Armee zu gefährlich wäre!« warf Carter ein.

Chota sagte: »Alles, was sich auf dieser Straße bewegt, kann von den Bergen aus beobachtet und unter Beschuß genommen werden. Es ist ein geradezu lehrbuchmäßiges Ziel! Man kann die Straße nicht halten, ohne auch die Berge zu beherrschen, verstehst du? Meine Vermutung ist, daß wir demnächst die Berggipfel hinter uns erstürmen werden.«

Wir standen da und betrachteten die endlosen Dschungelflächen um uns herum.

»Das ist mal eine Abwechslung zu Kanchapur!«

»Wir werden den Japanern das Fell über die Ohren ziehen. In Streifen wird es ihnen heruntergerissen. Sie haben sich hier lange genug breitmachen können. Wenn wir sie hier erst einmal zum Stillstand gebracht haben, dann können wir sie auch nach Burma zurück und auf der anderen Seite gleich wieder hinausjagen.«

»Warum zerbrechen wir uns eigentlich den Kopf darüber, was mit Burma geschieht?« fragte Carter. »Ich habe von diesem verdammten Land noch nie etwas gehört, bevor ich nach Indien kam.«

»Eigentlich geht es gar nicht so sehr um Burma, sondern wir müssen Indien halten, nicht wahr?«

»Warum?«

»Nun sei doch nicht so verdammt dämlich, Mann! Weil es uns gehört, oder etwa nicht?«

»Carter ist Kommunist«, sagte ich. »Ihr müßt euch nicht an dem stoßen, was er so redet! Er findet, der König und die Königin müßten aus dem Palast ausziehen und statt dessen in einer städtischen Mietwohnung hausen.«

Chota Morris lachte. »Ich nehme an, du denkst, wir unterdrücken die Inder, nicht wahr? Ihnen ginge es verdammt nochmal viel schlechter, wenn wir uns nicht um sie kümmerten.«

Carter schnappte immer nach so einem Köder. »Arschlöcher! Die herrschende Klasse Großbritanniens unterdrückt die Inder genauso wie den britischen Arbeiter. Wenn wir uns zurückhielten und Indien den Japanern überließen, dann wären wir alle etwas freier.«

»Aber wie steht es denn mit den Rechten der japanischen Arbeiter?« fragte ich.

»Diese Bastarde erschieße ich, sobald ich sie sehe«, sagte Carter, und wir brachen alle in schallendes Gelächter aus.

Ich stand unter einem niedrigen Baum, um mich abzukühlen und die einzigartige Landschaft zu betrachten, durch die in diesem Augenblick die japanischen Arbeiter schlichen. Ein Blatt löste sich von einem Zweig und segelte zu Boden. Es lag in der Sonne da und leuchtete grün neben meinen Füßen. Ich rauchte eine Zigarette. Meine Gedanken gingen auf die Reise. Ich fühlte mich einfach verdammt glücklich, wieder da zu sein, mit meinen Kameraden zusammenzusein und mitten in diesem wundervollen Land zu stehen. Ich war gesünder und härter als je zuvor, wichste zweimal am Tag, ohne etwas davon zu merken, und verbrannte nur überschüssige Energie. Die Luft war wie eine Rüstung – sie strahlte und klirrte und kam direkt aus dem Himalaja, der nicht mehr weit entfernt war. Man konnte sie in sich hineintrinken wie Bier.

In dieser Nacht wurde die Garnison in Kohima heftig angegriffen; die Konzentration japanischer Truppen in dieser Gegend nahm zu. Zwei Tage später hatte die Belagerung richtig begonnen. Wir lagen in unseren Splittergräben und lauschten dem Geschützfeuer.

Das Unternehmen, unsere Division mit ihren Geschützen

und ihrer sonstigen Ausrüstung aus Indien heranzuschaffen, dauerte an. Hinter unseren Verteidigungslinien oberhalb von Zubza verbrachten wir unsere Zeit so malerisch wie Gesetzlose. Unsere Taschentücher, Trainingsanzüge und Schweißlappen wurden in einem Kessel grün gefärbt, der aus einem Ölfaß hergestellt worden war, das man halbiert und auf ein offenes Feuer gesetzt hatte. Wir erhielten eine erstaunliche neue amerikanische Substanz namens DDT, mit welcher wir die Nähte unserer Kleidung einrieben, um Läuse abzuhalten, da es höchst unwahrscheinlich war, daß wir in nächster Zeit unsere Sachen würden waschen können. Wir schluckten Vitamintabletten. Ich erhielt ein leichtes Maschinengewehr anstatt eines normalen Sturmgewehrs. Ich bediente das Funkgerät und fand heraus, wie unsicher es war, in den Bergen über Kurzwelle Verbindungen herzustellen und zu erhalten.

Wir wurden außerdem vom Kommandierenden des Bataillons, Willie Swinton, mit einer Ansprache begrüßt. Er erzählte uns, daß wir im Begriff seien, in den Kampf zu ziehen und einen der großen Siege dieses Krieges zu erringen, daß unser Ruhm schon jetzt eine sichere Sache sei und daß man uns nie wieder die vergessene Armee nennen werde.

»Während wir unsere Siege erringen, stellen wir wenigstens nichts Dümmeres an«, sagte Bamber und machte sich über sich selbst lustig.

Wir unternahmen Patrouillengänge. Wir schoben Wache. Wir hielten Ausschau. Wir warteten. Es war alles ziemlich aufregend. Wir spielten Krieg.

Nur kurze Zeit vorher war ich noch in Kalkutta gewesen, in Anspruch genommen von allen Arten unwichtiger Probleme. Sie hatten sich verflüchtigt. Wir standen jetzt im Einsatz. Wir waren Jäger.

Die Berghänge waren überzogen mit Trampelpfaden. Als wir das erste Mal auf Japaner stießen und nahe genug an sie herankamen, um sie unter Beschuß nehmen zu können, mußten wir darauf verzichten. Eine ganze Marschkolonne von ihnen zog vorbei, während wir nur ein kleiner Spähtrupp waren. Sie waren auf einem ihrer Pfade nur wenige Meter oberhalb unseres Standortes unterwegs. Als sie vorbei waren, setzte Charley Meadows sich über mein Funkgerät mit der Befehlszentrale in Verbindung und gab Stärke und Marschrichtung der Einheit durch.

Die Bergpfade gehörten den in den Naga-Bergen ansässigen Stämmen. Sie waren die Menschen, die wir am meisten bewunderten. Vorurteile gegen alles Fremde lösten sich in Wohlgefallen auf angesichts dieser ungewöhnlichen braunhäutigen Männer und Frauen, die darauf bestanden, mitten auf einem potentiellen Schlachtfeld ihr normales Leben weiterzuführen. Ihre Dörfer, armselige Ansiedlungen, standen auf den Bergrücken. Ihre Reisgärten und Maisfelder befanden sich siebenhundert bis tausend Meter tiefer im Tal. Die Frauen stiegen täglich zur Arbeit hinunter und anschließend wieder hinauf und trugen dabei ihre Kinder angeschnallt auf dem Rücken. Die Kinder, die mit nicht mehr bekleidet waren als mit einer zerlumpten Jacke, gaben keinen Laut von sich.

Einmal, als wir während eines Aufklärungsmarsches rasteten, überholte uns eine Gruppe Naga-Frauen und bedeutete uns gestenreich, daß sie für ihre Kinder etwas zu essen wollten. Ich gab einer der Frauen eine Zigarette. Sie war noch jung, schlank, trug ein langes Gewand und war barfuß.

»Du sprechen Englisch?« fragte ich sie.

Sie sah mich an – es war ein langer, sorgenvoller Blick – und sagte etwas Unverständliches. Ob sie wohl damit einverstanden gewesen wäre, sich am nächsten Bachufer mit dem Gesäß im weichen Sand auf einen kurzen Geschlechtsverkehr niederzulegen? Natürlich äußerte ich diese Absicht nicht. Aber am Abend, als der Mond über uns und den Bergen dahintrieb, dachte ich wieder an sie.

Über die wilden und unwegsamen Pfade drangen Nachrichten und Gerüchte zu uns. Der Rest der 2. Division wurde aufgehalten. Zusätzliche Einheiten wurden aus Arakan herbeigeflogen. Imphal war gefallen. Imphal hielt durch. Die Japaner standen in unseren Flanken. Kohima war umzingelt. Die Chindits, die zusammen mit den Gurkhas und den Kachins Operationen durchführten, versuchten sich mit Joe Stilwell in Nord-Burma zu vereinigen. Generalissimus Tschiang Kai-schek war einem Attentat zum Opfer gefallen.

Wasser war eines unserer Probleme. Es gelangte in einem Tankwagen zur Befehlszentrale der Brigade und stammte aus dem Jiri, einem einige Kilometer entfernten Fluß. Es stank immer nach Chlor; sogar der Tee stank nach Chlor. Wenn man die Rumration mit Wasser verlängerte, dann stank auch der Rum nach Chlor. Wasser war immer knapp. Wir rasierten und wuschen uns in einer Tasse voll jeden Morgen – oder man konnte sich auch mit den Resten des Tees rasieren, was der einzige Weg war, warmes Wasser zu bekommen. Abgesehen davon wuschen wir uns nie oder zogen unsere Kleidung aus. Wir behielten auch den ganzen Tag unsere Stiefel und Wickelgamaschen an, um uns vor dem Typhus zu schützen.

In unserer Gegend wimmelte es allmählich von den Männern des japanischen Generals Sato, obgleich unsere Streitkräfte ihre Stellungen mehr und mehr ausbauten. Die Worcesters bezogen entlang der Straße neben uns Stellung, obgleich der Rest der 2. Division sich noch in Dimapur sammelte. Allmählich bekamen wir ein etwas klareres Bild von der Lage. Sechs oder acht Kilometer vor uns wurde bei Jotsoma eine Verteidigungsstellung ausgebaut, von wo aus die Artillerie den Gebirgskamm von Kohima bestreichen konnte, wo die Japaner sich an verschiedenen Punkten festgesetzt hatten – vor allem im Dorf der Nagas. Als die Japaner die Straße zwischen Zubza und Jotsoma abriegelten, verfolgte die Artillerie ihre Taktik unbeeindruckt weiter.

Es geschah am Ostersonntag, daß wir den Befehl erhielten, hinter den Japanern auf der Straße Stellung zu beziehen und uns mit einem Teil des Assam-Bataillons zu vereinigen, das sich zurückzog, nachdem es die Japaner in der Nähe von Imphal festgehalten hatte. Am gleichen Tag verzeichneten die Mendips ihre ersten Verluste.

Jock McGuffie war in Zubza gewesen und beschrieb es als ein stinkendes Loch von einem Dorf. »Die einzige verdammte Attraktion Zubzas ist eine Pontoonschule«, erzählte er. »Sie spielen dort um die beschissenen Chinintabletten – wir sollten an einem Abend mal hingehen und ihnen zeigen, wie es geht. Was meinst du, Stubby, du und ich?«

Aber als wir es tun wollten, gehörte ich zur Infanterie und Jock nicht, und unsere Wege sollten sich einige harte Wochen nicht wieder kreuzen.

Zubza hatte in bezug auf die Wege eine recht günstige Lage, und am Morgen des Ostersonntags wurde dort unter freiem Himmel ein kurzer Gottesdienst abgehalten. Unsere Leute spazierten nach der Messe ziemlich offen herum, als ein 75-Millimeter-Geschütz vom Merema-Rücken herab das Feuer eröffnete. Ein Pionieroffizier namens Lodge wurde getötet.

Ehe es Nacht wurde, marschierten wir los, um dem Assam-Bataillon aus der Patsche zu helfen. Gelegentliche Durchblicke aus der Deckung der Bäume zeigten uns die Dunkelheit, die aus den Tälern aufstieg, während die obere Welt in gelassener Ruhe und mildem Licht dalag. Es sah alles so friedlich aus, daß man kaum glauben konnte, daß die ganze Gegend von Japanern wimmelte. Über dem Japvo-Berg türmte sich eine schwarze Wolke auf.

Späher kamen zurück, wir hielten an, verteilten uns und beobachteten die Büsche. Ein indischer Trupp zog zwischen uns hindurch und entfernte sich in Richtung Zubza. Die Inder hinterließen den typischen Geruch indischer Soldaten, etwas ranzig mit einem Hauch von Holzrauch und insgesamt muffig.

Wir brauchten zwei Stunden, um unsere Positionen unweit der Straße einzunehmen. Mittlerweile war die Nacht vollends hereingebrochen, und die Wolkendecke über uns hatte sich geschlossen.

Wir warteten. Ich hockte mit dem Funkgerät hinter einem Baumstamm und konnte noch nicht einmal die Straße sehen, doch sie erstreckte sich irgendwo unter und vor mir. Ganz in der Nähe, hinter einer Straßenbiegung, befand sich eine gesprengte Brücke. Meldungen gingen bei uns ein, die besagten, daß das Assam-Bataillon unterwegs war.

In der assamesischen Nacht gab es niemals vollkommene

Stille. Zikaden zirpten, Nachtvögel stießen ihre Rufe aus, vereinzelt jaulten und bellten Hunde, und zahllose kleine Lebewesen huschten durch das Unterholz. Um uns herum herrschte atemlose Spannung. Hände schlossen sich fester um Gewehrkolben. Ein Losungswort wurde quer über die Straße gerufen. Männer kamen auf unsere Seite gehuscht. Die Assamesen!

Nun hörten wir aus größerer Entfernung die Schüsse von Gewehren und automatischen Waffen, begleitet vom dumpfen Dröhnen schwerer Granatwerfer. Offensichtlich war Kohima schon wieder an der Reihe! Es klang nach einer heftigen Schlacht.

Doch das Assam-Bataillon kam weiterhin über die Straße. Es bezog hinter uns Stellung.

Es fing an zu regnen, und aus ersten vereinzelten Tropfen wurde ein Wolkenbruch. Aber immer noch trudelten Nachzügler bei uns ein. Sie waren von Imphal her über die Berge gekommen und bewegten sich ohne besondere Eile oder erkennbare Erschöpfung.

Einer von ihnen sagte unten auf der Straße etwas mit leiser, erregter Stimme. Wegen des Regengeprassels auf meinem Umhang, der auch das Funkgerät schützen sollte, konnte ich kaum etwas hören. Eine Minute später feuerte Lieutenant Boyer eine Verey-Pistole ab. Als die Szenerie in helles Licht getaucht wurde, gab er den Schießbefehl. Die Kameraden, die sich neben der Straße postiert hatten, eröffneten das Feuer. Dusty Miller griff mit seinem Maschinengewehr ein.

Aus dem gegenüberliegenden Dickicht erklangen laute Schreie, und stellenweise wurde unser Feuer erwidert. Die Japaner hielten sich tatsächlich dort versteckt. Sie mußten den Assamesen ziemlich dicht gefolgt sein, aber sie wagten es nicht, die Straße zu überqueren.

Wir stellten unser Feuer ein, und auch der Regen ließ nach. Der Kampflärm bei Kohima dauerte an. Diese armen Teufel! Wir warteten auf den Befehl, uns wieder zu sammeln. Der Morgen brach an. Unser erster Einsatz war beendet.

Erst wenn man in dieser Landschaft stand, mit beiden Füßen fest auf dem Boden, konnte man begreifen, warum beide Seiten nur langsam vorwärts kamen. Zu dem Durcheinander dieses Labyrinths aus kleinen und großen Bergen und Tälern hatte die Natur dichte, nahezu undurchdringliche Wälder hinzugefügt. Jeder Berg, jede Erhebung und jede Senke war mit Vegetation bedeckt, die sich als ein Dickicht aus Dornengewächsen, Bambus und hochragenden Bäumen erwies. Jede Unregelmäßigkeit, auf einer Landkarte überhaupt nicht als solche zu erkennen, erwies sich durchaus fähig, ein ganzes Bataillon aufzusaugen.

Unsere Aufmerksamkeit galt weiterhin dem von den Japanern belagerten Kohima. Die Japaner gaben nicht auf. Ihre und unsere Streitkräfte kämpften oft nur wenige Meter voneinander entfernt. Die RAF und die Amerikaner warfen aus der Luft Lebensmittel, Wasser und Munition für unsere belagerten Truppen ab, doch es ließ sich nicht vermeiden, daß die eine oder andere Ladung in japanische Hände fiel.

Es gab vieles, was wir nicht verstanden. Warum zog Sato nicht einfach an Kohima vorbei und rückte auf Dimapur vor, das Tor zu Indien, das so gut wie nicht zu verteidigen war? Und warum schafften wir es nicht, Kohima aus der Umklammerung des Feindes zu befreien?

Die Japaner kontrollierten die Straße an mehreren strategisch wichtigen Punkten. Jeder Versuch, auf der Straße vorzurücken, regte die Gegenseite zu Hinterhalten an und zog Störfeuer nach sich. Gleichermaßen unmöglich war ein Vorrücken durch das breite Tal, und zwar aus ähnlichen Gründen: Es stand ständig unter genauer Beobachtung. Genauso wenig konnte man sich auf den Bergrücken und Graten bewegen – sie waren zu zerklüftet, zu unwegsam. Wir waren gezwungen, einen Weg durch das Unterholz zu suchen. Und dieses Unterholz bot den Japanern unbegrenzte Deckungsmöglichkeiten. Sie hatten ein System von unabhängigen Bunkern perfektioniert, die sich gegenseitig mit Kreuzfeuer schützen konnten; wenn man einen angriff, dann geriet man automatisch in den Feuerbereich von zwei anderen. Die 2. Division war zwar bestens ausgerüstet, doch technisches Gerät zählte hier sehr wenig. Viele von uns übten sich im Kleinkrieg, ehe wir diesen Begriff überhaupt gehört hatten.

Bald darauf brachen wir zum Entsatz von Kohima auf.

Aus der Ferne betrachtet schien es, als verliefe der Merema-Rücken vorwiegend schnurgerade. Die Hänge und Abstürze zu ersteigen schien lediglich eine Frage von Geduld und ein wenig Ausdauer zu sein. Doch sobald wir uns unter der dichten Baumdecke befanden, mußten wir erkennen, daß jeder Berghang sich in Abstürze, Schluchten und Senken aufgliederte. Jedes kleine Plateau hatte seine eigenen Klippen. Und der Merema-Rücken war eigentlich nur eine eher unbedeutende Geländeformation dieser Gegend.

Bei Tageslicht behinderte die dichte Vegetation die allgemeine Sicht erheblich – man konnte Japanern auf die Pelle rücken, ehe man sie überhaupt sah. Gelegentlich erhaschte man einen Blick durch das Dickicht des Grates, auf dem man sich bewegte, sah Wolken, die über einem dahintrieben, und dachte: Gott sei Dank, wir haben es endlich geschafft! Man erreichte den angestrebten Punkt, und man mußte erkennen, daß man den falschen Grat erstiegen hatte und daß weiteres Dickicht und weitere Grate auf einen warteten. Diese schrecklichen und endlosen Berge! Wenn das Assam war, dann wurde Burma sicher noch schlimmer.

Es kam darauf an, daß wir in Bewegung blieben. Wir marschierten fünfzig Minuten, machten zehn Minuten Rast und marschierten weiter. Es regnete zwei Stunden heftig. Wir trugen unsere Regenumhänge. Man konnte nicht erkennen, wohin man ging, und der Pfad wurde glitschig. Wir hörten zwar ständiges Schießen und das ewige Dröhnen der japanischen Mörser, aber es war nicht allzu nah.

Beim ersten Licht des neuen Tages befanden wir uns noch immer im scheinbar grenzenlosen Bergland. Man glaubte einfach nicht, daß sich zwei Brigaden in nächster Nähe befanden. Ein gesamtes Invasionsheer hätte sich allein auf dem Merema-Rücken verstecken können.

Kurz nach Einbruch der Morgendämmerung gruben wir uns ein. Ich half Tertis, Gor-Blimeys Schützenloch zu graben, während Gor-Blimey seine Runde machte. Wir nahmen ein Frühstück aus Eiern, Sojawürstchen und Tee ein. Es wurden Posten aufgestellt, und alle anderen sahen zu, daß sie die Köpfe unten behielten.

Im Lauf des Tages wurden Patrouillen ausgeschickt. Es gab einen Zusammenstoß mit Japsen, und zwei von ihnen wurden getötet. Die meiste Zeit des Tages wurden wir von Flugzeugen überflogen, vorwiegend Dakotas und RAF-Maschinen, die Nachschubgüter über Kohima abwarfen. Gelegentlich erklangen Schüsse. Um die Frühstückszeit gab es eine Art Waffenstillstand. Zum Glück frühstückten die Japaner zur gleichen Zeit wie wir.

In der Abenddämmerung machten wir uns wieder auf den Weg. Vorwärts und bergauf. Endloses Klettern, Abrutschen, dazu die ständige Gefahr, zu stolpern, den Halt zu verlieren und auf den Hintermann zu stürzen oder plötzlich vom Vordermann angerempelt und mitgerissen zu werden. Obgleich die heraufziehende Dunkelheit von zunehmender Kälte begleitet wurde, war die Luft im Dschungel erstickend, und wir wurden von verflucht dicken Moskitos attackiert, die um unsere Gesichter summten und brummten. Anfangs versuchte man noch, sie mit heftigen Handbewegungen zu verscheuchen, aber schon bald sah man ein, daß es keinen Zweck hatte – es war einfacher, ihnen ihren Willen und sie fressen zu lassen. Gegen Morgen waren unsere Gesichter von mehr oder weniger großen Flecken und Beulen übersät.

Vor Tagesanbruch kamen wir noch in den Genuß von etwas Aufregung. Die Nacht mußte überall furchtbar gewesen sein. Kohima lag wieder unter Beschuß. Der Geschützlärm rollte durch das Tal, und man konnte nicht genau feststellen, aus welcher Richtung er kam; die Berghänge verzerrten jeden Laut. Auch unten auf der Straße wurde geschossen, desgleichen hinter uns, über uns und in unserer Flanke. Es schien, als feuerte jeder aus vollen Rohren auf uns.

Wir erfuhren über Funk, daß eine japanische Kompanie

unsere vorherige Position in Zubza angriff. In Zubza gab es jetzt Panzer, die ihre 75-Millimeter-Geschütze mitten in die japanischen Reihen abgefeuert hatten. Die überlebenden Japaner kamen nun hinter uns hergeklettert, und es wurde schnellstens ein Empfangskomitee gebildet.

Es war eine Erleichterung, zur Abwechslung mal wieder bergab zu steigen. Wir, der 2. Zug, verzogen uns nach hinten und ließen unsere Leute an uns vorbei. Auf einem Felssporn bauten Charlie Cox und Dusty unser Maschinengewehr auf; sie hatten von hier aus einen tiefen Einblick in den Dschungel.

Wir warteten zwei Stunden, ehe jemand in Sicht kam.

Die Japse kamen sehr schnell den Pfad herauf. Ihre Späher wurden mit Bajonetten erstochen, und der Rest durfte sich auf der Bergkuppe sammeln, ehe unsere Leute das Feuer eröffneten. Vom Felssporn aus konnten wir die restlichen ausschalten, als sie versuchten, schneller heraufzukommen und in den Kampf einzugreifen. Obwohl die armen kleinen Bastarde brüllten und wild um sich schossen, hatten sie nicht den Hauch einer Chance. Wir töteten einunddreißig von ihnen und hatten auf unserer Seite nicht einmal eine harmlose Fleischwunde zu verzeichnen.

Um zu feiern, tranken wir einen schnellen Schluck und kehrten dann auf unsere ursprünglichen Positionen zurück. Ehe wir wieder an Ort und Stelle waren, erreichte uns von den Worcesters in unserer linken Flanke die Nachricht, daß ihr Voraustrupp auf eine Ansammlung japanischer Bunker auf dem Bergrücken nicht weit über uns gestoßen war. Unser Zug hielt sich in Deckung, während für den nächsten Tag ein Angriff geplant wurde. Ich schlief wie ein Toter auf meinem Gepäck.

Der Angriff des nächsten Tages gelang weniger gut. Diesmal waren einige von den Manchesters bei uns – es waren Maschinengewehrschützen und recht nützliche Burschen, doch bei dieser Gelegenheit schafften sie es nicht, das Feuer derart zu konzentrieren, daß die Japse in Deckung blieben, während unsere Soldaten sich an sie heranarbeiteten.

Die Jungs gingen los, nachdem die Granatwerfer an die

zwanzig Minuten das Gebiet beharkt hatten, wobei die Worcesters von der linken Flanke her Hilfe leisteten.

Einer unserer Gefallenen war Sergeant Lazenby von der C-Kompanie, ein zäher alter Knabe, der alles überlebt hatte, was die Krauts bei Dünkirchen hatten aufbieten können; er führte seinen Zug mit einem Sack Handgranaten um den Hals. Er bekam einen Treffer ins Bein, schaffte es jedoch, sich direkt unter die Schießscharten eines japanischen Bunkers zu werfen. Er warf eine Granate durch den Schlitz. Ein schlauer Japaner schnappte sie und schleuderte sie sofort zurück, so daß sie mitten unter unseren Männern explodierte.

Lazenby zog den Sicherungsstift aus einer weiteren Granate, zählte bis vier, und dann warf er sie hinein. Nicht alle Japaner wurden getötet – zwei mußten mit dem Bajonett niedergestochen werden, ehe der Bunker in unserer Hand war. Mittlerweile war Lazenby tot.

Die Granatwerfersalven hatten überhaupt keine Wirkung auf die japanischen Bunker. Nach zwei Anläufen wurde unser Angriff abgebrochen, und wir mußten den einen Bunker aufgeben, den wir erobert hatten. Die Mendips hatten drei Männer verloren und die Worcesters insgesamt sechs, ohne einen Vorteil errungen zu haben. Und dabei hatten wir noch nicht einmal die Spitze des Bergrückens erreicht.

Wir wurden an unserem Standort den ganzen Tag festgehalten, bei Regen und bei Sonnenschein. Nun, da die Japaner unsere Position kannten, beharkten sie uns ständig mit ihren Granatwerfern; wir mußten sehen, daß wir in Deckung blieben.

Nach Einbruch der Nacht versuchten wir einen weiteren Angriff auf die japanischen Stellungen. Pioniere waren mit gestreckten Ladungen heraufgekommen, wodurch wir eine neue Waffe hatten. Es handelte sich dabei um Minen am Ende langer Bambusstangen, die man in Bunker und Unterstände hineinsteckte und die sich in Kohima sehr bewährt hatten.

Ehe wir vorrückten, gelangten wir durch unsere Artillerie in den Genuß solider Unterstützung. Sobald sie sich eingeschossen hatte, flogen ihre Granaten mit zuverlässiger Regelmäßigkeit über unsere Köpfe hinweg. Man lag da, lauschte und stellte sich vor, wie die japanischen Bunker in Trümmer fielen. Nach einiger Zeit intensiven Beschusses wurde ein neuer Angriff vorgetragen. Unser Angriff!

Diesmal führte der erste Zug unter Gor-Blimey den ersten Schlag. Wir waren alle dabei, Geordie, Wally, Chalkie White, Feather – der ganze Haufen. Wir lagen nebeneinander auf dem Bauch und warteten auf den entscheidenden Befehl. Wir sahen richtig hart und kampferprobt aus, ein Rudel hungriger Wölfe.

Die MGs zeigten jetzt mehr Wirkung, da man sie in nicht allzu tiefe Felsspalten gesetzt hatte. Sie sorgten dafür, daß die kleinen Teufel in den Bunkern nicht die Köpfe hochbekamen.

Ein Zeichen wurde gegeben, und das Maschinengewehrfeuer verstummte, Charley Meadows brüllte uns seinen Befehl herüber, wir kamen auf die Beine und stürmten mit lautem Gebrüll vorwärts. Geordie lief neben mir und zeigte keine Spur seiner früheren Nervosität.

Der gesamte Beschuß mit Granatwerfern und Maschinengewehren hatte nicht einen einzigen Bunker lahmgelegt, obgleich der Dschungel in dem ganzen Bereich völlig verwüstet worden war. Ein paar Bäume waren umgekippt – einer rechts von uns brannte sogar und erschien wie eine einsame Fackel in tiefer Nacht. Alle Bunker spuckten jetzt ein tödliches Feuer.

Wenigstens gab es Granattrichter, in die wir uns werfen konnten, um Deckung zu finden. Von dort konnten wir weiterrobben und schafften es, bis dicht an die Bunker heranzukommen. Leicht war dies nicht – die Bunker waren so gebaut, daß ihre Schießschlitze sich dicht über dem Boden befanden. In den Bunkern konnte eine beliebige Anzahl von Japanern ein tödliches Feuer mit Granatwerfern, Maschinengewehren und Gewehren entfesseln, ohne sich selbst über Gebühr in Gefahr zu begeben. Und das war es, was sie jetzt taten.

Aber wir nutzten jedes bißchen Deckung, schlängelten uns auf dem Erdboden vorwärts und feuerten bei unserem Vordringen in einem fort. Die gestreckten Ladungen hatten die erhoffte Wirkung. Wir gaben den Pionieren Feuerschutz, während sie ihre Granaten ins Ziel brachten. Eine Explosion, Feuer und Qualm, die aus den Schlitzen quollen, Schreie, und schon waren wir drin!

Nacheinander räucherten wir die Bunker aus, erstachen oder erschossen alle noch lebenden Japaner darin und zogen dann zum nächsten weiter. Die einzige ernsthafte Störung gab es, als ein Bunker, den wir längst ausgeräumt hatten, erneut das Feuer auf uns eröffnete. Es waren allesamt ausgeklügelte Verteidigungsanlagen, und die Japaner hatten zwischen den Bunkern Verbindungsgräben angelegt. Sobald wir dieses System begriffen hatten, töteten wir auch die Japaner in den Gräben.

Es kamen Befehle durch, daß wir die Stellungen halten sollten, die wir uns erkämpft hatten. Wir warfen die toten Japaner in den Dschungel, übernahmen ihre Verteidigungsstellungen und gruben neue dahinter. Wir legten unsere eigenen Latrinen an. Beim ersten Tageslicht rückte unsere Ablösung an, und wir verzogen uns nach hinten, um etwas zu essen und zu trinken zu fassen.

Nach vier Stunden Schlaf wurde ich geweckt und ging hinaus, um Wally am Funkgerät abzulösen.

»Du hast geblutet, Kumpel«, sagte er. »Komm beim nächsten Mal dem Rasierapparat nicht zu nahe.«

Ich war noch immer im Halbschlaf. Fast automatisch nahm ich Wallys Platz am Funkgerät ein, wo Gor-Blimey Berichte und Befehle entgegennahm. Er sah fast genauso mitgenommen aus, wie ich mich fühlte.

»Haben Sie noch keinen Schlaf gehabt, Sir?« fragte ich zwischen den Funksprüchen.

»Ich mache in einer Minute Schluß, Stubbs. Tut Ihr Ohr weh?«

»Ich glaube nicht, Sir.«

»Lassen Sie danach sehen.«

Die Sanitätsstation des Regiments, die ich aufsuchte, um mein Ohr verbinden zu lassen, befand sich ein gutes Stück unterhalb unserer Stellung. Ich ging nach dem Frühstück dorthin. Es schien ein gesegneter Ort des Friedens zu sein. Die Schwerverwundeten waren von Zubza hierher gebracht worden, und von dort mußten sie irgendwie zusehen, wie sie nach Dimapur weiterkamen. Die ganz schweren Fälle hatten einen noch weiteren Weg vor sich: zurück zur Bahnstation in Hauhati, dann über den Bramaputra, und dann lag die lange beschwerliche Fahrt zu den Lazaretten in Barrackpore und Comilla vor ihnen, falls sie sie überhaupt noch erlebten. Indien! Unglaublich fern in Zeit und Raum!

Mein Ohr war von einem herumfliegenden Holzsplitter geritzt worden. Ich kam mir wie ein Simulant vor, ließ es aber versorgen und begab mich dann ins Ruhezelt, wo sich eine Gruppe zusammenfand, die gemeinsam in unsere vorgeschobene Stellung zurückkehren wollte.

»He, Horry, hat dir etwa eine burmesische Bibi ins Ohr gebissen?« Der gute alte Di Jones saß zwischen einem halben Dutzend anderer Kerle und grinste mich an. Obwohl er Stiefel und Gamaschen trug, war sein rechtes Hosenbein unterhalb des Knies abgeschnitten worden, und an seinem Bein befand sich ein Verband. »Nur eine Fleischwunde von einem Granatsplitter«, erklärte er. »Nicht schlimm genug, um mich nach Indien zurückkehren zu lassen.«

»Du willst dir doch wohl nichts von dem Theater entgehen lassen, Di?«

Er senkte die Stimme und meinte in entschuldigendem Ton: »Diese Kämpfe sind eigentlich nur etwas für die Jungen. Ich bin dafür schon ein bißchen zu alt. Ich hätte nichts dagegen, wieder nach Hause zurückfahren zu dürfen.«

Ich bot ihm eine Zigarette an und ließ mich neben ihm nieder. Er zündete sie an und betrachtete das verwelkende Laub der Bäume vor dem Zelt. Es gab so viel, was ich ihm gerne gesagt hätte.

»Nach dem Krieg werden wir eine bessere Welt haben, Di, wenn wir erst mal die Deutschen und die Japsen aus dem Weg geräumt haben.«

»Ich hoffe, du hast recht.«

»Natürlich wird es so sein!«

Er gab dazu keinen Kommentar.

»Du bist ein richtiger Miesepeter, Di!«

»Einigen wir uns doch ganz einfach darauf, daß ich von dieser Welt schon mehr gesehen habe als du, Horry. Das Leben ist eine ziemlich rauhe Angelegenheit, das kannst du mir glauben!«

»Das wird sich nach dem Krieg alles ändern. Frag nur Enoch Ford.«

»Hoffentlich hast du recht. Ich für meinen Teil glaube das nicht, genauso wenig glaube ich an den Kommunismus. Sieh dir doch nur mal an, wie die Regierung seit Kriegsbeginn alles unter ihre Kontrolle gebracht hat, die Lebensmittelversorgung und die Kohle, die Bekleidung und alles andere. Du wirst sehen, daß nach dem Krieg alles so bleibt wie jetzt. Denk daran, wie sie nach dem letzten Krieg den Paßzwang eingeführt haben.«

Ich lachte. »Es hätte wohl wenig Sinn zu kämpfen, wenn die Dinge sich anschließend nicht besserten, oder?«

Einer der anderen Männer, ebenfalls mit einem verbundenen Bein, hatte uns zugehört und schweigend seine Zigarette geraucht. Sein Name war Coles. Er war einer von den harten Burschen aus Lazenbys Zug. Er sagte: »Du solltest mal ein wenig in den Geschichtsbüchern blättern, Freund. Der Krieg hat noch nie die Verhältnisse für Leute wie uns gebessert, nicht wahr, Di?«

»Ja, das glaube ich auch. Jedenfalls nicht so, daß man es bemerkt. Mein alter Herr hat im letzten Krieg drei Jahre lang gedient und bekam bei Gallipolli ein Bajonett zwischen die Rippen. Er kam nach Hause und war anschließend zehn Jahre arbeitslos. Das hat ihn am Ende genauso umgebracht wie die Verwundung...«

Danach saßen wir alle schweigend da, blickten auf das müde Laub der Bäume, zogen an unseren Zigaretten und warteten.

Wir brauchten drei Tage, bis wir das Naga-Dorf Merema erreichten. Der Monsun brachte starken Regen, der alles tränkte. Wir gerieten auch mit Japanern aneinander, fanden jedoch keine befestigten Stellungen mehr vor. Das alte Schreckbild der unbesiegbaren gelben Rasse war ein für allemal zerschlagen.

Während wir durch den strömenden Regen gingen, gerieten wir in einen japanischen Hinterhalt. In nullkommanichts wurden wir mit Salven aus Granatwerfern eingedeckt. Eine Granate explodierte zwischen einigen Pathanen, tötete zwei von ihnen und ließ ein Maultier in wilder Flucht zwischen den Bäumen verschwinden. Es stürzte eine Schlucht hinunter und nahm dabei eine Ladung Waffenöl und einige Bahnen Baumwollflanell mit.

Wir spritzten auseinander und gingen in Deckung. Dabei geriet unsere rechte Flanke an einen versteckten vorgeschobenen Bunker, der sich bis zu diesem Moment aus dem Kampfgeschehen herausgehalten hatte. Er eröffnete sofort das Feuer aus allen Rohren, und mehrere Mendips kamen ums Leben, darunter auch der alte Chalkie White, der Ali, dem Teeverkäufer, acht Jahre lang fünf Rupien schuldig geblieben war. Der Regen prasselte mit frischer Wucht herab. Ich holte aus dem Funkgerät nichts anderes als atmosphärisches Knistern heraus. Schließlich wurde ein Meldegänger zurückgeschickt, der einen Rauchvorhang anfordern sollte, in dessen Deckung wir uns zurückziehen konnten.

Wir mußten uns dort festsetzen, wo wir gerade waren. Die Japaner drangen nicht gegen uns vor, und wir kamen nicht an sie heran. Eine vertrackte Situation. Wir mußten unser Schanzzeug herausholen und uns, so gut es ging, eingraben.

Während wir rasteten, gab es heiße Suppe. Ich hatte mit Carter ein Schützenloch besetzt, als Geordie mit einem Kochgeschirr voll Suppe herangekrochen kam und in unser Loch rutschte.

»Wie hast du es denn geschafft, die Scheißsuppe nicht zu verschütten?« erkundigte sich Carter.

»Oh, ich hatte wohl Glück... Ich weiß es nicht... »Hör mal, Stubby, ich hab' einen Japs erschossen.« Sein Adamsapfel fing wieder an zu hüpfen. »Ich hab' den armen Teufel mitten in die Brust getroffen!«

»Erschieß so viele, wie du kannst. Deshalb sind wir ja hier. Sei ja nicht zimperlich.«

Carter meinte: »Wenn du sie nicht erschießt, Geordie, erschießen sie dich, verdammt nochmal. Und genau darum geht es letztendlich. Wenn du das bis jetzt nicht in deinen Schädel hineinbekommen hast, dann solltest du lieber darum bitten, nach Hause fahren zu dürfen, denn dann bist du für uns verdammt nochmal zu gar nichts nütze.« Er sah richtig gefährlich aus, wie er seine Zähne fletschte und über seinen Gewehrlauf hinweg herausfordernd in die Runde blickte.

Geordie sah ihn an und meinte mit einem halben Flüstern: »Du hast auch Angst, Carter, nicht wahr?«

»Natürlich habe ich manchmal Angst«, sagte Carter.

Geordie trank seine Suppe und kroch dann dorthin zurück, woher er gekommen war.

Mittlerweile hatten wir mehrere Verwundete zu verzeichnen. Einige von ihnen lagen auf freiem Feld, und es war unmöglich, an sie heranzukommen. Die Japsen schossen auf alles, was sich rührte. Wir konnten nichts anderes tun, als still liegen zu bleiben und auf den Einbruch der Nacht zu warten. Das Funkgerät lieferte weiterhin nicht mehr als ein Rauschen. Die Nachricht von unserer Lage war schließlich doch nach hinten durchgedrungen, und einiges an Nachschub kam bei uns an, jedoch war es immer noch unmöglich, sich zu regen.

In der ersten Abenddämmerung und während einer kurzen Regenpause erschien eine Gruppe von Nagas bei uns. Diese heldenhaften Burschen waren heraufgekommen, um die Verwundeten auf einem ihrer geheimen Wege nach unten zu bringen, wozu wir niemals in der Lage gewesen wären. Mit Hilfe unserer eigenen Bahrenträger wurden die Verwundeten eingesammelt.

Einer unserer Oberfeldwebel, Badger Collins, überwachte dieses Unternehmen zusammen mit Charley Meadows. Auf dem Bauch herbeikriechend, wälzte sich Charley in das Schützenloch, in dem ich neben Gor-Blimey am Funkgerät Dienst tat.

»Wenn wir die ganze Nacht hier bleiben, Sir, werden die Japse uns mit ihren Geschützen von Merema aus fertigmachen. Es ist eigentlich nur dieser Bunker, der uns aufhält. Wenn wir es schafften, zwei oder drei Männer dorthin zu bringen, dann könnten wir Handgranaten hineinwerfen und ihn ausschalten, und die anderen auszuräuchern wäre danach ein Kinderspiel. Wir müssen nur die Felswand rechts von uns überwinden. Die Nagas werden uns führen.«

»Wer abrutscht, stürzt im freien Fall bis ins Tal hinunter.«

»Die Nagas schaffen es, Sir. So schlimm ist es auch wieder nicht – ich habe es mir mal angesehen. Aber wir müssen sofort anfangen, ehe es zu dunkel ist.«

Ich warf ein: »Sie können diesen Kasten gleich mit in die Schlucht werfen, Sir! Ich melde mich freiwillig für den Versuch, wenn Sergeant Meadows einverstanden ist.«

Gor-Blimey streifte mich mit einem kurzen Blick. »In Ordnung. Bleiben Sie hier, Sergeant. Ich nehme Stubbs mit.«

»Nein, Sir, bleiben Sie am Gerät. Stubbs und ich gehen.«

Charley reichte mir ein paar Handgranaten. Wir sahen einander an; sein normalerweise weiches Gesicht zeigte einen scharfen Ausdruck. Zwei der Nagas waren zurückgeblieben und warteten auf uns. Sie führten uns sofort über einen Pfad, der sehr schlüpfrig war. Wir stützten uns mit den Händen am Fels ab. Mit etwas Glück konnten wir zu dem vorgeschobenen Bunker gelangen und Handgranaten hineinwerfen, ohne von den anderen Bunkern bemerkt zu werden.

Ich löste meinen Blick von der Felswand und sah den Naga neben mir an. Er lächelte mich aufmunternd an – jung, ein weiches Gesicht, hübsch, fast mädchenhaft. Das Mädchenhafte wurde durch eine Perlenkette um seinen Hals und eine Orchidee in seinem Haar verstärkt. Himmel noch mal, es war tatsächlich ein Mädchen, eine verdammte Naga-Hexe, die kletterte, als wäre es völlig selbstverständlich! Beinahe wäre ich vor Überraschung in die Schlucht gestürzt.

Ihr Hals, die Umrisse ihrer Brust unter ihrem Hemd – für solche Dinge blieben wir am Leben.

Sie winkte mich weiter, und nach einer Zeit, die mir vorkam wie eine Stunde, kletterten wir einen Hang hinauf und drangen in ein Bambusdickicht ein, und Charley und ich waren allein. Während wir durch das Laub krochen, spürte ich Ameisen, die über meinen Nacken krabbelten. Weil mir der Hintern des Sergeant im Weg war, konnte ich nicht erkennen, was vor uns lag. Er bewegte sich langsam, obgleich der Zug jetzt Feuerschutz gab, so daß es unwahrscheinlich war, daß jemand uns hätte hören können. Dann kletterten wir auf das Dach des Bunkers, das mit Erde und kleinen Pflanzen getarnt war.

»Ran an eine der Schießscharten – Stift raus, Hebel loslassen, bis drei zählen, schnell reinwerfen und dann Kopf runter«, sagte Charley. Wir verständigten uns mit einem schnellen Blick, dann schoben wir uns vorwärts. Wir lagen bereit, Charley hob die Hand, und sofort verstummte unser Feuerschutz. Ich beugte mich vor, zog den Stift heraus und schleuderte die Handgranate durch die Schießscharte unter mir. Charley brüllte, als seine das Ziel traf. Während ich meine Granate bei ihrem Flug verfolgte, hörte ich die kleinen Sauhunde unter mir schreien, als sie vermutlich versuchten, die kleine Ananas zu fangen und zurückzuwerfen. Sie explodierte, die Balken unter uns erzitterten und versuchten, unsere Körper abzuwerfen. Wir krallten uns ins Erdreich und glaubten, unser letztes Stündlein habe geschlagen.

Mit lautem Gebrüll stürmten unsere Kameraden vorwärts, während Charley und ich liegen blieben, wo wir waren.

So fiel uns der Bunker in der letzten Viertelstunde Tageslicht in die Hände. Dem Zustand der gefallenen Insassen nach zu urteilen, hatten sie versucht, die Handgranaten zurückzuwerfen – ihre Gesichter waren völlig zerfetzt. Charley und ich sahen einander an und nickten kurz. Ich verpaßte einem der kleinen Schweinekerle zwei Kugeln, als er versuchte, sein Gewehr auf mich zu richten, obwohl ihm die halbe Hand fehlte.

Die Japse hatten uns mit einem leichten Maschinengewehr

große Probleme bereitet. Wir richteten dieses leichte Maschinengewehr auf den nächsten Bunker. Obgleich wir damit nicht viel Schaden anrichten konnten, schafften wir es wenigstens, die Scharfschützen in Deckung zu halten. Unsere Abteilungen rückten vor und stopften gestreckte Ladungen in die Bunker – wir beobachteten sie dabei und erlebten, wie einer der Pioniere von einer versteckten Stellung aus niedergeschossen wurde.

Obgleich die Lage sich erheblich gebessert hatte, hingen wir noch immer auf dem verdammten Berghang fest. Da alle Japaner im Dschungel auf uns aufmerksam geworden waren, war ein Vordringen unmöglich, ehe wir dieses Hindernis beseitigt hatten; daher blieben wir, wo wir waren, und warteten ab. Die beiden Nagas, die uns geführt hatten – wahrscheinlich ein Mann mit seiner Tochter –, holten sich ein paar japanische Souvenirs aus dem vorgeschobenen Bunker und verschwanden, wobei sie uns anlachten und aufmunternd die Daumen hochreckten.

»Vor einigen Generationen waren sie noch Kopfjäger!« sagte Gor-Blimey ehrfürchtig.

In dem vorgeschobenen Bunker fanden wir Hacken und Schaufeln sowie eine Menge Schmutz. Badger Collins stellte einen Trupp zusammen, der einen Teil der Bunkerfront abriß. Anfangs erschien es nahezu unmöglich, aber sobald die ersten Balken herausgebrochen waren, konnten wir einen notdürftigen Eingang schaffen. Wir befestigten die hintere Seite des Bunkers und konnten ihn nun als Brückenkopf und Befehlszentrale benutzen. Im Schutz der Dunkelheit wurden Verbindungsgräben angelegt. Und nun war unsere Position doch etwas sicherer.

Jeder war völlig erschöpft. So viele Männer, wie wir entbehren konnten, hauten sich aufs Ohr. Wir mußten unter unseren Regenmänteln dort schlafen, wo wir gerade lagen. Ich stellte fest, daß der Schlaf mich überkam, kaum daß ich die Augen zugemacht hatte.

Unsere Aufklärungstrupps meldeten, daß weitere Japaner zur Verstärkung von Merema in unserer Richtung unterwegs waren. Kurz nach Mitternacht wurde ich geweckt und setzte mich ans Funkgerät, das mittlerweile im Bunker stand. Wir erhielten von der Brigade den Befehl, sofort aufzubrechen und auf unser ursprüngliches Ziel, Kohima, loszumarschieren. Unsere Offiziere fluchten; Offiziere in der Etappe hatten nie Verständnis für die Probleme der Männer, die sich in vorderster Front und unter feindlichem Beschuß befanden.

Es blieb uns aber keine andere Möglichkeit – wir mußten die Japse umgehen und durften nicht versuchen, den Weg zu nehmen, den sie uns versperrten. Befehl war Befehl.

Der Trick bestand darin zu verschwinden, ohne den Feind wissen zu lassen, welche Absichten man verfolgte – bei Nacht und im Dschungel keine allzu schwere Aufgabe. Alle wurden geweckt. Indem wir eine Nachhut bis zum Schluß feuerbereit hielten, verdrückten wir uns gekonnter in die Büsche als Sato selbst. Der Regen hatte aufgehört, die Nacht war klar. In der Ferne lag Kohima noch immer unter schwerem Beschuß.

Während wir uns zurückzogen, erklang eine furchtbare Stimme über dem Dschungel: »Hallo, Johnny! Hallo, Johnny! Hör auf zu kämpfen, verlaß dieses Land! Kehr zurück nach England, sonst mußt du hier sterben! Geh zurück nach London, Johnny!«

Sie hatten einen Lautsprecher eingeschaltet. Wir erfuhren, daß Angehörige der INA, der »Indian National Army«, mit den Japanern zusammenarbeiteten. Sie durften Lautsprecher einsetzen, obgleich die Japaner nicht so viel Vertrauen zu ihnen hatten, um ihnen auch Gewehre zu überlassen.

Die Versuchung, einige Schüsse in die Richtung dieser Stimme abzufeuern, war nahezu unwiderstehlich. Aber wir drangen in die Nacht ein, auch diesmal unter der Führung der Nagas.

Gegen Mittag, nach einem Schläfchen, fühlten wir uns wieder gut in Form. Wir schrieben den 18. April, ein erinnerungswürdiges Datum. Die A-Kompanie hatte sich eingegraben. Es wurden natürlich Patrouillen eingeteilt, doch diejenigen, die dienstfrei hatten, bekamen die Chance, sich auszuruhen, die

Gewehre zu säubern und sich, falls nötig, verbinden zu lassen. Wir konnten unsere Decken zum Trocknen auslegen, denn es war ein heißer Morgen mit einer gnadenlos herunterbrennenden Sonne und ohne ein einziges Wölkchen am Himmel.

Ich erwachte, fühlte mich schrecklich und schleppte mich zum Latrinengraben, der hinter einer zerstörten Basha angelegt worden war. Es lag gewöhnlich ein gewisses Vergnügen darin, dort zu hocken und den rohen Gestank seiner eigenen Exkremente einzuatmen, doch ich hatte jetzt erste Symptome von Ruhr, und das war kaum erfreulich. Als ich meine Hose herunterzog, verursachte mir der Anblick Unbehagen. Ich hatte mir die Haut meines rechten Beins vom Knie bis zum Knöchel an einem Felsen aufgerissen. Meine Hose hatte kaum etwas abbekommen. Überall war eingetrocknetes Blut, und die Blutegel hingen an mir, kleine graue Bastarde, die sich vollsogen, bis sie blauviolett und dick waren wie Pflaumen. Ich hielt die Zigarettenglut in ihre Nähe, sah sie herunterfallen und zerquetschte sie unter den Stiefelsohlen. Wenn man sie zu hastig abriß, dann blieben ihre Köpfe im Fleisch hängen, und ein Geschwür bildete sich, das einem den Muskel und sogar den Knochen wegfressen konnte – wir nannten es die »Naga-Pest«.

Während ich mich vom Sanitäter verarzten ließ, kamen die Maultiere mit dem Nachschub: Wasser, Lebensmitteln, Post, Munition und was sonst noch dazugehörte. Die alten Pathanen leisteten hervorragende Arbeit. Sie brachten uns auch große Dosen mit Zigaretten. Ernie Dutt gab mir gleich zwei Packungen.

Wir machten es uns gemütlich und rauchten. Wir hatten uns ganz gut gehalten, waren nicht zu sehr in die Mangel genommen worden, und Kohima war nahe. Die Hilfe war nicht mehr weit nach fast vierzehntägiger Belagerung.

Einer unserer Ausguckposten hatte sich malerisch hinter einem Felssporn eingerichtet, der, mit Pflanzen bewachsen, am Rand eines Steilabbruchs aufragte. Ich wurde von Mittag bis zwei für die Wache eingeteilt, zusammen mit Feather, und wir konnten während der schweren Nachmittagshitze bis nach Kohima sehen. Wir konnten erkennen, daß zwischen dem Garnisonshügel und dem Bungalow des Befehlshabenden mitten im Lager einiges los war. Es herrschte ein furchtbares Durcheinander. Die Bäume waren nur noch Stümpfe, und einige qualmten noch wie verbrauchte Zündhölzer. An einigen Baumstümpfen hingen bunte Stoffetzen. Dies waren die Überreste der Fallschirme, die bei den Nachschubabwürfen benutzt wurden, und sie verliehen der Szene einen völlig unangemessenen Hauch von Festlichkeit.

»Sieh dir das an!« sagte Feather. »Wie zum Teufel sollen wir uns jemals wieder ins Zivilleben einfügen, nachdem wir das alles gesehen haben?«

»Das wirst du schnellstens wieder vergessen, sobald du auf deine Farm zurückgekehrt bist.« Er hatte eine kleine Obstfarm in Kent.

Feather schüttelte den Kopf. »Nach allem hier weiß ich nicht, ob ich jemals wieder mit meiner Frau ein normales Leben führen kann.«

»An deiner Stelle würde ich mir darüber nicht den Kopf zerbrechen, ehe ich wieder zu Hause bin.«

Er schüttelte erneut den Kopf.

Die Kanonen der 2. Division eröffneten ihre Beschießung der japanischen Stellungen auf der anderen Seite Kohimas derart unvermittelt, daß wir beide zusammenzuckten. Auch die RAF-Bomber wurden eingesetzt.

Nach einer Weile beobachteten wir unten auf der Straße, die wir ein Stück weit einsehen konnten, eine Bewegung. Wir sahen Jeeps vorbeifahren. Vielleicht war die Straße endlich wieder offen. Wir sahen Staubwolken aufsteigen, und schon nach einer Minute kamen Panzer in Sicht. Auf dem Felsgrat auf der gegenüberliegenden Seite war auch einiges im Gange, wo einige Einheiten Infanterie – die Punjabis, wie wir später erfuhren – sich auf höher gelegenes Gelände begaben. Hinter den Panzern kam ein Transportkonvoi, unser Transportzug! Sicherlich war der gute alte Jock McGuffie dort unten, falls er es nicht geschafft hatte, nach Kalkutta zu gelangen.

Feather stieß mich an und wies auf etwas, das sich links unten von ihm befand. Ich blickte über seine Schulter. Auf einem der Pfade, die unterhalb unserer Stellung verliefen, einige hundert Meter entfernt, war eine japanische Einheit unterwegs, die sich keine Mühe machte, sich in Deckung zu halten; die Soldaten unterhielten sich lebhaft miteinander. Aber was uns am meisten erstaunte, war das, was sich in ihrer Begleitung befand. Als Nachhut hatten sie einen Elefanten. Feather begab sich nach hinten, um Korporal Warry Warren zu holen. Warry benachrichtigte Lieutenant Boyer. Die Neuigkeit machte die Runde. Schon bald hing jeder, der nichts anderes zu tun hatte, an der Kante des Steilabbruchs und starrte auf den Elefanten hinunter, der aus dieser Entfernung wie ein Spielzeug erschien. Er trottete stetig dahin, ein Zehn-Pfünder-Geschütz auf dem Rücken, geführt von kleinwüchsigen Japanern.

»Wahrscheinlich ist er ein Beutestück aus einem der burmesischen Holzfällerlager«, äußerte Boyer.

Während wir die Gruppe beobachteten, rissen zwei oder drei Japaner plötzlich die Arme hoch und brachen zusammen. Die anderen ließen sich sofort auf den Boden fallen. Erst in diesem Augenblick drang das Rattern von Maschinengewehrfeuer zu uns. Jemand hatte den Pfad genau im Visier und wahrscheinlich lange genug gewartet, bis die Japaner einen bestimmten Punkt erreicht hatten. Es mußte die 18. Brigade sein, sehr wahrscheinlich die Dorsets. Der Elefant hob den Rüssel zu einem Trompetenstoß. Nun sprangen auch die Soldaten wieder auf und rannten davon. Der Elefant brach in die Knie. Er schwenkte den Rüssel umher und riß das Maul weit auf. Dann kippte er über die Felskante und verschwand. Das Maschinengewehrfeuer verstummte. Niemand war mehr zu sehen außer den Toten.

»Diese verdammten Schweine, ein unschuldiges Tier zu töten!« schimpfte Jack Tertis.

»Der war nicht unschuldig – es war ein feindlicher Elefant!« berichtigte Bamber.

Wir brachen in schallendes Gelächter aus. Jeder stand einfach nur da, schüttelte den Kopf und brüllte vor Lachen. Da gab es die sogenannte moderne Kriegsführung, Luftwaffenunterstützung und alles Mögliche, und dieser verdammte Sato setzte Elefanten ein!

An jenem Abend, nach einem erschöpfenden Marsch über die dschungelbewachsenen Berghänge, bezogen die Mendips neben den Punjabis ihre Verteidigungsstellungen. Wir waren endlich in Kohima!

Vierzehn Tage Belagerung, Angriff und Gegenangriff hatten Kohima zerstört. Während die A-Kompanie sich einen Weg durch die zerfetzten Bäume suchte, schienen die Sonnenstrahlen zu zittern. Die Fliegen waren da! Dies war ihr Feldzug. Sie labten sich dort, wo Menschen verhungerten. Und es gab so viele Arten von Fliegen, kleine Fliegen, die bei all ihrer Gefräßigkeit niemals wuchsen und fett wurden, große Fliegen, die überall herumkrabbelten, tanzende Fliegen, Fliegen, die mit den Flügeln schlugen, während sie fraßen, Fliegen, die sich nicht verscheuchen ließen, die zwanzigmal auf denselben Punkt im Gesicht zurückkehrten, wenn man zwanzigmal versuchte, sie dort zu erwischen, mißgebildete Fliegen, betrunkene Fliegen, sterbende Fliegen, sportliche Fliegen. Sie bildeten eine Patina auf allem und konnten das Tageslicht verdunkeln, wenn sie in Schwärmen aufstiegen und umhersummten.

Worauf sie saßen und wovon sie fraßen, waren Stücke von Menschen, die im aufgewühlten Schlamm verfaulten. Der gesamte Ort war ein Schlammloch, umgepflügt und gezeichnet von Granaten; Teile von Männern, ganze Gliedmaßen, waren auf dem Gebiet verstreut. Die Leichen, aufgetrieben und schwarz von der Hitze, waren endlich weggeschafft worden; aber die Stücke, die von ihnen weggerissen worden waren, lagen noch immer herum und vergifteten die Luft mit ihrem den Magen umdrehenden süßlichen Aasgestank. Einige unserer Kameraden übergaben sich und würgten ständig, während wir uns eingruben. Glücklicherweise wurde das Feuer der japanischen Scharfschützen heftiger, was unsere Aufmerksamkeit von dem Metzgerabfall um uns herum ablenkte.

Jede Menge Kram lag herum, Kästen, Stiefel, zerschmetterte Gewehre, Fallschirmfetzen, Schlüssel, eine Schreibmaschine, Flaschen, Verbandszeug, Packsäcke. Tertis fand einen kleinen Messingbuddha, den er mit einem Stück Baumwollflanell abrieb und in die Tasche steckte. Zwei Tage später, als ich während eines heftigen Wolkenbruchs in einem Graben Wache stand, entdeckte ich im Schlamm vor mir einen seltsamen Gegenstand. Er sah wie der Teil eines Elfenbeinarmbands aus. Ich bückte mich und wollte ihn aufheben. Es war ein Zahnbogen, der aus einem Stück Unterkiefer herausragte.

Ich drehte fast durch. Irgendwie war das zu viel. Mein Geist streikte.

Ich erkannte Chota Morris und die anderen Burschen nicht, die sich auf mich stürzten und versuchten, mein lautes Schreien zum Schweigen zu bringen und mich davon abzuhalten, wie ein Irrer umherzurennen. Ich erkannte niemanden, sondern empfand nur Panik. Voll Mitgefühl verpaßte mir Chota Morris einen Schwinger genau auf den Punkt und legte mich flach. Als ich wieder zu mir kam, saß ich halb aufrecht an einen Baum gelehnt da, und eine Anzahl ängstlicher und gespannter Gesichter starrte mich an, das Chotas eingeschlossen.

»Wie geht's, Stubby?«

»Holt das Boot, das mich nach Hause bringt!«

»Du hast uns verdammt nochmal Angst gemacht, Kumpel! Wir dachten schon, du seist endgültig über den Jordan. Geordie ist gerade unterwegs, um dir eine Tasse Tee zu besorgen.«

Es war die reinste Hölle auf diesem verdammten Hügel. Die Garnison war entlastet, die Position, die für die Straße von Dimapur nach Imphal so lebenswichtig war – wo das 4. Korps noch immer kämpfte –, wurde gehalten. Aber rundum gab es Dutzende von natürlichen Festungen, wo Sato und seine Soldaten sich auf Jahre einrichten konnten. Gott sei Dank wußten wir damals noch nicht, daß wir geschlagene fünf Wochen an diesem furchtbaren Ort festgehalten würden. Die Belagerung von Kohima war beendet, aber die Schlacht um Kohima war noch in vollem Gang.

Die Japsen gaben keinen Zentimeter nach. Obgleich sie für uns nicht mehr jene übermenschlichen Dschungelteufel waren, als die sie den Kameraden in Arakan erschienen waren, hatten ihr Mut und ihre Standfestigkeit etwas Übermenschliches an sich. Sie wußten einfach nicht, wann sie geschlagen waren. Sie machten einen Bajonettangriff nach dem anderen und rannten dabei in den sicheren Tod. Sie brüllten und kreischten uns nach Einbruch der Dunkelheit an. Sie machten niemals Gefangene, sie ergaben sich nie.

Ihre Scharfschützen und Richtkanoniere sorgten ständig dafür, daß wir die Köpfe einzogen. Wenn man sich irgendwohin begab, dann tat man das im Laufschritt und fürchtete ständig um sein Leben. Die Nächte waren die reinste Hölle – bei Nacht und bei Tag, während der gesamten fünf Wochen, brachte es niemand von uns auf mehr als vier Stunden zusammenhängenden Schlafs. Natürlich lernte man schlafen, wenn sich dafür eine freie Minute ergab.

Irgendwie überlebten wir all das, irgendwie drängten wir die Angst zurück, und irgendwie überlebten wir auch den langsamen, aber stetigen Verlust unserer Kameraden. Carter kam aus dem Feldlazarett mit bandagiertem Arm zurück, frisch und ordentlich aussehend, und verspottete uns wegen unserer Bärte und unseres Geruchs, und am gleichen Tag fiel er neben mir, als er einen Kopfschuß erhielt.

Der April verstrich, der Mai kam. Andere Kameraden starben – der zuverlässige, ruhige Di Jones, der bereits bei Merema verwundet worden war und der sein Tal in Wales nie wiedersehen sollte, sein Kumpel Taffy Evans und so viele andere gute Männer, die bis zum letzten Atemzug ihre Stellung hielten.

Die Panzer erschienen, konnten aber keine endgültige Entscheidung herbeiführen. Unsere Kanoniere weit zurück in Zubza und Jotsoma bepflasterten die Höhenregionen, von denen aus die Japaner uns eindeckten. Die Jagdbomber dröhnten Tag für Tag durch das Tal herauf. Trotzdem gab es keine Veränderung. Gerüchte besagten, daß die Japaner in ihren Stellungen allmählich verhungerten und an allen möglichen Krankheiten starben, vor allem an der Himbeerseuche, an Skorbut, Auszehrung und Syphilis. Wir hatten Tausende von diesen Kerlen getötet. Aber ihre Bunker spuckten noch immer Stahl in einem nicht versiegenden Strom.

Die Säcke mit der Post von zu Hause kamen regelmäßig an. Die ganze Familie schrieb mir abwechselnd und schickte mir zum Trost und zur Erbauung immer neue Rationen Neuigkeiten und Liebe. Ihre Worte kamen von einem Ort, an den wir nie gelangen konnten, in eine Umgebung, die sie sich nicht vorstellen konnten. Inmitten unserer schmutzigen Unterstände verblaßten unser Zuhause und die Menschen dort zu Mythen; die Japaner waren, verdammt nochmal, weitaus wirklicher.

Im Mai, als die Regenfälle zahlreicher und heftiger wurden, wandelte sich die Situation allmählich. Um den 13. herum fielen einige wichtige Hindernisse im Süden in unsere Hände. Zum erstenmal bot sich uns der Anblick von davonlaufenden Japanern. Wir stimmten ein Freudengeheul an, sprangen gegen den Befehl aus unseren Gräben und schossen hinter den Bastarden her.

Die Gerüchte erwiesen sich als zutreffend. Die Japaner waren zunehmend demoralisiert und standen kurz vor dem Verhungern. Sato konnte seine Position nicht ewig halten. Am 1. Juni begannen seine Männer sich aus ihren strategisch wunderbar gelegenen Stellungen zurückzuziehen. Davor mußten wir noch ein weiteres heftiges Aufflackern von vereinzelten Kämpfen über uns ergehen lassen.

Am 24. Mai rückte unser Bataillon über die Verteidigungslinie von Kohima hinaus nach Süden vor und schickte sich an, den Aradura zu ersteigen. Das schafften wir bei strömendem Regen. Ich hatte damals sechs verschiedene Arten von Durchfall, und jeder von uns war auf Grund von allgemeiner Erschöpfung, Krankheit oder Dschungelgeschwüren vollkommen fertig.

Wir wußten, daß heftige Kämpfe auf uns warteten, wenn wir die Spitze des Berges erreicht hätten, aber der Dschungel war so dicht, daß man den Arsch nicht von seinem Ellbogen unterscheiden konnte. Man konnte weder vorne noch hinten noch seitlich irgend etwas erkennen. Mächtige Bäume ragten über uns auf. Das Funkgerät funktionierte nicht, daher waren wir von den Royal Berks wie abgeschnitten, die sich irgendwo in unserer Flanke befinden mußten.

Gegen Abend ließ der Regen nach, die Sonne erschien, die Wolken trieben zum Bramaputra davon, um für den folgenden Tag frische Wasserladungen aufzunehmen. Dies war nicht der eigentliche Monsun, sondern nur das, was die Reisfresser den »kleinen Regen« nennen. Jedem von uns war es völlig klar, daß die Japaner vertrieben sein mußten, bevor der richtige Monsunregen einsetzte.

Wir gruben uns für die Nacht eine Verteidigungsstellung, brühten Tee auf und aßen gepökeltes Rindfleisch und Zwieback. Dann legten wir uns aufs Ohr, und sofort stellte sich dieser seltsam betäubte Schlaf ein, bei dem der Körper in einer Art Todesstarre daliegt und der Geist dicht unterhalb der Bewußtlosigkeit dahinstolpert, ständig auf Gefahr lauert und sich die schlimmsten und grauenvollsten Dinge vorstellt, die durch den Schlamm nach oben steigen. Ich träumte niemals von zu Hause oder von Sex. Es gab nicht einmal diese Fluchtmöglichkeit.

Während der Nacht wurde ich geweckt, um meine Wache anzutreten. In meinen Eingeweiden rumorte es vor Durchfall, und ich fragte mich, ob Wichsen mir vielleicht Erleichterung bringen würde. Ich tastete in der Dunkelheit nach meinem Schwanz. Er und meine Eier waren praktisch zu einem unbedeutenden Nichts zusammengeschrumpft. Der Hodensack war ein kleines, hartes, faltiges Ding. Ich durchwühlte mein Gehirn nach Phantasien, nach Bildern von Bordellen, in denen mir klaffende Muschis entgegenlächelten, aber alles war wie ausgetrocknet. Von mir war nichts mehr übrig außer dem Soldaten.

Der nächste Tag war genauso mörderisch wie der vorhergehende. Der verdammte Regen rauschte auf uns hernieder und wollte nicht aufhören. Man wünschte sich nur noch, sich niederlegen zu können und zu sterben. Viele Jahre später konnte man niemand erklären, wie schlimm es wirklich gewesen war.

»Wo waren Sie denn im Krieg?«

»Ich war in Burma.« Im stillen fügte man hinzu: »So ein verdammtes Pech konnte auch nur ich haben.«

Gegen Mittag war der Berghang am steilsten. Niemand kam mehr vorwärts; es war einfach unmöglich. Wir waren völlig ausgepumpt. Wir mußten Rast machen. Das sah so aus, daß man sich mit gespreizten Beinen rücklings an einen Baumstamm lehnte, so daß man nicht auf einen anderen stürzte. Die ganze Zeit hing die Drohung über uns, daß Japse plötzlich aus dem Laubdickicht auftauchten und uns unter Beschuß nahmen. Mit gesenkten Köpfen, um unsere Zigaretten vor dem Regen zu schützen, rauchten wir stumm.

Ein Späher kam über den Pfad zu uns heruntergerutscht, um uns mitzuteilen, daß sie endlich die Spitze des Berges gefunden hätten.

»Kommt schon, Mendips! Nehmen wir diesen verdammten Berg!« rief Major Inskipp, der Bataillonskommandeur. Er eilte weiter, und wir folgten ihm.

Der Dschungel lichtete sich. Ein kleiner Felsvorsprung ragte vor uns auf, Wasser lief in gelblichen Rinnsalen daran herab. Zwischen den Bäumen wuchsen Orchideen wie Unkraut. Unsere Vorhut hatte an einem Baum ein Seil befestigt, und wir zogen uns daran hoch und verteilten uns, als wir auf den Gipfel gelangten, liefen ein Stück und ließen uns mit den Gewehren im Anschlag einfach fallen.

Um uns herum erblickten wir wieder nur Wildnis. Man konnte überhaupt nicht feststellen, wo man war. Die Japaner konnten durchaus in einem Hinterhalt lauern, uns beobachten und jeden Augenblick aus allen Rohren auf uns schießen. Ein Flugzeug flog dröhnend über uns hinweg. Wie ich diesen Kerl oben in seiner Kanzel beneidete, der auf dem Rückweg nach Jorhat oder Dimapur war, wo eine gemütliche Messe auf ihn wartete. Wie war das noch in Dimapur? Dort gab es Charpoys und Duschen und wunderschöne Kantinen.

Niemand eröffnete das Feuer auf uns. Wir setzten unseren

Marsch fort. Der Dschungel drang wieder auf uns ein. Wir waren gezwungen, im Gänsemarsch zu gehen. Der Pfad, dem der 2. Zug folgte, schwenkte nach links ab und trennte uns von den anderen, und wir mußten den ganzen Weg wieder zurückgehen, wobei wir fluchten, da wir kaum etwas erkennen konnten. Die anderen Züge hatten ihre eigenen Schwierigkeiten. Nach zwei Stunden und vier Pausen stellten wir fest, daß das Gelände wieder anstieg.

Wir waren demnach noch immer nicht auf dem höchsten Punkt des Aradura!

Das Funkgerät gab nichts von sich, so sehr ich auch an dem verdammten Ding herumfummelte. Ich hätte es am liebsten in den Abgrund geworfen. Ich wußte, daß die Kameraden von mir erwarteten, daß ich irgend jemanden erreichte, eine unserer Kompanien vielleicht, die Befehlszentrale der Brigade, irgendwen. Gore-Blakeley hockte neben mir und starrte grimmig in den Dschungel. Wir waren auf dem Aradura für den Rest der Welt so gut wie verschollen.

Erneut setzten wir unseren Marsch fort. Der Regen fiel weiterhin, und in der Ferne erklangen von Zeit zu Zeit vereinzelte Schüsse. Die Nacht brach an, und am nächsten Tag wanderten wir weiter, anfangs vom Schlaf noch steif. Die Rationen wurden knapp. Allmählich gingen uns die Zigaretten und das Wasser aus. Wir hatten den Eindruck, daß uns jeder vergessen hatte. Das Schießen in der Ferne hatte aufgehört.

Im Lauf des Morgens besserte sich das Wetter. Der Dschungel troff von Wasser, auch wenn der Regen längst aufgehört hatte. Auf einer Art Lichtung hielten wir an, um ein zweites Frühstück einzunehmen. Etwas Unheimliches rührte sich in meiner Bluse. Ich zog sie aus, und ein Tausendfüßler fiel in den Matsch. Ich setzte meinen Stiefel darauf und zerstampfte ihn zu Brei. Meine Brust war mit rosa Blasen und Flecken bedeckt.

»Das hat dir gerade noch gefehlt, Kumpel – die verdammten Pocken!« meinte Ernie.

Ich legte meine Bluse auf einen Busch zum Trocknen, während wir mit dem Funkgerät versuchten, irgend jemand zu erreichen. Wir erwischten eine Abteilung der Welchs. Gore-Blakeley setzte einen Bericht ab und gab ihnen unsere Position durch, soweit wir sie bestimmen konnten, und bat darum, daß diese Nachricht an die Befehlszentrale des Bataillons weitergegeben würde. Die Welchs hatten nichts Gutes zu berichten: Sie hatten die Spitze des Bergs erreicht und waren dort auf starke japanische Streitkräfte gestoßen. Sie hatten mehr als einmal angegriffen, doch gegen die gut gestaffelten und befestigten Bunker waren solche Versuche hoffnungslos, und sie hatten schwere Verluste zu verzeichnen. Ja, es gebe Artillerieunterstützung, aber gegen diese beschissenen japanischen Bunker sei sie wirkungslos.

Allein die Tatsache, mit der Außenwelt wieder Kontakt zu haben, war ein Riesenfortschritt. Wir quälten uns auf die Füße und marschierten weiter.

Am nächsten Tag hatten wir es dann geschafft und gelangten auf höher gelegenes Gelände. Unsere Vorhut hatte Feindberührung mit den Japanern, die sofort mit heftigem MG-Feuer reagierten. Selbst das munterte unsere Lebensgeister auf – es war besser, gegen die Japaner zu kämpfen als gegen den Dschungel. Denn gegen den Dschungel konnte man niemals gewinnen.

Aber schaffte man gegen die Japaner einen Sieg? Wir hatten unsere Zweifel. Man konnte diese Saukerle nicht sehen, so gut hatten sie sich eingegraben, und so dicht fiel der Regen.

Wir waren tausend Meter des steilen Bergs hinaufgeklettert. Nun erwartete man von uns, daß wir hervorragend kämpften.

Oben auf dem Berg bekamen wir sofort Funkverbindung und erfuhren, daß der Rest des Bataillons ganz in unserer Nähe lag. Innerhalb von Minuten erreichten wir sie. Es war schon eine große Erleichterung. Sämtliche Gruppen hatten das Gleiche durchgemacht wie wir, und die C-Kompanie hatte von einem Zug Japaner eine Menge einstecken müssen, den sie auf dem Berg angetroffen hatten. Eine gute Nachricht besagte, daß frische Rationen zu uns unterwegs waren.

Aber der Regen fiel heftiger als je zuvor. Man konnte überhaupt nichts tun. Selbst das Atmen fiel schwer. Die Luft war wie reines Wasser. Ich konnte spüren, wie meine Zehen in den Stiefeln faulten. Der Angriff wurde auf den nächsten Tag verschoben.

Wir gruben uns ein und breiteten unsere Regenumhänge über die Schützenlöcher. Früh am nächsten Morgen stürzten wir uns in den Kampf.

Unser Ziel war Peter, eine pickelartige Erhebung auf dem Kuckuckssporn, der zum Aradura gehörte und von wo aus sich die Straße überwachen ließ. Während die Artillerie sich auf Peter einschoß, bekamen wir Suppe und Rum. Irgendwie fanden wir danach die Kraft zu kämpfen.

Es war mörderisch. Ich hatte das Funkgerät zurückgelassen, hielt eine Maschinenpistole an der Hüfte im Anschlag und brüllte wie ein Irrer. Ich hatte Feather neben mir, der das Bajonett aufgepflanzt hatte und ebenfalls brüllte, und Ernie auf der anderen Seite, der Handgranaten warf, damit die Schweinekerle in Deckung blieben. Aber sie beharkten uns aus der Sicherheit ihrer Bunker mit schwerem Feuer, und wir stürmten bergauf und gaben gute Ziele ab.

Dave Feather fiel praktisch sofort. Dutt und ich stürmten weiter, aber es war Wahnsinn, und von überallher drangen Schreie zu uns. Wir waren nur noch wenige Meter von den Bunkern entfernt, als Ernie ebenfalls umkippte. Ich konnte die Schießscharten der Bunker sehen und warf mich neben Ernie zu Boden.

Er war ins Bein getroffen worden, durch den Oberschenkel, und schluchzte haltlos. Ich schnappte mir seine Handgranaten, fing an, sie so weit wie möglich zu werfen, und zielte dabei auf die Schießscharten des Bunkers vor uns. Von einem anderen Bunker aus wurde ein Kreuzfeuer eröffnet. Man konnte meinen, daß sämtliche Japaner ausschließlich auf uns schossen. Genaugenommen auf mich.

Sie trafen den armen Ernie noch einmal. Ich spürte, wie die Kugeln in ihn einschlugen. Er gab keinen Laut mehr von sich.

Ich war wie besessen. Ernies Körper spendete mir etwas Schutz. Ich fuhr fort, Handgranaten zu werfen. Ich hatte

Glück und schaffte es, mit einer einen der Schlitze zu treffen. Ich lag nahe genug, um ihre Rufe zu hören. Es gab eine Explosion, dann Schreie. Dann begann ihr verdammtes Maschinengewehr wieder zu feuern. Vielleicht hatte sich einer dieser kleinen Sauhunde einfach auf die Granate geworfen und so seine Kameraden gerettet.

Ich blieb, wo ich war, und scharrte mir hinter Ernies Leiche eine kleine Vertiefung. Was mit dem Rest meiner Gruppe passiert war, wußte ich nicht. Nach einer Weile hörte ich Gor-Blimey pfeifen, dann seine Stimme, die rief: »Bleibt in Dekkung, und euch kann nichts passieren! Haltet die Köpfe unten!«

Er mußte völlig den Verstand verloren haben, wenn er annahm, ich wäre in der Lage gewesen, meinen Kopf auch nur einen verdammten Millimeter zu heben! Ich war nicht der einzige, der im Niemandsland festhing, und eine zweite Attacke würde gleich kommen. Ich krallte mich in den Schlamm. Das Feuer war verstummt bis auf einige regelmäßige Salven von beiden Seiten, die dafür sorgen sollten, daß wir in unseren Stellungen hocken blieben. Das ist es, was in den Berichten gerne als »Feuerpause« bezeichnet wird.

Die B-Kompanie, die seitlich von uns lag, hatte Glück im Unglück gehabt. Sie sah sich plötzlich frischen Gräben gegenüber, in denen die Japse eines unserer Fünfundzwanzig-Pfünder-Geschütze aufgebaut hatten. Die B-Kompanie griff an und schaffte es, die Stellung zu überrennen und das Geschütz zu erobern. Ein japanischer Gegenangriff konnte abgewehrt werden, und eine Abteilung nahm das Geschütz mit, während die restlichen Leute einen weiteren Gegenangriff abwehrten. Von den Japanern wurde schweres Granatwerferfeuer angefordert, und viele unserer Männer kamen um, aber der Rest hatte die Kanone und einige Granaten in unseren Frontbereich schaffen können. Unter Inskipps Kommando brachten sie die Kanone in Stellung. Und nun feuerte sie aus allernächster Nähe auf diese verdammten japanischen Bunker.

Ehe ich überhaupt begriff, was los war, regnete es um mich

herum Granaten. Entsetzt verkroch ich mich unter Ernie Dutts Leiche. Jetzt ging der gleiche Bunker, in den ich meine Handgranate geworfen hatte, in Flammen auf. Die Japse mußten darin ein Benzinlager angelegt haben.

Unsere tapferen Burschen bereiteten sich auf einen weiteren Sturmangriff vor. Die MGs konzentrierten ihr Feuer auf eine Bunkergruppe, der Fünfundzwanzig-Pfünder auf eine andere. Die Entfernung betrug etwa vierzig Meter. Ganz bestimmt würden die Japaner einem solchen Stahlgewitter nicht lange standhalten können.

Doch kaum waren wir auf den Beinen und stürmten vorwärts, als wieder dieser unglaubliche tödliche Geschoßregen auf uns zuraste. Wir rannten weiter. Man mußte weiterrennen. Es gab verdammt nochmal nichts anderes, als zu rennen, zu schießen und weiterzurennen.

Ich war mir gar nicht bewußt, daß ich aufsprang und losstürmte. Es passierte einfach. Ich sah – und erst später begriff ich es richtig – Jackie Tertis' Kindergesicht, das in einem Wutschrei verzerrt war, und hinter ihm Geordie Wilkinson, der, den Mund fest geschlossen, lief, was das Zeug hielt. Noch während ich ihn ansah, stürzte Geordie. Ich stürmte mit den anderen weiter.

Ein zweiter Bunker war aufgesprengt worden und halb eingestürzt. Irgendein Genie hatte eine Mills-Bombe hineingeworfen, und plötzlich kamen Japse herausgeflogen. Sie entströmten der Erde, ziemlich große Burschen, keine kleinen krummbeinigen Kerlchen.

Sie hielten – ich glaubte, ich würde verrückt –, diese dreisten Wichser hielten die verdammten Hände hoch. Sie hatten tatsächlich die Flossen oben, sie kapitulierten, diese Scheißer! Sie ergaben sich! Wir schossen sie nieder, sobald sie auftauchten. Während ich mit Enoch dicht neben mir zu dem Bunker lief, hob ein japanischer Offizier den Kopf und hatte ein Schwert in der Hand. Vielleicht wollte er es übergeben. Er hatte einen sorgfältig gestutzten Schnurrbart. »Schnapp dir den Bastard!« brüllte Enoch. Wir sprangen beide.

Zu dritt rollten wir über den Erdboden. Der Japs richtete

sich halb auf, wir packten ihn, bekamen das Übergewicht und stürzten rücklings in den zerstörten Bunker. Ich sah, wie er sich verzweifelt bemühte, seine Pistole zu ziehen. Aber Enoch hatte ihn bereits an der Kehle gepackt und würgte ihn. Ich schnappte mir seine Hand und drehte den Arm nach hinten, bis etwas laut knackte.

Gor-Blimey kam herauf und hechelte wie ein Jagdhund. »Ich hab' was abgekriegt«, sagte er. Blut rann ihm von der Schläfe über das Gesicht. Er schwankte. Nach einigen Sekunden erholte er sich wieder. Mit halbgeschlossenen Augen sagte er: »Nehmen Sie diesen Offizier in Gewahrsam und sorgen Sie dafür, daß er nicht flieht. Er darf nicht schlecht behandelt werden. Die anderen Bunker...« Er rutschte aus, stürzte zu Boden. Wir sahen, daß seine ganze Uniform voll Blut war.

»Paß auf diesen Bastard auf«, sagte Enoch.

Ich hockte mich auf den japanischen Offizier. Enoch zog Gor-Blimey in unsere Stellung, wo er weitgehend sicher war. Dann sahen wir die schreckliche Wunde in Gor-Blimeys Brust. Er öffnete die Augen, blickte uns an und würgte Blut hoch. Seine Hände flatterten nervös, dann rührte er sich nicht mehr.

»Mein Gott«, stieß ich hervor, »sie haben den guten alten Gor-Blimey umgebracht!«

»Nun, dann werden wir diesem Scheißkerl auch zu seinem Schicksal verhelfen!« sagte Enoch. Er sprang auf und stieß sein Bajonett in den japanischen Offizier, bis es schmatzte.

Es wurde weiter geschossen, und der Fünfundzwanzig-Pfünder donnerte los, wann immer sich ein Ziel bot; allerdings reagierten nun auch die japanischen Mörser weiter hinten. Insgesamt nahmen wir zwanzig weitere Bunker. Irgendwann während des Durcheinanders kamen auch die sehnlichst erwarteten Flammenwerfer herauf, und wir räucherten die Bunker regelrecht aus. Es war das reinste Massaker. Erst nach einer Weile fingen wir an, Gefangene zu machen.

Am Ende des langen blutigen Nachmittags war die Anhöhe in unseren Händen. Wir hatten eine Gruppe von dreißig Gefangenen, die wir mit den Händen auf dem Rücken mit ihrem eigenen Funkdraht aneinandergefesselt hatten. Die Gerüchte entsprachen der Wahrheit. Die Japaner befanden sich in einem noch viel schlechterem Zustand als wir, waren dreckig, verhungert und krank. Viele hatten Fieber und sahen aus, als stünden sie bereits dem Tod auf der Schippe; aber solange sie in der Lage gewesen waren, aufrecht zu stehen, hatten sie sich gegen die Wände ihrer Bunker lehnen und auf uns schießen können. Tapfere Bastarde, tapfer bis zum Schluß – und verdammt dumm!

Jackie Tertis und ich stellten sie in einer Art Ordnung auf. Tertis stolperte mindestens ebenso unsicher herum wie die Japse und sah fast genauso abgerissen aus.

»Wie geht's dir, Jackie?«

Er grinste mich an und hatte kein Kindergesicht mehr. Mit einer übertrieben spielerischen Geste schwang er das Gewehr herum und zielte damit auf mich. »Ich mach' schon alles richtig. Was hast du denn erwartet? Ich kann ganz gut auf mich selbst aufpassen. Und eins kann ich dir sowieso sagen – wenn einer dieser verdammten schlitzäugigen Scheißer eine falsche Bewegung macht, dann schieße ich den Kerl in Stücke!«

Unsere armseligen Gefangenen standen mit herabhängenden Schultern da und rechneten ganz offenbar damit, jeden Moment zur Hölle geschickt zu werden. Keiner von ihnen wagte sich zu regen.

»Laß es gut sein, Jackie! Ich glaube, diesem Haufen reicht's.«

»Sie sollen nur versuchen, von hier zu verschwinden! Ich schieße sie in Stücke.«

»Diese Jammergestalten können ja kaum stehen, also zerbrich dir nicht den Kopf.«

»Ich schieße sie wirklich in Stücke!« Er hob das Gewehr, als wollte er tun, was er sagte.

Die Japaner senkten die Köpfe und schwankten sacht, als stemmten sie sich einer steifen Brise entgegen.

Wir hatten auf eine ruhige Nacht gehofft, in der wir ungestört würden schlafen können, doch die Japse hatten sich auf unsere Stellungen eingeschossen. Einige Zeit sah es sogar so aus, als würden wir uns zurückziehen müssen. Doch die B-Kompanie schaffte beim Licht des Mondes einen Angriff, so gelichtet ihre Reihen auch waren, und zerschlug eine Granatwerferstellung. Wir schliefen und griffen am Morgen eine letzte Gruppe von drei Bunkern an, die nicht bemerkt worden waren. Die Japaner leisteten nur wenig Widerstand, und wir machten einige weitere Gefangene. Sie waren verzagt und unterwürfig und standen mit gesenkten Köpfen herum. Wir hatten ihnen den letzten Rest Mut geraubt.

Unsere Ärzte kümmerten sich um jeden. Bahrenträger waren damit beschäftigt, die Verwundeten auf Maultiere zu laden. Ich ging hin, und da war auch Geordie Wilkinson, den man auf eines der schwarzen Ungeheuer geschnallt hatte. »Geordie, alter Junge!«

Er sah schrecklich aus. Sein Gesicht war kalkweiß, von seiner Sonnenbräune war nichts mehr übrig. Seine ganze Uniform war dunkel von Blut. Der Verband um seinen Bauch war ebenfalls mit Blut getränkt. Ein weiterer Verband um seinen Oberschenkel war sauberer, obgleich auch dort Blut zu sehen war.

Er schlug die Augen auf. Ich stand neben ihm und versuchte ihn anzulächeln. »Willst du 'ne Zigarette, Kumpel? Wie wär's denn mit einer echten englischen Players?«

Er bewegte den Kopf. Seine Augen fielen wieder zu, und er sagte ganz deutlich: »Sie haben mich voll erwischt, alter Freund... Ich glaube, ich mach's nicht mehr lange.«

Ich ergriff seine Hand. »Du kommst in Ordnung, Geordie. Sie flicken dich wieder zusammen. Wir bringen dich zur Straße hinunter. Die Japse scheinen die Schwänze einzuziehen, wußtest du das? Sie machen sich in die Hose.«

»Ich hab' meine Eingeweide heraushängen sehen, Freundchen.«

Ein Sanitäter kam heran, so müde, dreckig und unrasiert wie die anderen von uns, und ging an der Gruppe Maultiere entlang. Er schob mich beiseite, um Geordies Haltegurte zu untersuchen.

»Ist er –?« fragte ich.

»Wir bringen sie gleich weg. Dieser Bursche hat eine Dosis Morphium bekommen, damit er keine Schmerzen hat. Ist er ein Freund von dir?«

Ich biß mir auf die Unterlippe. »Einer der besten«, sagte ich, und aus irgendeinem Grund mußte ich bei den Worten weinen.

Ich hatte in meiner Munitionstasche auch das Bild von Hanuman. Ich holte es heraus und schob es, zerknittert, wie es war, unter Geordies Hemd auf seine schweißfeuchte Brust.

»Das ist der alten Affengott, Geordie, weißt du noch? Der Affengott... Paßt auf dich auf!«

»Der Affengott...«

Geordie war der einzige Kerl in der ganzen Einheit gewesen, der mich wegen Hanuman, Wischnu und den anderen nicht ausgelacht hatte. Während ich in sein bleiches, häßliches Gesicht sah, kamen mir erneut die Tränen, und ich wandte den Kopf ab.

Als ich wieder aufblickte, trabten die Maultiere bereits durch die nächsten Bäume davon. Geordie hatte wirklich großes Glück, wenn er es bis zum Hauptlazarett schaffte.

Wir hatten den Aradura gesichert. Doch die Lageberichte, die bei uns eintrafen, waren erschreckend schlecht. Niemand sonst hatte auf dem verhängnisvollen Aradura irgendwelchen Grund zur Freude. Die Welchs waren zum Rückzug gezwungen worden. Wir waren allein auf dem Aradura, und die Situation sah sehr ernst aus. Wir erhielten den Befehl, uns einzugraben.

Vertraute Gesichter fehlten mir. Mein alter Kumpel Chota Morris war von Granaten getötet worden, während er den ersten Zug anführte. Ginger Gascadden war gefallen. Es war am Ende doch ein schlimmer Tag, trotz des allgemeinen Auftriebs, der von unserem Erfolg herrührte; alle waren sehr still.

Erst spät am Nachmittag gab es Anlaß zum Jubeln. Unsere hohe Position gestattete uns einen Blick auf die Straße. Sie schlängelte sich unter uns durch die Berge. Wir konnten Reisfelder sehen, auf denen Nagas ihrer Arbeit nachgingen, als wäre alles so normal und friedlich wie sonst. Eine unserer mobilen Einheiten war auf der Straße unterwegs. Es würde wohl nicht allzu lange dauern, bis Verstärkung zu uns heraufkam, wenn wir es schafften, uns dort zu halten, wo wir gerade waren.

Nichts geschah in Assam so, wie man es erwartete. Wir schickten eine ganze Reihe von Spähtrupps in die Nacht. Sie kamen ohne Neuigkeiten zurück. Es gab keine Schießereien. Keine Japse wurden aufgestöbert. Der Regen setzte wieder ein. Es regnete noch bei Tagesanbruch, als Sergeant Gowland mit einer Patrouille zurückkam und meldete, daß die Japaner verschwunden seien. Es war der letzte Tag im Mai.

Zum erstenmal befanden sich die Japaner auf dem Rückzug. Sato hatte offenbar genug. Seine geschlagenen Streitkräfte bewegten sich nach Süden in Richtung Imphal und weiter zum fernen Chindwin.

Wir stiegen wieder vom Berg herunter und nahmen dabei unsere Gefangenen mit.

Die Straße unter uns war offen, und die 14. Armee rollte vorbei. Am Ende verabschiedeten wir uns vom Aradura und standen auf der Straße! Inskipp marschierte mit uns bis zu einem Punkt, wo in einem verlassenen und zerstörten Dorf eine Verpflegungseinheit ihre Zelte aufgeschlagen hatte. Die Messe war eine Basha ohne Dach; die Tische und Bänke sahen wie das Nonplusultra an Zivilisation aus. Dort standen unsere fetten Köche in ihren fettigen grünen Westen, dreist wie immer, Ron Rusk und George Locke.

»Wie geht's dir denn, Stubbs? Worauf hat dein Wanst denn Lust?« Rusk hatte seinen alten Ruf: »An die Tröge, ihr Schweine!« aufgegeben.

»Läßt du den Fraß immer noch anbrennen, Rusky? Ich hätte nicht gedacht, daß sie dich so dicht an die Front heranlassen!«

»Paß nur auf, was du zu ihm sagst«, meinte Locke, stieß seinem Partner in die Rippen und nickte mir zu. »Ron hat gestern allein einen Japsen getötet – gab ihm mit der Kelle eins über die Nuß, nicht wahr, Rusky?«

»Der kleine Bastard kam einfach ins Küchenzelt, und da verpaßte ich ihm eins.«

Diese heroische Tat Rusks wurde zur Legende. Es war sinnlos, darauf hinzuweisen, daß der Japaner wahrscheinlich am Ende seiner Kräfte gewesen war; Rusk hatte ihn getötet, und danach war es völlig nutzlos, sich über das Essen zu beschweren, denn wir bekamen dann nur die Warnung zu hören, daß wir uns höchstens das Gleiche einhandeln könnten wie der Japaner, nämlich einen Schlag auf den Schädel mit der Schöpfkelle.

Bei der Mahlzeit gab es keine Klagen. Wir saßen auf den Bänken und aßen richtiges Fleisch. Es gab Bier zum Fleisch und Gemüse, Bier aus Milwaukee, danach Pfirsiche und Kondensmilch und eine Tasse Tee.

Es war eine sehr stille Mahlzeit. Niemand redete, niemand sah den anderen an, bis Charley Cox die Früchte seines Nachdenkens ausbreitete: »Es sind schon verdammt tapfere Saukerle, diese Japsen!«

»Die tapfersten Teufel nach der 14. Armee«, gab Wally ihm recht.

Schweigen senkte sich wieder herab, während wir die Pfirsiche in Angriff nahmen.

Anschließend versammelten wir uns auf der Lichtung. Inskipp stand in seinem Jeep, hielt eine Ansprache und bedankte sich für unsere unglaubliche Tapferkeit. Er verlas einen Tagesbefehl von General Grover, dem Divisionskommandeur, worin er allen Dienstgraden gratulierte und bekanntgab, daß der Feind sich auf der ganzen Linie zurückziehe. Es sei nun unsere Pflicht, ihn zu verfolgen und keinen Mann entkommen zu lassen. Dann verabschiedete sich Inskipp und ließ seinen Arm behandeln.

Nach der Mahlzeit und der Rede ging es ins Bad. Die Badebehälter bestanden aus großen, in der Länge halbierten Ölfässern, und sie waren voll mit wunderbar heißem Wasser. Nachdem wir unsere stinkenden Stiefel abgestreift und uns aus den schlammigen Uniformen geschält hatten, stiegen wir hinein.

Was für ein Luxus! Unsere Leiden und Schmerzen waren vergessen, während wir uns im warmen Wasser aalten. Die Dinge konnten durchaus wieder schlechter werden, aber sie würden nie mehr so schlimm sein, wie sie es gewesen waren.

Während wir im Wasser planschten, hielt ein Lkw neben uns.

»Soll ich euch Schmutzfinken den Rücken schrubben?« Es war McGuffie, der mit einem Sergeant im Schlepptau und einem Stapel nagelneuer dschungelgrüner Uniformen auftauchte.

Ich brüllte zu ihm hinüber: »Jock, du verdammtes altes Etappenschwein, komm schon her!«

»Du kannst dir deinen verdammten Rücken selbst waschen, Stubbs – ich weiß genau, wo er überall rumgelegen hat!« Jock schüttelte den Kopf. »Während du in den Bergen die Naga-Frauen flachgelegt hast, mußte ich mir in Kohima den Arsch abarbeiten.«

»Du hast doch in deinem ganzen Leben noch nicht gearbeitet, Jock!«

»Woher willst du das wissen, Mann? Ich habe allen neue Uniformen besorgt.«

»Seht zu, daß ihr euch abtrocknet, Freunde«, sagte der Sergeant. »Stellt euch in einer Reihe auf, damit ich bei euch maßnehmen kann.«

Während wir Blusen, Hosen und Stiefel anprobierten, erzählte er uns die letzten Neuigkeiten. Am Morgen dieses Tages war in Europa die zweite Front eröffnet worden. Ein Brückenkopf war am Strand der Normandie gebildet worden, und die Briten und Amerikaner strömten aufs Festland.

Es war der 6. Juni 1944. Wir hatten das Datum und die Jahreszeit völlig vergessen.

Sogar diese furchtbare Zeit des Kämpfens war mir irgendwie wertvoll: weil sie nicht ewig dauern würde. Genauso wie die

Städte war der Dschungel etwas, das in mein Leben trat und irgendwann wieder daraus verschwinden würde.

Plötzlich kam mir die Erleuchtung – ich hatte eine unerschöpfliche Fähigkeit, glücklich zu sein! Ich war wirklich ein Teufelskerl!

Meine gehobene Stimmung dauerte den ganzen restlichen Tag über an. Frisch eingekleidet marschierten wir einen Kilometer die Straße hinunter zu einem Behelfslager, wo wir unsere Gewehre und Maschinenpistolen in heißem Wasser auskochten und die Schlösser reinigten. Schon am nächsten Morgen würden wir weiterziehen. Aber McGuffie fuhr noch am Abend mit seinem Lkw nach Kohima und holte Rum für uns. Wir saßen auf der Ladefläche und unterhielten uns.

Ich hörte Aylmer vorbeihumpeln und immer noch seine rührende Liedzeile singen: »Könnt' ich dich vor mir stehen sehn...«

»Möchtest du keinen Rum, Kumpel?« fragte ihn Jock.

»Woher hast du den?« fragte Aylmer. »Hast du ihn geklaut?«

»Meinem Bauch geht es nicht allzu gut – ganz schön beschissen, um genau zu sein. Ich brauchte etwas dafür, und dieses Zeug hat tatsächlich gewirkt. Stubby hatte die gleichen Beschwerden, und ihm geht es jetzt schon viel besser, nicht wahr, Stubby?«

»Hast du ihn geklaut?«

»Blödsinnige Frage! Dieser verdammte Rum sollte euch Heinis zum Aradura gebracht werden, wenn du es genau wissen willst, aber wir haben es nicht geschafft, ihn dorthin zu bringen; daher nahm ich ihn unter meine Fittiche. Du hättest es doch sicher nicht gern gesehen, wenn die Maultiere den Stoff gesoffen hätten, oder? Jetzt biete ich ihn dir an.«

»Du kannst ihn behalten, Jock«, sagte Aylmer ruhig.

Jock lachte. »Was ist denn mit dir los?«

»Wir sind nur stolz, Jock, mehr nicht.«

»Stolz darauf, daß ihr verdammt nochmal nicht getötet wurdet?«

»Hau ab und klopf dir von mir aus selbst auf die Schulter,

Jock! Wir haben die verdammte Schlacht gewonnen, oder etwa nicht?«

»Dieser beschissene Burma-Feldzug hat gerade erst angefangen, ist dir das klar? In sechs Monaten sind wir wahrscheinlich alle tot. Was meinst du, wie viele Jahre es wohl dauert, die Japaner aus diesen unzähligen Bergen zu verjagen?«

Plötzlich fühlte ich mich nur unendlich müde. Joke war nicht mit uns zusammen gewesen und verstand überhaupt nichts.

Etwas leiser fragte er mich: »Wie viele beschissene Jahre dauert es wohl, um diese verfluchten Japse aus dieser gottverlassenen Gegend zu vertreiben? Ich frage dich, Mann, ich frage nur. Du bist schließlich der gottverdammte Soldat.«

Es hatte keinen Sinn, darauf eine Antwort zu geben. »Jock, ich weiß, daß ich dich das schon mal gefragt habe, aber was warst du eigentlich im zivilen Leben?«

»Ach, Mann, ich war Kellner. Ich dachte, das hätte ich dir bereits erzählt.«

Damals kam mir das ziemlich lächerlich vor. »Entschuldige, daß ich lache, Jock – aber ich bin ziemlich angeschlagen. Ich glaube, ich sollte mich aufs Ohr hauen.«

»Man lernt eine ganze Menge, wenn man Kellner ist, weißt du? Ich habe schon bedient, als du noch in die Schule gingst.«

»Sicher, Jock, ich weiß. Ich hab' dich ja auch nicht ausgelacht, ehrlich! Weißt du, daß mein Kumpel Geordie auf dem Aradura einen schlimmen Treffer abbekommen hat?«

Er klopfte mir auf die Schulter. »Laß dich davon nicht unterkriegen!«

»Wahrscheinlich ist er längst tot.«

»Das sind viele andere auch. Und jetzt komm um Gottes willen und trink einen Schluck geklauten Rum und red von etwas Angenehmerem.«

Bei der nächsten Gelegenheit verabschiedete ich mich von ihm. Für Jock würde ich noch genügend Zeit haben, später. Erst einmal würde ich mich ausschlafen und im stillen feiern, daß ich noch am Leben war. Mein ausgeprägtes Gefühl für persönliche Freiheit existierte noch immer. Ich hatte überlebt. Das ließ sich nicht mit Worten ausdrücken, aber es ließ sich ausdrücken in einer Wichsorgie und einer richtigen Nummer möglichst bald danach.

Schon morgen waren wir unterwegs zum nächsten Einsatz: in Viswema, wo Vorhuten der 8. Brigade in Kämpfe verwikkelt waren – und dann gab es wieder nichts anderes als die Hoffnung aufs Überleben.

Ein dicker Regentropfen landete auf meiner Wange. Die Wolken stiegen über dem Tal auf und sammelten sich über den dunklen Schultern des Pulebadze. Während ich zu meinem Charpoy ging, setzte ich in Gedanken wieder das Bild des Naga-Mädchens zusammen, dessen Körper dem meinen kurze Zeit so nahe gewesen war. Sie hatte Orchideen in ihrem glatten Haar, hob verführerisch den Rock, lächelte und zwinkerte mir in vertrautester Weise einladend zu.

Ehe ich mein Lager erreichte, spürte ich zufrieden ein Rühren in meiner Hose. Wahrscheinlich hatte jeder Angehörige der Mendips an diesem Abend die Hand unter der Decke und bedankte sich im stillen dafür, daß er noch am Leben war.

Die ersten Monsunregen prasselten auf unsere Stellungen. Unten an der Straße feuerten die Kanonen ihre Salven auf Viswema.